马振骋译文集

纪德道德三部曲

〔法〕安德烈·纪德 著
马振骋 译

人民文学出版社
PEOPLE'S LITERATURE PUBLISHING HOUSE

图书在版编目(CIP)数据

纪德道德三部曲/(法)安德烈·纪德著;马振骋译.—北京:人民文学出版社,2021
(马振骋译文集)
ISBN 978-7-02-014640-6

Ⅰ.①纪…　Ⅱ.①安… ②马…　Ⅲ.①中篇小说-小说集-法国-现代　Ⅳ.①I565.45

中国版本图书馆 CIP 数据核字(2018)第 227965 号

责任编辑　**甘　慧　张玉贞　汤　淼**
封面设计　**钱　珺**

出版发行　**人民文学出版社**
社　　址　**北京市朝内大街 166 号**
邮政编码　**100705**
网　　址　**http://www.rw-cn.com**

印　　刷　**杭州钱江彩色印务有限公司**
经　　销　**全国新华书店等**

字　　数　**227 千字**
开　　本　**890 毫米×1240 毫米　1/32**
印　　张　**9.75**
版　　次　**2021 年 1 月北京第 1 版**
印　　次　**2021 年 1 月第 1 次印刷**

书　　号　**978-7-02-014640-6**
定　　价　**59.00 元**

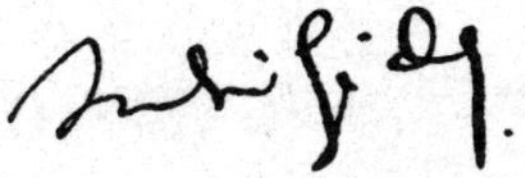

目　录

译 序

纪德和普鲁斯特可以说是二十世纪法国文坛的双峰，虽然形态不同，但各有各的气势。正如纪德传记作家克洛德·马丁说的，若要进入普鲁斯特的世界，只需阅读他的《追忆似水年华》，若要进入纪德的世界，不但要阅读他的三四十部主题各异、有时还相互抵触的小说、游记、戏剧、诗歌集、“傻剧”，以及篇幅浩繁的日记，还要读他跟当代文人、艺术家、朋友、普通人交换的近二万五千封信，且不说至今还封存在都塞图书馆的八十几本小册子，从中恐怕也会有新发现。

纪德悠悠一生过了八十二年，从一八六九年到一九五一年，经历两次世界大战，各国边界重新划定，强国势力此消彼长，风俗习惯有了翻天覆地的变化。纪德对现实生活中的潮流、趋势、变迁均感兴趣，宗教、性、政治等问题在他的作品中都有反映。他不但是时代的见证人，也是时代的创造者，因而被人称为“二十世纪的歌德”“大写的现代人”。

在“介入文学”这个名词被人们接受以前，纪德就毫不犹豫地让自己和作品介入时代的斗争中，反对殖民主义和法西斯主义，谴责极权统治，为同性恋辩护，主张打破禁锢人性的清规戒律。然而他立志要做的是文学家，时刻关心自己作品的文学性和风格，认为这高于其他一切。他在一九二一年十二月七日的日记中说：“我的问题不是怎样成功，而是怎样长存。很久以来，我只是试图在上诉时赢得官司。我写作只是让人一读再读。”

让人一读再读，这是纪德作为作家的责任感。如今纪德逝世整整五十年[①]，当然已经不是一个“当代人”，也不再是新一代青年的精神导师，他的作品中表现出孤郁的诗人气质、敏锐的洞察力，明净的文笔，让人读了不仅留下隽永的回味，同时也钦佩他直面人生的勇气。他的书给他带来许多荣誉，也给他招来不少詈骂、仇恨，最终他的全部作品还被列入梵蒂冈教廷的禁书目录。纪德是二十世纪第一位倡导风俗革命、吹响自由号角、提出不要沉溺过去奢望未来而要掌握眼下一时一刻的作家。他还提醒人们去享受感觉。

纪德出生在一个新教徒家庭，从小接受严格的加尔文派教义，灌输了满脑子的教规禁忌。正是这些强制性的清规戒律，在这名文质彬彬的青年心里产生了适得其反的结果，他要打破清教徒的桎梏，在作品和行为中大胆表现真正的自我。

克洛德·马丁在纪德传记中提出三方面对纪德的影响：歌德、王尔德和北部非洲。他从歌德的作品中认识到要敢于向人生索取它提出的美好感觉，把幸福看作一种必须履行的天职。他追随王尔德《格雷的肖像》中包含的异教徒的自然主义，这成了他少年时接受的虔诚的解药。最后是在北非，特别是在他喜爱的阿尔及利亚，大自然唤醒了他心中潜伏着的被压抑的本性。他不接受什么心理学家、精神分析专家转弯抹角的解释，而是直截了当地提出同性恋也是一种自然性格。

不过在纪德的作品中，欲望不是跌入陷阱，走进死胡同，就是要用谎言来掩盖。《违背道德的人》中的玛塞琳在米歇尔自我标榜的新生活拖累下，既得不到爱情，也成不了母亲，在怨恨中撒手人寰。在纪德所处的后尼采时代，神与普遍观念已经消失，

---

① 本书根据译者2001年出版的《纪德文集》的译本修订出版，那时是纪德逝世五十周年。——编者按

人在寻求新价值，指导自己的行为，既误解了别人，也误解了自己，无法掌握彼此的欲望，对人生形成一种滥用与糟蹋。《窄门》中的阿丽莎，追求圣洁超过追求情爱，屡次违心拒绝表弟杰罗姆的求婚。她要保持童贞，把爱献给上帝，盼望在主的面前跟表弟永久结合，最终孤独死去时才感悟到自己生存的虚伪性。《田园交响曲》[①]中的牧师，起初好心地收养了一名无家可归的盲女。尽管妻子屡次暗示他要提防自己的爱心与爱德，但这种感情最后还是转变成了爱情。牧师培养塑造吉特吕德，慢慢有了自己的企图。可是当吉特吕德一旦眼疾治愈，发现了牧师的虚伪，不但向她隐瞒他们的爱情造成的痛苦，也让她错失了获得幸福的机会。她想的是她看不到的那个人，她看到的却不是她想的那个人；为了内心的平静，她不得不让自己脱离这个世界。

在这三部以道德为题材的小说中，有一个共同点，即书中的女性均处于新旧观念的旋涡中，年纪轻轻又都香消玉殒了。纪德只是到了一九三〇年发表的《罗贝尔》中——这与《女人学校》、《吉纳维也芙》组成另一个三部曲——才让女主角吉纳维也芙决定在由男人决定一切的社会中摆脱樊笼的束缚，找寻自己的道路，不但要求性爱的自由，还要求有养育非婚子女的权利。

又过了三十多年，在一九六八年法国掀起了震动全国的“五月风暴”，在那次运动中，青年提出：我们要做自己身体的主人。而他们中间只有少数人依然记得，他们的先驱是安德烈·纪德。

---

① 《田园交响曲》原文为 *la symphonie pastorale*。主角是一名牧师，“牧师”在法语中为 pasteur，pasteur 的形容词为 pastoral(e)，因而有的批评家指出纪德使用这个书名，另有一层含义是暗指“牧师的心曲”。

一切有益的话，都是种子，撒播在人的心田里，总有一天会破土发芽——《如果种子不死》，这也是纪德的一部自传的书名。

马振骋

违背道德的人

“我要称谢你，我的上帝啊，因我受造奇妙可畏。”

《圣经·诗篇》第一百三十九章第十四节

前 言

这部书是什么，也就是我要说的什么。这是一枚味道极为苦涩的果子，犹如沙漠中的药西瓜，生长在晒得发烫的地方，见了不但不解渴，反而会感到舌敝唇焦，但是在金沙地上倒也颇为好看。

要说我把我的主角作为楷模，必须承认我写得很不成功。少数怪人对米歇尔的所作所为很感兴趣，却又道貌岸然地羞辱他。我不是无缘无故把玛塞琳写得十全十美；这样米歇尔不顾她而只顾自己，得不到大家的谅解。

要说我把这部书作为对米歇尔的控诉状，我也同样不成功，因为没有人会因对我的主角愤慨而感激我——这种愤慨不是由我产生的，但还会因米歇尔而迁怒于我，大家就是乐意把我跟他扯在一起。

但是我不愿意在这部书里控诉或者赞颂，我不做任何评论。今天的读者再也不会原谅作者在描述故事以后，既不说是也不说否；不但如此，他们还要求他一边讲故事，一边对阿尔赛斯特或菲兰特①，对哈姆雷特或奥菲莉亚②，对浮士德或玛格雷琴③，对亚当或耶和华④，都要明确表态。我当然不敢妄说保持中立（我也想

① 莫里哀《嫉世者》中的两个人物。
② 莎士比亚《哈姆雷特》中的两个人物。
③ 哥德《浮士德》中的两个人物。
④ 《圣经》中造物主和造物主创造的第一个人。

说：迟疑不决）是大智大慧的可靠标志；但是我相信不少大智大慧的人确实很讨厌下结论，提出一个问题并不是设想这个问题已经解决。

我在这里违心使用“问题”二字。说实在的，艺术中不存在问题——艺术作品本来就不足以解决问题。

如果把“问题”理解为“戏剧冲突”，那么我要说的是这部书叙述的戏剧冲突，虽然只是发生在我的主角的心灵中，却也具有普遍意义，不是局限于他的奇特遭遇中。我不妄称发明了“这个问题”，这在我的书出版前就存在了；不论米歇尔战胜还是屈服，这个“问题”会继续存在。作者也不提出胜利或者失败已成定局的问题。

要说少数俊彦人杰看了后，说这场戏剧表现的只是一个怪病例，本书主角只是一个病态人物；要说他们不认为这人心里会萦绕一些急迫、具有普遍意义的想法，这不能是这些想法或这场戏剧的过错，而要归咎于作者，我的意思是归咎于作者的拙劣，虽则他在本书中倾注了满腔热情，流尽了眼泪，耗尽了心力。但是一部作品的真正意义与当今读者对它表示的兴趣，是非常不同的两回事。我相信说这话并不是自命不凡：宁可写有意义的东西遭到一时的冷落，也不愿只图眼前的成功而去迎合爱听闲扯的读者。

目前，我不求证明什么，我只求把情景清晰地描述。

致D.R.议长先生

致 D.R. 议长先生

一八九 × 年七月三十日西迪 · B.M.

亲爱的哥哥，是的，你想的不错，米歇尔对我们说了。他跟我们谈的事附在后面。你要求这样做，我也是这样答应你的；但是在付邮之际我还在犹豫，这个故事我愈读愈觉得可恶。啊！你对我们的朋友会有什么样的想法？此外我自己又是怎么想的呢？我们简单地对他谴责，否定人的天性会变得如此冷酷无情？但是我怕的只是今天已不止一人敢于在这则故事里认出自己。大家会不会去创造性地利用这方面的才智与力量——还是拒绝这些才智与力量的存在权利？

米歇尔可以为国家效劳什么？我承认我不知道……他必须有一份工作。你功勋卓著，而今身居高位，掌握实权，能不能为他谋个位子？——而且要快。米歇尔有热情，目前还是这样，过不久只会对自己如此了。

我在蓝天下给你写信；德尼、达尼埃尔和我来了有十二天，没见到一片云彩，阳光始终灿烂。米歇尔说两个月以来天空一直是碧青的。

我既不忧伤，也不欢乐；这里的空气使人的内心感到朦胧兴奋，陷入一种好像同样远离欢乐和苦恼的境界；可能这就是幸福吧。

我们留在米歇尔身边，都不愿意离开他，你读了下面的记述就明白为什么了。我们在这里，在他的家里，等候你的回音。请勿延宕。

你知道米歇尔、德尼、达尼埃尔和我在中学时即为好友，并且随着时间更加亲密。在我们四人之间有一种契约：其中一人发出召唤，其他三人必须应声前来。因而当我接到米歇尔这声神秘的呼救信号，我立刻关照达尼埃尔和德尼，三人抛下一切就动身了。

我们已有三年没有见到米歇尔。他结了婚，带了妻子旅游；当他最后一次途经巴黎时，德尼在希腊，达尼埃尔在俄罗斯，我——你知道的——守在我们父亲的病榻旁。我们还不至于失去彼此的音讯。西拉和维尔见过他，给我们传过来的消息却使我们惊讶不已。他身上起的变化我们还无法解释。他已不再是从前那个博学多才的清教徒，举止过于自信而显呆板，目光这么明亮，以致我们在他的注视下说话往往不敢过于放肆。这是……他的故事会告诉你这一切的，何必在此多说呢。

我把德尼、达尼埃尔和我听到的故事如实给你寄去。米歇尔在他的平台上说着，我们挨着他躺在树荫和星光下。等故事讲完，我们看到原野上升起了太阳。米歇尔的房子矗立在原野上，俯视离此不远的村庄。天气炎热，庄稼都已收割，这片原野看来就像沙漠。

米歇尔的房子虽然简陋奇特，却很迷人。冬天冷得叫人难受，因为窗上没有玻璃，或者可以说根本没有窗，只是墙上凿了几个大洞。天气那么好，我们就露天躺在席子上。

我还要跟你说的是我们一路上很顺利。晚间抵达这里，热得全身乏力，饱览了新奇美景，只是在阿尔及尔和君士坦丁曾稍作停留。在君士坦丁一列新火车把我们送到西迪·B.M.，那里有一辆马车等着。公路离村子很远就断了。村子坐落在一个山顶上，犹如翁勃里的某些小镇。我们步行上山，两头骡子驮运我们的箱子。从这条路上去，米歇尔的房子位于村口第一家。花园四周一道矮墙，或者说被土墙围着，园子里长着三株歪歪斜斜的石榴树和一棵挺拔的夹竹桃。那里有一个卡比尔孩子，一待我们走近就毫不在乎翻墙逃跑。

米歇尔接待我们时并没表现出快乐，他非常随便，好像害怕流露感情；但是先在门前，神色庄重地跟我们三人一一拥抱。

夜色降临前，我们没有说上十句话。客厅里准备了一顿十分清淡的晚餐，客厅装潢富丽堂皇令人惊讶，但是米歇尔的故事会向你说明一切。然后他给我们递上他精心煮烧的咖啡。然后我们走上平台，从那里看出去一望无际，我们三人就像约伯[①]的三位朋友等待着，同时欣赏火红的原野上白天突然无影无踪。

当天黑时，米歇尔说——

① 《圣经》中的人物，困难时曾受挚友帮助。

第一部分

第一章

亲爱的朋友，我早知道你们忠诚可靠。我一召唤你们就赶来了，我对你们也会这样做的。毕竟你们已有三年没有见到我了。你们的友谊未因离别而淡薄，但愿也不会因听了我要对你们说的故事而受损。因为，我突然召唤你们，要你们长途跋涉来到我的住地，只是为了我见你们一面，也为了你们可以听我倾诉。我除了要跟你们诉说以外不要求其他支援，因为我到了人生的这个阶段已无力逾越。这不是厌倦。但是我也说不明白。我需要……我对你们直说了吧，我需要说话。懂得追求自由，这不算什么；难的是知道做个自由的人。——请允许我谈一谈自己；我就要向你们叙述我的生活，简单自然，既不自谦，也不自豪，比我自言自语还要简单自然。听我说吧。

据我记得，我们最后一次见面是在昂热郊区的一座乡村小教堂，那里正在举行我的婚礼。宾客不多，到的都是至亲好友，使这场平常的婚礼成了一次激动人心的仪式。我觉得大家都很感动，这也使我自己很感动。从教堂出来，我们聚集在妻子的娘家，吃了一顿没有笑声、没有欢叫声的便宴。然后一辆租车按照习俗把我们带走了，在我们心中提起婚礼必然联想到离别的车站码头。

我很少了解妻子，想来妻子不见得更多了解我——这并不使我难受。我不是出于爱而娶她的，更多是为了抚慰父亲，他临危前担心撇下我一人在世上。我温柔地爱父亲。他病笃时由我照顾，我在这些悲惨时刻一心想给他好好送终。因此我对人生还一无所知，却把自己的一生押了进去。我们在弥留者的床边举行了订婚礼，听不到笑声，但是自有一种庄重的欢欣，因为父亲内心平静多了。我要说的是，虽然我不爱未婚妻，至少也没有爱过其他女人。这在我眼里看来足以保证我们的幸福了。我还不认识自己，却相信向她奉献了自己的一切。她也是一名孤女，跟两个兄弟一起生活。她叫玛塞琳，刚满二十岁，我比她大四岁。

我说我不怎么爱她——至少我对她感受不到大家所谓的爱情，不过若是把爱情理解为温情，一种怜悯，还是一种相当大的敬重，那么我是爱她的。她是天主教徒，我是新教徒……但是我相信我不是很虔诚！神父接受我，我接受神父：大家心照不宣，不出岔子而已。

父亲据说是个“无神论者”——至少我猜想如此，但是由于我相信他和我都有一种克服不了的羞涩，从来没有跟他谈起过他的信仰。母亲正襟危坐对我进行的胡格诺[①]教育，随着她的美好形象从我心中渐渐消失；你们知道我很小就失去了母亲。我还没有想过这种幼年伦理教育对我们有多少指导意义，会在心灵上留下什么样的痕迹。母亲教导我做人准则时严格认真，也培养了我以后在学习中一丝不苟。我丧母时才十五岁；父亲照料我，对我关怀备至，满腔热情教育我。我学会了拉丁语和希腊语；跟他又很快学习希伯来语、梵语，还有波斯语和阿拉伯语。不到二十岁时，我少年气盛，他竟让我参加他的研究工作。他有意对我平等看待，要给我一显身手的机会。《论弗里吉亚人的宗教仪式》是

① 16至18世纪时，法国天主教徒对加尔文派教徒，也即新教徒的称呼。

他署名出版的书，实际上是我的作品，只是经他草草审阅一下；他以前还没有得到过这么多的赞扬呢。他喜出望外，而我为这次代人捉刀取得成功感到不安。但是从今以后我一举成名了。博古通今的大学者都把我看作同行。今天我对人家给我的所有荣誉只是一笑置之……这样我到了二十五岁，平生见到过的只是古代遗迹或书本，对生活则毫无认识。我有一种工作狂热。我爱的朋友不多（其中包括你们），但是看重友谊更多于看重友人，我对他们坦诚相见，但这是表示光明磊落的需要；我珍视自己心中的高尚情操。那时我既不了解朋友，也不了解自己。然而没有一刻想过我可以过另一种不同的生活，大家可以不同地生活。

父亲和我有一些简单的东西就足够了，我们两人花费都很少，以致我到了二十五岁还不知道我们相当富裕。我原以为，然而并不多想，我们家庭生计仅够糊口，我随着父亲日久也养成了节俭的习惯，当我获悉我们的家产远远不止这些时几乎局促不安了。我对这类事从不放在心上，甚至父亲故世后也不清楚，虽然我还是他唯一的继承人，这一切只是在订立婚约时才对我的财富有更多了解，同时也发现玛塞琳几乎没有给我带来一点嫁妆。

还有另一件事我不知道，可能还更重要，那就是我体质很弱。既然从未对体质进行过考验又如何能够知道呢？我经常伤风感冒，治疗时不当一回事。我过的生活太平静了，既使我衰弱，也使我得到调养。而玛塞琳恰恰相反，她看起来身体健壮——她比我健康，这点我们不久就会知道的。

婚礼之夜，我们住在我在巴黎的公寓里，有人给我们准备了两个房间。我们在巴黎不多停留，仅是采购一些必不可少的用品，然后赶往马赛，立即登上驶往突尼斯城的轮船。

父亲病情突变后紧急抢救时的惊慌失措，丧父时真诚的悲痛，接着又是办婚事不可避免的操劳，这一切叫我心力交瘁。只是到了船上我才感到疲劳。在此以前，每件事接踵而来，叫我顾不上去想。上船后我被迫无所事事，让我有时间静心思考。这好像还是平生第一次。

这也是平生第一次我同意长时期抛下自己的工作，在此以前我只是给自己放个短假。母亲过世后不久，我随父亲去了西班牙，那次旅行倒有一个多月；另一次在德国过了六个星期；还有几次出门，但那是考察旅行，父亲从不偏离他明确选定的研究课题；不跟他一起做课题时，我就读书。可是刚离开马赛，关于格拉纳达和塞维利亚的回忆联翩而至：湛蓝的天空，阳光下的浓荫，节庆日，欢笑，歌唱。我想我们又将见到这些。我走上甲板，望着马赛徐徐远去。

突然我想起我对玛塞琳有点冷落。

她坐在船头，我走近去，说实在的这是第一次注视她。

玛塞琳很美。这个你们知道，你们见过她。我自责怎么以前没有注意到。我对她太熟悉了，也就不能看出她的动人之处；我们两家是多年世交，我看着她长大，对她的仪态也就习以为常了……我第一次表示惊讶，她那么绰约多姿。

她戴一顶普通的黑草帽，上面飘动一条大黑纱；她一头金发，但是人不显得娇弱。配套的裙子和紧身上衣是用我们一起选的苏格兰披巾做成的。我不愿意由于我家的丧事使她穿上一身黑。

她感到我在瞧她，向我转过身……直到那时我对她只是有意识地殷勤周到；我总用一种冷淡的礼貌来代替爱情，我也看出这有点叫她恼火；玛塞琳那时感到了我第一次用不同的目光打量她，她也目不转睛看着我，然后非常温柔地对我一笑。我一声不出在她身边坐下。直到那时我一直是为自己或者至少按照自己的心意活着；我结婚只是把妻子看作一个伴侣，也没有明确想过结合以后我的生活会发生变化。我刚才终于明白个人独白到此为止了。

甲板上只有我们两人。她把额头伸给我；我把她轻轻搂住；她抬起眼睛，我吻她的眼皮，吻她之际心中突然感到一种新的怜悯，情绪是那么强烈，堵住心头，我不由流下了热泪。

“你怎么啦？”玛塞琳对我说。

我们开始交谈。她的话温存体贴，叫我听了很动情。我以前总自以为是地把女人想得很傻。那个晚上，我在她身边的表现既笨拙又愚蠢。

跟我结合一起生活的人原来也有她自己真正的生活！那一夜这件事的重要性好几次使我惊醒。好几次我在铺位上坐起来，俯身看在下铺熟睡的妻子玛塞琳。

第二天晴空万里，海面上差不多无风无浪。经过几次从容的交谈大家更少拘谨。婚姻正式开始了。十月最后一个清晨我们在突尼斯城上岸。

我只想在那里停留几天。我会向你们坦白我的愚蠢。在这个新征服的国家除了迦太基和罗马的几处遗迹外没有其他东西吸引我：奥古斯都向我提到过的提姆加德，苏塞的镶嵌画，尤其是吉姆的圆形剧场，那是我计划中先睹为快的东西。首先应该抵达苏塞，然后又从苏塞搭上驿车；我不会让这里什么事把我羁留。

可是突尼斯城使我感到吃惊。我心中沉睡的某些感官功能，一直未曾得到发挥，依然保持全部神秘的青春活力，一接触到激动人心的新鲜事物，也苏醒了。我不只是感到有趣，还惊讶和发出唏嘘，尤其叫我高兴的是玛塞琳很快乐。

可是我日益感到劳累，但是我又不好意思退却。我咳嗽，感觉心口上部奇异的难受。我想，我们在往南方去，天一热我就会好的。斯法克斯的驿车在晚上八点离开苏塞，凌晨一时穿越吉姆。我们订了车上的座位。我原以为搭的是一辆不舒服的破车，恰恰相反，我们得到很好的安排。但是那个冷哪！我们天真地以为南方天气温和，两人都衣衫单薄，只带了一条披肩！马车一走出苏塞和丘陵的屏障，风开始刮了起来。平原上狂风大作，呼啸而来，向车门的每条缝隙里钻；无物可以抵挡。我们抵达时全身都冻僵了；尤其是我一路颠簸，又加上阵阵剧咳，摇得我身上一点力气也没有了。这一夜真是惨！到了吉姆又没有旅店，一座简陋的土堡就算充数了。怎么办呢？驿车已经走了。村子还在沉睡；夜色笼罩四周，隐约看到几处阴森兀立的废墟：有狗在吠叫。我们走进一间土屋，里面搭好两张破床，玛塞琳冻得发抖，但是那里至少风吹不到我们身上。

第二天天气阴沉沉的。我们出门时没料到天空会是一片灰色。风还在吹，但是没有前一天那么急。驿车要到晚上才会经过……我要说那天过得够凄凉的。那座圆形剧场不一会儿就走完了，叫我失望；在灰蒙蒙的天色下，我还觉得它丑。可能疲劳也使我更加无精打采。将近中午我闲着，再回到那里，在那些石头上徒然寻找铭文。玛塞琳幸而带了一部英国小说，在背风处阅读。我回来在她身旁坐下。

“今天糟透了！你不感到太无聊吗？”我对她说。

“不。你看到，我在看书呢。”

“我们到这里干吗来了？至少你没有冷着吧？”

“不怎么冷。你呢？说真的！你脸色都苍白了。”

“不……”

夜里风又狂吹……驿车终于来了。我们重新上路。

车子一晃动，我感到身子散了架。玛塞琳很疲倦，靠在我肩上很快睡着了。但是我想咳嗽会把她惊醒的，于是轻轻地、轻轻地抽出身子，把她往车厢板上靠。可是我又不咳嗽了；不，我吐痰了；这是以前没有过的。我不费力气咳出痰来，痰不多，但隔一时就有，这是一种奇怪的感觉，起初还几乎觉得好玩，但是在嘴里留下一股怪味很快让我感到恶心。手帕很快不够用了。手指上沾满了痰。要叫醒玛塞琳吗？幸而记得她腰间有一条大围巾。我轻轻取了过来。不再把痰忍住，大量往外咳，感到特别轻松。我想感冒也快过去了。突然我感到虚弱；一切都开始转了起来，我相信这下子我糟糕了。要叫醒她吗？啊！才不呢！（我相信我从清教徒的童年起就憎恨软弱放弃，我称之为怯懦。）我恢复镇静，定一定神，终于控制了晕眩……仿佛人又到了海上，车轮声变成了波涛声……但是我已停止了咳嗽。

然后，我陷入半睡半醒的状态。

当我清醒时，天已经大亮。玛塞琳还在睡。我们愈来愈近了。我拿在手里的围巾是深色的，一眼还看不出污痕；但取出手帕时，我发呆地看到上面血迹斑斑。

我首先想的是不让玛塞琳看到血。但是怎么做呢？我身上都有；现在我也看见到处都是；尤其我的手指上……我也流过鼻血吧……她若问起，我只说流的是鼻血……

玛塞琳睡着没醒。大家到了。她当然先下车，没看见什么。有人给我们留下两个房间。我冲进我的房间，洗干净血迹。玛塞琳什么也没看见。

可是我觉得非常虚弱，吩咐给我们两人送茶来。她安排茶具，十分安详，也有点苍白，还带着笑容，我竟有点恼火她什么也没看到。我觉得自己不公正，是的，我对自己说：她若没有察觉，那是我掩饰得好；尽管这样想，没用；情绪像一种本能愈闹愈大，浑身都不自在……最后终于强烈得克制不住：我像心不在焉地对她说：

"昨夜我咳血了。"

她没有叫一声，只是脸色变得更为苍白，一个踉跄，想要站稳，还是沉重地跌到地上。

我没好气地朝她冲过去："玛塞琳！玛塞琳！"好哇！我做了什么啦！我一人有病还不够吗？但是我说过我很虚弱，差一点轮到我也病了。我打开房门呼叫，有人跑了过来。

我记起了我的箱子里有一封写给当地一名官员的介绍信；我凭这封信请人找来了军医。

可是玛塞琳醒过来了，现在她坐在我的床头，我在床上发高烧，浑身发抖。军医来了，给我们两人都做了检查，他说玛塞琳没什么，没有跌坏；而我病情不轻；他甚至连看法也不愿说，答应傍晚以前再来。

他又来了，对我笑，跟我说话，给我开了好几种药。我明白他认为我没治了。——我要向你们承认吗？我没有跳起来。我累了。我听之任之，仅此而已。"归根结底人生给了我什么？我努力工作直到最后，坚定热情地尽了我的义务。其他……好吧！跟我有何相干？"我这样想，还觉得我的斯多噶精神很了不起。但是叫我难受的是这个地方真丑。"这个客房不堪入目"——我瞧着房间。突然想到隔壁另一个同样的房间里有我的妻子玛塞琳。我听到她在说话。医生还没有走；他跟她在谈，还努力放低声音。时间过去了一会儿；我就睡着了……

当我醒来时，玛塞琳已在屋里。我明白她哭过了。我并不热爱生活，要对自己表示怜悯；但是这个丑地方叫我不舒服，我的眼睛几乎贪婪地看着她。

现在她就在我旁边写信。她在我眼里显得妩媚动人。我看见她封上好几封信。然后她站起身，走近我的床，温柔地拿起我的手。

“你现在感觉怎么样?”她对我说。我笑笑对她伤心地说：

“我会好吗?”她立即回答我：“你会好的!”信念那么真诚，几乎使我也对此深信不疑；也对未来的生活、她对我的爱情有一种模糊的感觉，隐约中包含凄怆的美，以致眼泪夺眶而出，我哭了很久，既不能也不愿克制自己。

她凭借了极大的爱情力量才让我离开了苏塞；她对我百般照料，精心护理，守夜……从苏塞到突尼斯城，然后又从突尼斯城到君士坦丁，玛塞琳真是了不起。我到了比斯克拉就会痊愈的。她自始至终充满信心，没有一刻感到气馁。她安排一切，准备动身，预订房间。可惜的是她没法改善这次旅行的艰辛。好几次我相信应该中断和结束了。我像濒临死亡的人那样流汗，感到窒息，有时失去知觉。第三天晚上，我到达比斯克拉，像死了似的。

第二章

最初的日子何必重提呢？如今还留下了什么呢？这些可怕的回忆无法用语言表达。我不再知道我是谁，我在哪里。如今我还看到自己奄奄一息躺在床上，玛塞琳，我的妻子，我的生命，俯身对着我。我知道是她的热情治疗，是她的一片爱心救了我。终于有一天，像迷航的水手窥见了陆地，我感觉生命之光重新燃起；我可以对玛塞琳笑了——为什么要说起这一切呢？主要是——像有人说的——死神的翅翼已经碰到过我。主要是我十分奇怪自己居然活了下来，对我来说岁月放出意料不到的光辉。从前，我想，我不明白我是在生活。我应该把生命看成一种令人神往的发现。

我能够下床的日子来了。我被自己的家迷住了。其实这不过是一个平台。多么美妙的平台！从我和玛塞琳的两个房间可以看到它，平台延伸到房顶上。爬到平台的最高处，视线越过房屋看到棕榈树，越过棕榈树看到沙漠。平台的另一边连接城市的小花园，在最后几株金合欢树的树荫笼罩下；最后沿着平台的是院子，一个整整齐齐的小院子，种着六棵整整齐齐的棕榈树。平台一头伸到跟院子连接的台阶为止。我的房间非常宽敞，空气流通；白色粉墙毫无装饰；有一扇小门通到玛塞琳的房间，一扇大玻璃门对着平台。

在那里不分白天黑夜地打发着日子。我在孤独中多少次回想到这些缓慢的日子！玛塞琳待在我身边。她看书，缝纫，写信。我什么也不做。我瞧着她。玛塞琳啊！我瞧着。我看见了阳光；我看见了阴影；我看见了阴影的线条移动；我没有多少事要想的，我就观察它。我还很虚弱，呼吸不顺畅，干什么都累，就是看书也累；而且看什么呢？活着就够我忙的了。

一天早晨，玛塞琳笑着走进来。

“我给你带来了一个朋友。”她说。我看到她身后一个棕色皮肤的小阿拉伯人。他叫巴希尔，两只大眼睛静静地望着我。我可以说有点不自在，这种不自在已叫我累；我一言不发，面有愠色。孩子看见我神情冷淡，不知所措，朝玛塞琳转过身去；他像动物那么灵活，要人喜欢的样子，身子靠着玛塞琳，捧起她的手亲吻。他做个手势就露出了赤裸的双臂。我看到他只穿一件单薄的白色无袖长衫和打补丁的斗篷，里面是裸的。

"好吧！你坐在那里，"玛塞琳看到我不自在就对他这样说，"自己静静玩吧。"

孩子就地一坐，从斗篷风帽里取出一把小刀、一块木片，开始削了起来。我相信他要削一个哨子。

过了一会儿，我在他面前不再感到拘束。我望着他，他好像已经忘记自己在这里。他没穿鞋子；脚踝和手腕都长得很秀气。那把破刀在他手里运用自如，很有意思。真的，我会对此产生兴趣吗？他的头发剃成阿拉伯式；他戴一顶小圆帽，在流苏滴子的部位只有一个洞。那件长衫往下挂，露出他的小而可爱的肩膀。我需要对它捏上一把。我弯下腰；他转过身，对我笑。我向他示意把他的哨子递给我，我拿过来装作非常欣赏。现在他要走了。玛塞琳给他一块蛋糕，我给他两个苏。

第二天，我第一次感到无聊；我等；等什么？我觉得闲得发慌。终于忍不住了：

"巴希尔今天早晨不来吗？"

"你要，我去找他。"

她留下我走下楼去。过一会儿独自回来了。这场病叫我变成什么啦？我看到她没有带着巴希尔回来竟难过得哭了起来。

"太晚了，"她对我说，"孩子都离开学校跑散到各个地方去了。你知道有几个孩子很漂亮。我相信现在大家都认识我了。"

"至少想办法让他明天来吧。"

第二天巴希尔来了。他像前天那样坐下，取出他的小刀，要削一块很硬的木头，一用劲，刀锋割破了大拇指。我吓得身子一颤，他却笑了，伸出发亮的伤口，还看着淌血觉得有趣；他笑的时候露出雪白的牙齿，顽皮地舔伤口，舌头像猫一样粉红色的。啊！他的身体多好。我喜欢他身上的就是这个：健康。这个小身子的健康令人羡慕。

接着一天他带来了弹子。他要跟我玩。玛塞琳不在，否则她会劝阻我的。我犹豫，瞧着巴希尔；孩子抓住我的手臂，把弹子放到我手中，我玩得勉强。我弯下身气喘得厉害，但还是试着去做。终于我支撑不住。我大汗淋漓，抛开弹子，倒在一只靠椅上。巴希尔有点发慌，一直看着我。

“病了吗?”他悄声说。他的音色也很动听。玛塞琳走了进来。

“把他带走吧，”我对她说，“今天早晨我累了。”

几小时后我咳出一口血。那时我正在平台上艰难地行走。玛塞琳在房间里忙着。幸而她什么也不会看到的。我喘息时深深吸了一口气，这一下子事情来了。我满口是血……但是这已不是像初咳时那样的鲜血，而是一个大血块，我厌恶地吐向地上。

我踉踉跄跄走了几步。心里万分激动。四肢发抖。害怕，光火。因为直到那时我想我在逐渐走向康复，只要耐心等待。这次突变又使我前功尽弃。奇怪的是初期咳血并没有让我大惊小怪，我当时回忆起以前我还有点儿无动于衷呢。现在我如何惊慌害怕了呢？这是因为——天哪！我开始爱上了生命。

我回头走，弯下腰，找到吐的血块，取一根草挑起来放到手帕上。我瞧着，这口污血几乎发黑，黏糊糊的挺吓人……我想到巴希尔的血颜色鲜艳……突然有一种欲望，一种嫉妒，一种比我以前任何感受都更强烈、更迫切的东西，袭上心头：活下去！我要活下去！我咬紧牙关，握紧拳头，奋不顾身地，伤心欲绝地，努力朝着生命走过去。

前一天我收到T的一封信。这封信针对玛塞琳在焦急中提出的问题，写满了医嘱；T甚至在信中还附有几份医学普及读物和一部专门著作，这在我看来有点严重了。我草草读完信，对印刷品不看一眼，首先这些小册子跟人家拿了烦扰我童年的道德论文很像，不会引起我的好感；其次这些医嘱也叫我讨厌，最后我不认为这些《结核病患者须知》《结核病实用疗法》对我的病情适用。我不相信自己是结核病患者。我有意把初次咳血归结为另一种原因，或者不如实说了吧，把它归结为什么都不是，避免去想，也不大去想，还认为自己即使没有痊愈，至少离痊愈不远了。我又阅读那封信；把书和文章看了又看；突然，叫我触目惊心的是我一直没有得到适当的治疗。直到那时为止，我只是抱着一丝希望得过且过；突然我的生命好像受到了打击，还是可恶地打击在要害部分。我的体内潜伏着一群暗中作祟的敌人。我窃听它们，感觉它们，我不斗争是不会征服它们的……我悄声又说，仿佛为了更好说服自己：这是个意志问题。

我转入战斗状态。

黑夜来临，我在制定我的战略部署。这一段时间内，只有医治身体才应该是我的研究课题；我的任务是我的健康；一切对我健康有益的东西都应该认为是好的，称为“好事”，一切不利于病情的东西都应该忘记、抛弃。——晚饭前，我对呼吸、锻炼、饮食方面都表示了决心。

我们在一座小亭子里用餐，四周被平台包围。用餐时安静，远离一切，不受外界打扰，有一种亲密之情令人回味。一个年老的黑人从隔壁旅店给我们送来还算可口的食品。玛塞琳制定菜谱，要这个菜或不要那个菜。一般来说我总是不太饿，哪个菜少了，哪个菜分量不够了，我都不在乎。玛塞琳自己也不习惯多吃，因而不知道也没有理会到我吃得不够。我所有决心中的第一决心是吃得多。我就是要在那天晚上付诸实施。——我没有办到。端到我们面前的不知什么野味串我无法下咽，然后一块烤肉又不像样地煎得太老。

我火了，把脾气发在玛塞琳身上，当着她的面出言不逊。我指责她：从我的话听来，她早应该觉得自己是有责任的。没有跟上我决心采用的饮食制度，成了头等大事；我忘了前几天的情况；这顿饭没有吃好，一切都会弄糟。我不依不饶。玛塞琳不得不出门去找一个什么罐头、一块什么肉。

她很快带回来了一小罐食品，我几乎一古脑儿吞了下去；好像向我们两人证明我多么需要多吃。

这个晚上我们商定了这件事；要大大改善伙食：多吃几餐，每三小时一顿；第一顿在早晨六时半。旅店的伙食质量差，就买大量罐头食品补充营养……

当夜我没有入睡，想到要培养起我的种种新美德有点自我陶醉。我想我有点儿发烧了；那边有一瓶矿泉水；我喝了一杯，两杯，第三次索性对着瓶口喝，把瓶里的水一口气全部喝完。我把我的意志像课本似的反复温习；我学会了仇恨，把它对准一切事物；我必须向一切开战：我的拯救取决于我本人。

终于我看到夜色渐淡，东方吐白。

这是我的决战前夕。

第二天是星期日。我该承认，那时以前从不关心玛塞琳的信仰；不知是冷淡还是不好意思，好像这事跟我无关；此外我也不重视。那天玛塞琳去做弥撒。她回来后我听说她为我祈祷了。我盯着她看，然后尽可能温柔地对她说：

“玛塞琳，不应该为我祈祷。”

“为什么？”她说，有点不安。

“我不喜欢保佑。”

“你拒绝上帝的帮助？”

“他帮助后有权利要求我谢恩。这样引起了义务；我不愿意承担。”

我们表面上像在逗笑，但是决没有误解我们这几句话的重要性。

“可怜的朋友，你一个人是治愈不了的。”她叹口气。

“那就算了吧……”然后看到她悲哀，我语气较为婉转地加了一句，“你帮助我吧。”

第三章

我会把我的身体说上好久。我会把我的身体说个不休，以致你们立即会觉得我忘了精神部分。我在叙述中有意略而不提；这也是实际情况。我没有力量维持两重生活；精神和其他什么的，我想，当我身体好转时再去思考吧。

我要恢复健康还遥遥无期。怎么一碰就全身出汗，又怎么一碰会全身发冷。我像卢梭说的“气息短促”；有时发低烧；经常一清早就感到疲软无力，于是蜷缩在一张靠椅上，对什么都没有兴趣，只顾到自己，把一切都置于脑后，想方设法让呼吸顺畅。我艰难地、有条有理地、小心翼翼地呼吸着，呼气时总要咽上两次，情绪过于紧张不能完全制止；很久以后还是要非常注意才能避免。

但是最叫我难受的是对任何气温变化都有一种病态的敏感。今天回想起来，我除了病以外还有全身神经性障碍，不然无法解释这一系列我觉得不能归为普通结核病的现象。我一直不是太热就是太冷；冷了立刻夸大其事地加衣服，停止哆嗦以后又出汗，于是再脱衣服，不出汗了又会马上哆嗦。身体某些部分冻僵了，尽管出了汗，碰上去还是冷得像块大理石似的。怎么也没法叫这些部位发热。我对冷出奇地敏感，盥洗时有水滴在脚上，人就会感冒。对热也同样敏感……我保持着这种敏感性，现在还是，但是今天是供我尽情享受了。一切非常强烈的敏感，我相信都可以根据机体的强壮或孱弱，成为欢悦或难受的原因。从前使我深受其害的东西，如今却叫我乐在其中。

我不知道直到那时以前我怎么会关上窗户睡觉的。听了 T 的劝告，夜里开窗试试。起初是小开，不久开得大大的；不久，这成了一个习惯，一种需要，以致窗子一关我就气闷。后来我感到夜风吹来，月光照在身上，真是心旷神怡……

我急于要摆脱康复初期反反复复的不稳定状态。多亏了坚持不懈的治疗，清新的空气，良好的营养，不久身体有了起色。以前，上下楼害怕气喘，不敢离开平台；终于在一月的最后日子里，我下楼了，大着胆子走进花园。

玛塞琳带了一条围巾陪着我去。那是下午三点钟。风停了下来。这个地方经常刮大风，这次刮了三天叫我很不舒服。空气令人畅快。

公共花园……一条宽阔的走道贯穿中央，上面笼罩两排高大的含羞草科树木，这里称为黑茶藨子树。这些树荫下放着凳子。一条修整过的小河，我要说深度超过宽度，几乎笔直沿着林荫道流去。然后又是几条小渠把河水分流，穿过花园，灌溉花木。渠水浑浊不清，泛黄，这是红黏土或灰黏土的颜色。几乎没有外国人，有几名阿拉伯人，他们在转悠；他们一离开阳光，白色长袍盖上了影子的颜色。

当我走进这块奇怪的阴影时，感到一种异样的寒颤。我用围巾裹上身子；可是没有任何不适；恰恰相反……我们在一条凳子上坐下。玛塞琳没有开口。有几个阿拉伯人经过；接着又来了一群孩子。玛塞琳认识其中好几个，向他们打招呼；他们走近来。她告诉我几个名字；他们提问题，回答，微笑，嘟嘴，逗乐。这一切都叫我有点烦，我又感到不舒适了；我觉得累，身上出汗。但是叫我感到拘束的，我要承认，不是那些孩子，而是她。是的，不管怎么说，是她使我感到拘束。要是我站起身，她就会跟着我；要是我取下围巾，她就会过来拿着；要是我又披上，她会问："你不冷吗?"还有，跟孩子说话，我不敢在她面前这样做；我看到她有她的被保护人；我身不由己地，但是也是有意地，对其他人感兴趣。回去吧，我对她说；我暗下决心以后单独到花园里来。

第二天，她将近十点钟要出去。我正好候着。小巴希尔早晨很少不来的，拿了我的围巾；我自觉精神抖擞，心情轻松。几乎只有我们两人走在林荫道上。我慢慢走，坐一会儿，又再走。巴希尔跟着，唠唠叨叨，像条狗那么忠诚灵活。我走到水渠旁，有洗衣妇过来洗衣；流水中央放着一块扁平的石头，上面伏着一个小女孩，面孔对着水，手浸在流水里，把小树枝扔下去捞回来。她赤裸的双脚浸过水，还留有湿漉漉的水迹。她那部位的皮肤颜色显得更深。巴希尔走近她，跟她说话；她转过身，向我笑，用阿拉伯语回答巴希尔。这是他的妹妹，他对我说；然后他向我解释母亲就要过来洗衣服了，他的妹妹在等她。她名叫拉德拉，在阿拉伯语是"绿色"的意思。他说话时声音清晰动人，天真无邪，尤使我听了深有感触。

“她要求你给她两个苏。”他加了一句。

我给了她十个苏，准备离开，这时他洗衣妇的母亲来了。这是个可敬的女人，身体结实，大额头上有刺青，头顶一篮子衣服，好像头顶供礼的古希腊妇女，还像她们一样只披了一块深蓝色大布，在腰间束起，又直落到脚背上。她一看到巴希尔，就厉声呼唤。他粗鲁地回答；女孩插了进来，他们三人展开了一场异常激烈的争论。终于巴希尔像输了理，要我明白这天早晨他母亲需要他；他愁眉苦脸地把围巾还我。我只得独自又走了起来。

我还没有走出二十步，发觉围巾披在肩上不堪重负；我全身出汗，看到第一只凳子就坐了下来。我希望有个孩子突然过来帮我卸下这副重担。立即出现的是个十四岁的大孩子，黑得像个苏丹人，一点不胆怯，自告奋勇。他叫阿苏尔。他要不是独眼，我就会觉得他是个美少年。他喜欢闲聊，告诉我这条河是从哪儿流过来的，流到公园以后就钻入了绿洲，横贯而过。我听着他说，忘了疲劳。尽管我觉得巴希尔也很有趣，现在对他太熟悉了，很高兴换个人聊聊。我甚至暗忖哪一天单独到公园里来，坐在一条凳子上等待巧遇的机缘……

又停留了好一会儿后，我带着阿苏尔到了自家门口。我想请他上楼，但是不敢，不知道玛塞琳怎么想。

我见到她在餐厅，正在一个幼孩身边忙着，他面黄肌瘦，一副弱不禁风的样子，首先引起我厌恶多于怜悯。玛塞琳怯生生地对我说：

“可怜的孩子病了。”

“不会是传染病吧？他怎么啦？”

“我还没有弄清楚。他全身都不舒服。他法语说得很差；明天巴希尔来，给他当翻译……我给他喝点茶……”

然后因为我站在那里一声不出，她像赔不是似的加了一句：

“我认识他很长时间了，还一直不敢叫他来；我怕累着你，或者可能惹得你不高兴。”

“为什么？”我喊，“你要是高兴，把你认识的孩子都带到这里来吧！”我想到我完全可以叫阿苏尔上屋里来的，没有这样做有点气恼。

我这时瞧着妻子，她充满母爱和温情。她亲切的态度令人感动，那个小孩子不久心里暖洋洋地走了。我谈到独自散步，婉转地要玛塞琳明白我为什么宁愿一个人出去。

平时半夜里，我还是会惊醒的，不是全身冰冷就是遍体湿透了汗。那一夜过得很好，几乎没有醒过。第二天早晨一过九点钟我就准备出门。天气晴朗；我觉得精神十足，一点不虚弱，开心，或者说兴致很高。空气宁静温和，我还是带了围巾，作为过会儿跟拿着的人闲谈的借口。我说过公园跟我们的平台是挨着的，所以一下子就走到了。我挺高兴走进树荫里。空气明净。黑茶藨子树先开花后长叶子，现已散发香味——此外从四面八方袭来不知什么淡淡的气息，仿佛通过感官渗入内心，叫我兴奋不已。呼吸更顺畅了，步履更轻盈了，但遇上第一条凳子还是坐了下来，乐陶陶、昏昏然的感觉更多于疲劳。我瞧。影子在移动，很轻；它不落在地面上，好像仅仅沾着一点儿。啊，阳光！我听。我听到什么？什么也没听到，什么也都听到；每个声音都有趣。我记得有一棵小树，从远处看来树皮质地很怪，我就站起身过去拍一拍。我触摸它就像人家在爱抚，我感到一阵欣喜。我记得……总之这天早晨我要重生了吗？

我已经忘了我是孤独一人，什么也不等待，忘记了时间。直到那天以前，我觉得由于思考太多而很少感受，以致最后认识到这点很惊奇：我的感觉变得跟一种思想一样强。

我说：我感觉到了——因为从幼年往事的深处亮起了千百团火光，这是千百个迷失的感觉。我重新意识到感官的存在，又让我产生一种不安的再认识。是的，我的感官从此苏醒了，又找回了整个一段历史，又组成了一个过去。它们活着！它们活着！从来没有停止过活着，贯穿我的学习岁月，保持着一种潜伏迂回的生命力。

那天我没有遇见谁，很自在；我从口袋里掏出一部袖珍本荷马诗集，离开马赛以后还没有翻过；我读了《奥德赛》的三行诗，记熟，然后对音律有了足够的了解，悠然自得，合上书，身子一直颤抖，没想到人会那么有活力，精神上充满幸福……

第四章

玛塞琳终于看到我的健康正在恢复很高兴，几天来跟我谈起绿洲中美妙的果园。她爱户外空气和走路。我生病时她自由行动，可以走得很远，回来异常兴奋，以前她不多说，不敢引动我的游兴要跟她一起去，害怕看到我听了她说的趣事，自己没能共享而郁郁不乐。但是现在我身体好转，她打算利用这些美景使我完全康复。我原本就爱好步行和观赏风景，也跃跃欲试。第二天起，我们一起出发。

她领我走入一条我在哪儿都没有见过的怪路，夹在两道高高的土墙中间好像有气无力地蜿蜒，高墙限制了花园的形状，也使小路任意延伸，一会儿弯成一条曲线，一会儿前面断了路；刚进去就是一个拐弯使你迷失方向；不知自己从哪儿来，也不知到哪儿去。忠诚的河水紧跟小路，沿着其中一道墙；墙头就是用道路的土砌成的，整个绿洲都是这样的泥土，一种发红或浅灰的黏土，浸了水后颜色变深，强烈的阳光一晒就龟裂变硬，但是淋上一阵雨又发软了，那时像一块有弹性的泥地，赤脚踩了会留下脚印。墙头上是棕榈树。我们走近时，斑鸠都飞了起来。玛塞琳瞧着我。

我忘了疲劳和拘束。我走在路上，有点儿出神，不声不响很欢悦，感官和肌肤都感到振奋。这时微风吹起，棕榈树都动了，我们看到棕榈树顶的枝条向下弯，然后空气又变得宁静；我清楚地听到土墙后面响起长笛声——墙上有一道豁口，我们走了过去。

这是个布满光与影的地方，宁静，仿佛超越时光而存在；沉寂中有东西颤动，水轻轻流过，灌溉着棕榈树，盘绕消失在林木之间；斑鸠轻叫，笛声悠扬，有个孩子在吹奏。他在放牧一群山羊；身子几乎全裸，坐在一棵倒地的棕榈树干上，我们走近时，他不慌张也不逃避，只是停下一时不吹了。

我们发现在这静默的一刹那，另一支笛子在远处对吹。我们又走近一点，然后，玛塞琳说：

“不用再往前走了，这些果园都差不多；只是绿洲边上的更大些……”她把围巾铺在地上：

“你休息吧。”

我们在那里留了多久？我不再知道；时间有什么意义呢？玛塞琳在我身边；我伸直身子躺着，头枕在她的膝盖上。笛声又吹起来了，时断时续，流水声……隔会儿一只羊咩咩叫。我闭上眼睛，感到玛塞琳凉爽的手放上了我的额头。我感觉强烈的阳光被棕榈叶子一筛后软软地照着，我什么也不想，思想又怎么样呢？我异乎寻常地感觉到……

隔了一会儿传来一种新声音，我睁开眼睛，这是微风掠过棕榈树；没有往下吹着我们，只是摇动树梢的叶子。

第二天早晨，我又和玛塞琳走到这个果园。同一天傍晚我又一个人去了。吹笛子的牧羊童也在那里。我走近他，跟他说话，他叫拉西夫，只有十四岁，很英俊。他告诉我每只羊的名字，告诉我水渠叫“赛吉亚”；他还说，不是每天都流水；水要精打细算分配，树木的旱情解除后就不再供应水。每棵棕榈树下都挖了个狭长的水池，蓄水灌溉；这是一套巧妙的闸道系统，孩子一边操作，一边给我解释，怎么控制水，将它引向最需要的地方。

第二天我看到拉西夫的一个哥哥，年纪稍许大一点，没那么好看；他叫拉希米。他踩着树干上枝杈砍去后留下的疤节，当作梯子爬上一棵平顶的棕榈树，然后又灵活地下树，长袍扬起露出发亮的裸体。树冠早已截去，他从上面取下 只小陶壶；陶壶挂在新的疤节旁边承接树汁，用来酿造阿拉伯人爱喝的甜酒。拉希米请我尝了一口，但是我不喜欢这种淡而涩口的醪汁。

接着几天，我走得更远了，我看到其他的花园、其他的牧羊人和其他的山羊。正像玛塞琳说的，这些花园都是相似的，可是又各有特点。

有时玛塞琳还陪着我；但是更多时候是一走进果园我就跟她分开，要她相信我累了，我要坐下来，她不用等我，因为她需要多走走；这样她就撇下我继续走自己的路。我则留在孩子身边。不久认识了一大帮，我跟他们谈得很久；我学习他们的游戏，又教会他们其他一些游戏，在骰子戏中把小钱输得精光。有的人陪我走得很远（我每天延长路程），折回时给我指出一条新路；有时我带了大衣和围巾，由他们帮忙拿着，分别以前分给他们几个小硬币；有时他们一边玩一边跟我走到门前；有时他们就走了进来。

后来玛塞琳也带她的人来。她带回来的是学校里的孩子，她鼓励他们学习；放了学以后顺从听话的孩子就上来了；我带回来的是另一种类型的孩子，然而游戏把他们聚在一起。我们随时准备了果汁和果脯。不久还有其他孩子不请自来。他们每个人我都记得，历历如在眼前……

将近一月底，天气突然变坏了，刮起了寒风，我的健康立刻受到影响。绿洲与城市之间这一大片空旷地带对我又变得不可逾越了。我只得又待在公园里聊以自慰。以后又下起了雨，一种冰冷的雨水，使北方地平线的山顶盖满了白雪。

我在炉子旁度过这些沉闷的日子，心情阴郁，恨恨地跟病魔搏斗，病魔趁着气候恶劣又占了上风。那些天愁云惨雾，我既不能读书，也不能工作；稍一使劲全身出汗很不舒服；集中注意力叫我疲劳不堪；呼吸不调节就会窒息。

在这些沉闷的日子，唯有孩子才能排遣我的心情。下雨天只有最熟悉的孩子才进门，他们的衣服浸透了水，围着炉子坐成一圈。时间过去很久没有人说话。我太累了，太难过了，除了瞧着他们不能做其他事，但是看到他们强壮的体魄有益于我的健康。玛塞琳宠爱的孩子都体小瘦弱，太乖顺了；我生她的气，也生他们的气，终于把他们赶了出去。说实话，他们叫我心寒。

有一天早晨，我对自己有一个奇异的发现：妻子的被保护人中唯有莫克蒂尔不叫我见了烦（可能因为他长得美），他跟我两人单独在我的房内；直到那时为止我对他的感情也是一般，但是他乌亮的眼睛叫我生疑。这是一种好奇心，我也说不上什么原因，我于是观察他的行动。我站在炉子旁边，两条胳膊支在炉台上，前面放一部书。我显出专心的样子，背对着孩子，但可以看到他反映在一面镜子里的一举一动。莫克蒂尔不知道自己受人监视，以为我全神贯注在看书。我看到他不声不响走近一张桌子，桌上有玛塞琳放在针线活旁边的一把小剪子，偷偷伸手抓住，迅速放进斗篷里。我的心一时急速跳动，但是即使最聪明的道理也无法在我心中产生丝毫的反抗。不仅如此！我竟然无法向自己证明我心中的感受不是一团高兴。我让莫克蒂尔有充分时间偷走我的东西以后，才转身朝着他，跟他说话，只当没发生过事儿一样。玛塞琳很爱这个孩子。可是当我再见到玛塞琳时没有揭发莫克蒂尔，而是想出莫名其妙的鬼话解释剪子是如何不见的，我相信这绝不是怕她难堪。从这一天起，莫克蒂尔成了我的宠儿。

第五章

我们在比斯克拉逗留的日子没有延长很久。二月份雨季一过，天气一下子热了许多。我们在大雨下生活，好几天很难过，突然一天早晨，我在一片青葱中醒来。一起身奔向最高的平台。碧空万里无云。发热的阳光下升起了几团雾，绿洲整个儿在冒气。可以听到远处乌德河河水泛滥的咆哮声。空气那么清澈明净，我精神为之一爽。玛塞琳来了，我们要出去，但是那天满地泥泞，走不出门。

几天后我们又走进拉西夫的果园，树枝吸饱了水，显得重了，软了。这块我不知道期待的非洲土地淹没了好久，如今从冬天中苏醒过来，滋润怡爽，充满新鲜汁水。它在发疯般的春天中欢笑，我心中也有了春天的回声，也有了一个春天。阿苏尔和莫克蒂尔起初陪着我，我依然欣赏他们对我淡淡的情意，每天半法郎就可以打发，但是不久我对他们厌倦了，因为我的身体不再那么虚弱，不需要以他们的健康作为榜样，从他们的游戏中汲取快乐的养分，我把精神与感官的激奋转而倾注在玛塞琳身上。从她表现出来的欢乐来看，我发觉她以前是忧伤的。我像个孩子似的要求她原谅我冷落了她，全怪自己生性软弱因而脾气乖张，喜怒无常，我还说直到目前为止我是太累了，无暇顾及爱情；我说的是实情；但是我还是虚弱，因为还要一个多月后才对玛塞琳有了欲念。

天气一日比一日热。我们在比斯克拉已无所留恋，除了那种以后又把我召回的魅力以外。我们离开的决心是突如其来的。行李在三小时内收拾停当。火车在第二天一早出发……

我记得那个最后的一夜。月亮差不多是圆的。我的窗子大开，月光照得满屋都是。我想玛塞琳睡着了。我躺着，但是没法入睡。我觉得浑身发热，非常惬意，这就是生命……我起身，把手和脸浸在水里，然后推开玻璃门走出去。

夜色已深；没有一点人声，没有一丝风，就是空气也像在沉睡。隐约听到远处几只阿拉伯狗，像豺狼似的长夜吠个不停。我面前是那个小院子，对面的墙上有一块斜影；整齐的棕榈树既没有颜色，也没有生命，好像永远一动不动了……然而让人在睡眠中还是感到一种生命的悸动——这里什么都不像在睡，一切都像是死了。面对这种宁静我恐怖了，突然侵入内心的是我这种自叹命苦的感觉，仿佛在宁静中抗议，表现自己，叹息自己；这种感觉那么狂暴，几乎叫人痛苦，又那么凶猛，我若像野兽那样会号叫，也会号叫了起来。我拿起我的手，我记得是左手，放到右手里，我要把它举到头上，这样做了。为什么？为了表示自己活着，感到生命无限美好。我碰到我的额头，我的眼皮。我身上一个颤动。这一天会来的——我想——以后会有这一天，我焦渴中却没有足够的力气把水举到唇边……我回进房里，但是还不想躺下；我愿意把这一夜留住，把它的回忆铭记在我的思想中永远不忘；我决不定该做什么，就在桌上拿了一部书——《圣经》，随意打开一页，我俯身借了月光阅读，我读到基督向彼得说的这些话，这些话啊，我今后决不应该忘记的："你年少的时候，自己束上带子，到你愿意去的地方；你年老的时候，你要伸出手来……"① 你要伸出手来……

第二日一早，我们就动身了。

第六章

我不去谈旅程的每个阶段了。有的阶段只留下一个模糊的回忆；我的健康时好时坏，寒风一吹就不舒服，乌云当头就心里发愁。神经系统时常引起麻烦；但是两肺至少正在痊愈。每次犯病时间较短，病情也较轻；来势依然不弱，但是身体具备了更强的抵抗力。

我们从突尼斯城抵达马耳他，然后又到锡拉库萨；我又回到了语言与历史对我并不陌生的古老土地。自从得病以来，生活中既无监督也无规律，只是像动物或者孩子一心一意活着。现在不再受疾病困扰，生活又变得稳定和有意识。经过这次长时间的垂死挣扎，我相信我这个人又重生了，立刻把我的今天与昨天重新连接：身处异乡客地，满眼都是奇风异俗，我可能忘乎所以。在

① 见《圣经·约翰福音》第二十一章。后半句该是："别人要把你束上，带你到不愿意去的地方。"

这里就不行，这里的一切都在告诉我这件叫我也惊异的事：我这个人变了。

在锡拉库萨和以后的日子，当我愿意重新捡起研究工作，像从前那样一头钻入历史，进行详尽的考证时，我发现对有的事即使没有失去兴趣，至少也改变了兴趣；这就是对现在的看法。过去的历史在我眼里静止不动，就像比斯克拉小院子里的黑夜暗影，恒久不变令人可怕。以前我乐于处在恒久不变中，可以使我的思想变得明确；所有的历史事件在我看来像博物馆的陈列品或者植物标本，永远变成一堆枯朽后竟使我忘了，它们也曾有一天在阳光下滋滋润润活过。现在我若对历史感兴趣，是把它想象成现在发生的事。重大的历史事件可以使我感动，但是远远不及诗人或者某些行动家那样引起我的激情。在锡拉库萨我重读了西奥克里特斯[①]，想到他笔下姓名很美的牧羊人，不就是我在比斯克拉喜欢的那些人吗。

每走一步都会想去引经据典，使我步履艰难，也剥夺了我的乐趣。我不能看到一座希腊剧场、一座神殿不立刻在想象中重建。在每个古代节庆时，面对留在原址上的废墟，我伤心这一切都已死亡，而我讨厌死亡。

我渐渐对遗址废墟敬而远之，不去凭吊那些雄伟的古迹，宁可漫游称为大石场的低地花园，那里长的柠檬像橘子那样酸甜；还有锡耶南河的两岸，据埃及莎草纸的记载，锡耶南河水还像痛哭冥后普洛塞耳皮那的日子里那么清。

我渐渐轻视以前使我骄傲的这种学识。原来是我全部生命的那些研究看来跟我只有一种偶然、因袭的关系。我发现自己成了

---

① 西奥克里特斯（Théocrite，公元前 315—前 250），希腊牧歌诗人，生于锡拉库萨。

另一个人，快乐的是我在研究之外依然存在。作为专家，我认为自己并不高明。作为人，我对自己又有多少认识呢？我才刚刚出生，不可能预知我生来是谁。这是必须学习的东西。

对于相信要死的人来说，悲惨莫过于长期疗养。自从死神的翅翼碰过以后，原来显得重要的事都不重要了，原来显得不重要的事或者甚至不知道存在的事，倒是重要的了。堆积在我头脑里的一切学识像化妆的粉末那样剥落，有些部位露出了皮肉，露出了隐藏着的真正的人。

从那时起，我声称要发现那个人：真正的人，“老人”，《福音书》弃绝的人；我和我身边的一切——书、老师、家长——都首先企图消灭的人。这个人由于涂满伪装，也就更受歪曲，更难发现，但是也因而更有必要去发现，更有价值。我从那时起轻视这个“第二人”，这是个怎么教怎么学、人云亦云的人。必须打掉这些伪装。

我把自己比作隐迹纸本；学者在同一张纸上发现近代文字下面还有珍贵的远古文字，这时的喜悦心情我也有了体会。这篇遮在下面的文字写的是什么？为了阅读不是首先要把盖在上面的文字抹去吗？

因而我再也不是以前那个体弱勤奋，非常适合老一套严格、约束性的道德观念的人。这不是一种单纯的康复；这是一种提高，生命的再现，更充沛、更沸腾的血液循环，它必然触动我的想法，触动一个又一个想法，渗透一切，撼动和浸染我体内最远、最细微、最秘密的神经纤维。因为身强也罢，体弱也罢，人人都要适应的；人根据本身的力量造就自己；但是这些力量得到提高，让人更有作为，还有……这些想法我在当时并不是都有的，我对自己的描述有点虚假。说实在的，我一点不想，一点不反省；一种幸运的宿命引导着我。我担心仓促回顾会打乱我缓慢神秘的转化。应该让隐没的文字有时间重新显现，不要去重新描绘。这样我不要让我的头脑荒废，而要让它休耕，同时津津有味地去享受自己，享受事物，享受一切在我看来神圣的东西。我们离开了锡拉库萨，我奔跑在连接塔奥米那和莫尔的那条陡峭的公路上，大声叫醒我心中的那个人：一个新人！一个新人！

我那时唯一持之以恒的努力，是有系统地唾弃或排斥一切我认为是受之于过去教育和幼年道德的东西。我抱定宗旨看不起我的知识，蔑视自己的学者情趣，我拒绝去游览阿格里琴托，几天以后，在去那不勒斯的路上，我也没有在壮丽的波赛道尼亚神庙附近停留，那里还保存着希腊的遗风，两年后我又在那里朝拜了我也不知哪个神。

我为什么说到唯一的努力？若不把自己培养成十全十美的人，我会对自己感兴趣吗？这种十全十美谁也没见过，在我心目中也模模糊糊，然而我却意气风发，就是要追求这个目标；我一心一意要健美体魄，晒黑皮肤。我们在萨莱诺不远的地方离开海岸到了拉维洛。这里空气更加清冽，奇峰怪石美不胜收，山谷深不及底，这些景物增添我的力量和欢乐，叫我兴奋不已。

拉维洛位于一座峭壁上，离天还比离海近，朝向波赛道尼亚的遥远平坦的海岸。在诺曼人统治时期，这是一座颇为重要的城镇，如今沦为一个狭长的小村子，我相信我们是唯一的外国人。我们下榻在一座由老修道院改建的旅馆里。它坐落在山的绝顶上，平台和花园都像挂在蓝空中。在布满葡萄藤的墙头后面首先看到的就是海；必须走近墙头才能爬上种有庄稼的斜坡，通过阶梯而不是小道，把拉维洛接通海岸。拉维洛往上又是山。有橄榄树、巨大的角豆树；树荫下长着仙客来；高处是大批栗树，新鲜空气，北方的植物；低处沿海是柠檬树，在山坡上种植的小作物之间排列成行。这是些梯形花园，几乎一模一样；中间一条小径贯通花园的两头。人可以像小偷，悄无声息走进去，在绿荫下梦想；枝叶茂密，遮天蔽日。柠檬芳香袭人，挂在枝上好像一团厚厚的蜡往下滴，在阴影中发白发绿；要解渴的话伸手可及，味道又甜又涩，令人精神一爽。

树荫极其浓密，我走路后还在淌汗，不敢在下面停留。可是阶梯不再使我精疲力竭；我闭着嘴攀登锻炼，我总是加长小憩间的距离，对自己说：我要精神饱满地走到那里，然后到了目的地，自尊心得到满足就是对我的报酬，我大口大口深呼吸，这样好像觉得更有利于空气钻入肺部。我用从前的勤奋照顾身体，日有进展。我有时还奇怪健康恢复这么快。竟至于相信当初是夸大了病情，怀疑有没有病得那么重，嘲笑吐血这回事，遗憾治疗不再需要那么认真了。

起初我不知道身体的需要，采用了愚蠢的治疗方法。我做了耐心研究，在谨慎与治疗方面屡屡想出高招，以致乐此不疲像玩游戏似的。我最感痛苦的是气候一有变化便产生一种病态的敏感。现在肺已经痊愈，我认为这种感觉过敏起因于神经衰弱——疾病的后遗症。我决心克服它。有些农民在田里干活解开上衣，袒露胸膛，我看到这些晒成黑黝黝、仿佛被阳光穿透的皮肤，真觉得美，促使自己也晒成黑黝黝的。一天早晨，我脱下衣服，瞧着自己的裸体；双臂太瘦，两个肩膀再用力也无法往后挺直，尤其是一身白肉，或不如说没有血色的肉，我一见就羞愧难当，流下眼泪。我急忙穿上衣服，不是按照习惯朝阿马尔菲往下走，而是朝长着浅草和青苔的山石走，那里远离人家，远离公路，不会有人看到的。走到那边我慢慢脱衣。风很大，但是阳光也热。我把全身献给太阳的火焰。我坐下，躺倒翻身。我感觉身子底下的硬土；野草抖动，拂过我的身体。虽然在背风处，气流经过我还是颤抖和心跳。不久全身感到一阵热，舒适酣畅；我的精气都流向了皮肤。

我们在拉维洛待了两星期。每天早晨我回到那些山头，进行我的治疗。我穿的衣服过多，不久碍手碍脚，成了累赘；我的皮肤也健康起来，再也不会不停地渗汗，会用自身的热量进行保护。

最后几天已是四月中旬，有一天早晨我进行更大胆的尝试。我说的那些山头有一条山沟，流出一股清泉，喷泻在这里形成了瀑布，水量虽说不大，但是瀑布下面冲击出一个颇深的水潭，潭内积水很清。我有三次走过去，俯身潭边，躺在坡上，心中充满渴望和各种欲念；我长时间观赏光滑的岩底。没有一点污物，没有一株草，阳光照入水中闪忽颤动，绚丽多彩。在第四天，我事前下了决心，来到这个无比清澈的水潭前，不假思索一头跳了进去，全身浸没。很快身子发僵，离开水，躺在草地上晒太阳。那里长着几棵薄荷，香气袭人；我采了几片叶子，搓成一团，在湿的但是发热的身子上擦。我对自己高高兴兴看了很久，再不羞愧。我认为自己还不结实，但以后会的，目前身材匀称，富有感觉，几乎可以说美。

第七章

因而，我的一切行动、一切工作只限于体格锻炼，这当然也包含了我的道德变化，但是在我看来不是别的，仅是一种训练，一种方法，本身就不再叫我满足了。

可是还有一个举动，在你们眼中可能很可笑，但是我还是要说，因为它尽管幼稚却表达了萦绕我心头的需要，在外表上也反映出我内心深处的变化：我在阿玛尔菲时把胡须剃了。

在那天以前，我蓄胡须，头发很短。我也从来没有想过也可以理另一种发型。

可是突然，我第一次一丝不挂躺在岩石上的那天，这把胡子把我难住了；好像这是我无法脱掉的最后一件衣服，我觉得它像假的；胡子修剪整齐，不是尖形的，而是方形的，在我看来既不悦目又可笑。回到旅馆房间，我照镜子，看了碍眼；我直到那时一贯就是这个宪章派人士的样子。午饭吃完，我主意拿定，就到阿玛尔菲。这个城镇很小，市场上有一个简陋的小铺子，我也将就了。那天是集市，铺子里挤满了人，我只得无年无月地等着，但是不论是脏兮兮的剃刀，发黄的剃须刷，气味，还是理发师的谈吐，都未能使我退却。我感到胡须在剪子下脱落，就像揭开了我的假面具。没事！可是后来当我看到自己，充满心中而又努力克制的感情不是高兴而是害怕。我不讨论这种感情，我看到了这种感情。我看到自己五官端正……不，我害怕的是：人家好像一眼看穿了我的思想，而我的思想突然在我看来很可怕。

此外我还留起了长发。

以上是我这个还无所事事的新人要做的一切。我想他还会采取一些叫我吃惊的举动；但是留待以后吧，留待以后——我对自己说——当那个新人得到更多熏陶的时候。我被迫在生活中等待时，保留了一种像笛卡儿说的暂时行动方式。玛塞琳可能会弄不明白。是的，我的目光变了，尤其剪去胡子那天眉宇之间有一种新表情，这都会使她感到不安，但是她太爱我了，不会看透我的；还有我也尽量叫她安心。重要的是她不要扰乱我的自我再认识。为了避开她的耳目，我不得不进行掩饰。

这样，玛塞琳爱的那个人，嫁的那个人，不是我这个“新人”。我对自己再三说这个话，为了怂恿自己掩盖这件事。因而我让她看到的只是一个形象，为了跟过去保持忠诚一致，这个形象一天比一天虚假。

我跟玛塞琳虽然由于不断亲密而日益相互吸引，当时两人的关系还是原样不变。甚至我躲躲闪闪（即是说我不需要自己的思想受到她的评判）也增加了亲近。我要说的是这种游戏让我不断地关注她。可能这种迫不得已的谎言起初使我很不好受，但是我很快就明白了众人心目中的那些坏事（仅举谎言一事为例），只是因为从来没做过才觉得不好做；其实每桩坏事做起来很快也就挺容易的，轻松有趣，再犯也不在乎，不久也就自然了。因而，好比在每件事上，最初的嫌恶之情克服以后，我对躲躲闪闪也乐此不疲，仿佛在挖掘身上的潜能。我每天都有进步，生活更丰富更充沛，朝向一个更美满的幸福。

第八章

从拉维洛到索伦托，一路上山水如画，那天早晨我不巴望在世界上还可看到更美的景色了。山石峥嵘温煦，空气浓厚明净，草青花香，使我满心赞美生的魅力，高兴得竟至于全身飘飘然；回忆或遗憾、期望或欲念、未来与过去全都一起消失了，我认识的生命只是这一瞬间带来而又带走的东西。肉体的欢乐啊！我喊了起来；肌肉的坚实节奏！健康！

一大早我在玛塞琳以前就出发了，她慢腾腾的高兴会抑制我的兴奋，就像她的步子也拖累我走不快。她乘车到波西塔诺来找我，我们约好在那里进午餐。

我走近波西塔诺时，一阵车轮声伴随着一个奇怪的歌声，叫我突然转过身去。起初我什么也没看到，因为正走在峭壁边缘的路角上；然后一辆车子歪歪斜斜蹿了出来；这是玛塞琳的车子。车夫直立在他的位子上，扯着嗓子大唱，挥舞手臂，狠狠鞭打那匹惊慌的马。这么个粗汉！他冲过我面前，我刚好躲让，我叫他也不停下！我往前奔，但是车子跑得太快。看到玛塞琳突然跳车或是留在车里，我都害怕；马一惊跳会把她抛到海里去的……突然马趴下了。玛塞琳下车，要逃；但是我已到了她的身边。车夫一见我就对着我破口大骂。我对这个家伙气透了，他脏话一出口我就扑了上去，粗暴地把他推下座位。我跟他一起滚倒在地，但是没有失去优势；他摔下来好像已经晕头转向。当我看到他要咬我，就对他劈脸一拳打过去，他立刻感到天旋地转。可是我还是不依不饶，用膝盖抵住他的胸口，试图捉住他的双臂。我瞧着他那张嘴脸，吃了我一拳后更丑了；他吐唾沫，流口水，出血，咒骂，啊！这么个坏蛋！说真的掐死他也在情理之中——我或许该这样做……至少我觉得能这样做，但是我相信只是想到警察才让我住了手。

我也费了一番手脚，终于把这个怒气冲冲的家伙牢牢捆绑上。我把他像个包裹似的扔到车里。

啊，接着，我们四目对视，相互拥抱，难以形容啊。危险不是很大；但是我义不容辞地显示了力量，这一切是为了保护她。我也立即觉得我能够为她献出生命……满心喜欢地把整个生命奉献给她……马已经站了起来。把这个醉汉留在车后面，我们两人都坐在驾车座位，技术虽不娴熟，好歹也到了波西塔诺，然后又是索伦托。

这天夜里，我占有了玛塞琳。

你们懂了吗？或许我应该跟你们再说一遍，我对爱情这类事像是个门外汉。可能正因为新奇我们的新婚之夜才如此缠绵……因为我觉得，就是今天回想起来，这第一夜是独一无二的，因为对爱情的等待和爱情带来的惊奇更增添了乐趣，要说明刻骨铭心的爱情，只要一夜就够，我心中牢牢记住的也仅是那一夜。一时一刻的欢笑，欢笑中两个灵魂交融……但是我相信爱情中有一个独一无二的极点，以后灵魂怎么做也无法超越它，灵魂为了使幸福重现的这种努力只会磨损幸福；回忆幸福比什么都妨碍幸福，可惜我始终回忆那一夜……

我们的旅馆位于城郊，四周环绕花园和果园；我们的房间前面有一个很宽的阳台，伸手可以碰到树枝。晨光从敞开的窗户自由地照入。我轻轻起床，温柔地向玛塞琳俯下身。她睡着；我觉得她睡梦中也在笑，由于我强壮，我感到她更娇弱了，她的风韵是一种脆弱。千思万虑袭上我的心头乱成一团。我想她说我是她的一切这不是假话；然后立刻又想："那么我能做些什么使她快乐呢？我差不多整天和天天丢下她不管，她一切都期待于我，而我却把她冷落！啊！可怜、可怜的玛塞琳……"我的眼泪含在眼里；我借口过去身体虚弱来为自己辩解也无济于事；我现在还有什么需要时时照顾自己和自私自利呢？我现在不是比她更强壮了吗……

她脸上已看不到笑容；曙光把一切照亮，让我突然看到她的面孔凄苦苍白——可能黎明来临引起我的忧虑："会不会有一天轮到我照料你？为你发愁，玛塞琳？"我在内心深处喊叫。我身子一颤。我满怀爱、怜悯和柔情在她紧闭的两眼之间轻轻地吻了又吻，温柔，深情，虔诚。

第九章

在索伦托度过的那几天，欢愉而又非常平静。我可曾享受过这样的安宁、这样的幸福吗？以后又享受过类似的……我自始至终在玛塞琳身边，照顾她多于照顾自己，发现跟她聊天就像前一阵子保持沉默一样快乐。

这种闲游的生活，我过得心满意足，她只是把它当作暂时状态才喜欢；我感觉到这一点时最初表示惊讶，但是过后不久也看出这种生活无聊了；我承认这种生活仅能一时为之，我恢复健康后无所事事，第一次在无所事事中产生工作的欲望，我认真地谈到回家；从玛塞琳表现的喜悦来看，我明白她早已在想这件事了。

可是我开始重新考虑的几项历史研究课题，对我已没有原来的情趣。我跟你们说过，自从得病以后，我觉得抽象与中性的历史知识都是空的，我在以前还能够从事语文学研究，比如致力于弄清在拉丁语变形中哥特人的影响有多大，忽视和无视西奥多里克、卡西奥多勒斯、阿马拉松特①这些人物和他们令人敬佩的激情，转而只对一些符号和他们的生平感到兴奋。现在同样这些符号，整个语文学在我看来只是一种工具，用以更深地了解这些野蛮国家显现的伟大与高贵。我决心进一步研究这个时代，暂时集中在哥特帝国的最后年代；我们下次去拉文纳，那里是哥特帝国灭亡的舞台，也可作为研究内容。

但是，我要承认，最吸引我的是少年国王阿撒拉里克②这个

① 西奥多里克大帝（455—526），东哥特国王。卡西奥多勒斯（480—575），拉丁语作家，西奥多里克王朝的大臣。阿马拉松特（？—535），西奥多里克大帝的女儿，阿撒拉里克的母亲。

② 阿撒拉里克（516—534），东哥特国王，西奥多里克大帝的外孙。

人物。我在想象这个十五岁的孩子，受到哥特人的唆使，奋起反抗母亲阿马拉松特，对拉丁教育暴跳如雷，拒不接受文化，就像烈马要挣脱绑在背上的马具，宁可跟未开化的哥特人厮混，也不与年迈过于明智的卡西奥多勒斯来往，好几年随着一群同龄的无教养的宠臣过一种粗野、花天酒地、纵情声色的生活，惯受骄宠，纵欲过度，才十八岁便去世了。在投入更野蛮、更原始生活的这种悲情中，我看到了玛塞琳跟我打趣说的“我的危机”一类的东西，因为我不再把我的肉体拉扯进去，就可以同意在我的精神上贯彻。在阿撒拉里克的惨死中，我力求自己要把它作为一个教训来看。

我们在拉文纳待了两周，在此以前，我们匆匆游览了罗马和佛罗伦萨。后来没有再上威尼斯和维罗纳去，就提前结束旅行，一路直抵巴黎。我发现跟玛塞琳谈到未来有一种全新的乐趣；至于如何过夏天还没有打定主意；我们两人对旅行都已厌倦了，不要再出门了；我希望在最安静的环境中进行研究；我们想到了位于利兹安和主教桥之间诺曼底林区一块地产——这原是母亲拥有的产业，童年时我跟母亲在那里度过几个夏天，但是自从她去世后就不曾去过。父亲把产业的维修和管理都托给一个看守人，他现在也上了年纪，他扣了自己这份工资后，按期给我们寄来地租收入。这是一幢非常舒适的大房子，还有一座有流水穿过的花园，给我留下美好的回忆。屋名叫茂里尼尔；我觉得住到那里挺不错。

冬天我说过要去罗马——这次是去工作，不是去旅行……但是后一项计划很快要颠倒一下；那不勒斯有一大堆信件等了我们很久，其中一封信赫然告诉我，法兰西学院有一个教职空缺，好几次提到我的名字；这只是一个代理职务，但是正因为如此，今后让我有更多的自由；告诉我消息的朋友向我指出，我若愿意接受，只需办几个非常简单的手续，他敦促我接受。我犹豫，首先把这件事看作一种束缚；然后想到在课堂上展示我对卡西奥多勒斯的研究工作可能很有趣……最后这样做会叫玛塞琳高兴，使我下定了决心。主意一旦拿定我只看到这件事的好处。

父亲在罗马和佛罗伦萨的学术界有许多交往，我自己跟他们也通过信。他们给我在拉文纳和其他地方进行研究提供一切方便，我心中只有工作不思其他，玛塞琳也百般小心，照顾周全，努力促成我的工作。

在旅行后期，我们的幸福平淡无奇，使我也没有什么可说的了。人类最美的作品毕竟都是痛苦的产物。幸福有什么可说的呢？没有什么可说的，只有幸福的形成与幸福的毁灭才是值得一提的。我现在跟你们说的一切，都是幸福的形成。

第二部分

第一章

七月初我们到了茂里尼尔，沿途只在巴黎短暂停留，时间只够我们购买生活用品和走访少数几个地方。

我跟你们说过，茂里尼尔坐落在利兹安和主教桥之间，据我知道那是树林最多、雨水最充沛的地区。层峦叠嶂，谷狭涧深，延伸到离奥吉大河谷不远的地方，河谷在此骤然成了一片平原直通大海。看不到地平线，满目是充满神秘的矮树林；有几块农田，但是主要是草地，稍微倾斜的牧场，草长得很密，一年要刈两次，还有不少苹果树，当太阳落下时，树影连成一片，有无人看管的羊群在这里吃草；每块洼地上都有水，不是池塘就是水潭或河流，水流声不绝于耳。

啊！这幢房子我是太熟悉了！蓝瓦盖的屋顶，砖和石头砌的墙壁，壕沟，水面上平静如镜……这是一幢老房子，住上十二个客人也绰绰有余；玛塞琳，三个仆人，有时我也动手帮忙，使一部分房屋恢复生气。我们的老看家叫博卡奇，已经尽其所能叫人整理出了几个房间。这些沉睡了二十年的老家具如今又苏醒了；一切还是像我记忆中一样，板壁不算太破损，房间也还可以住人。为了好好欢迎我们，博卡奇找出了所有他能找到的花瓶，个个都插满鲜花。他叫人把大院子里和花园附近小径上的草都拔掉，地都耙平。当我们到达时，最后一缕阳光正照着屋子，一片凝集不散的雾气从屋前山谷里升起，河流在雾气中时隐时现。还没有到达，我一下子辨出了草的香气；当我重新听到燕子绕着房子飞时的尖叫声，一切往事都袭上心头，仿佛它等候着我，认出了我，在我走近时要把我团团围住。

几天后，屋子变得有点舒服了。我原本可以开始工作的，迟迟不动笔，是还沉浸在大小往事的回忆中，然后一种实在新奇的情绪使我无心做其他事：我们到后一星期，玛塞琳向我透露她怀孕了。我觉得从那时起我欠了她新的情分，她也有权利得到更多的温情。至少在她吐露真情后的最初日子，白天的时间我几乎都留在她身边。我们走到树林附近，坐在我以前跟母亲常坐的那条长凳上，在那里每一时刻过得愈有情味，时间在不知不觉中愈容易消逝。在我一生的这个时期里，没有哪一件事在记忆中特别清晰，这不是我的怀念不够强烈……而是一切事件都交织融合，形成一段完整的幸福岁月，白天与黑夜相连，不分什么时辰，日子与日子衔接，也没有什么意外。

我慢慢恢复工作，思想平静，精神饱满，对自己的力量很有把握，面对未来不急不躁，充满信心，愿望也温和了，这块节制的土地使人不生妄念。

我想，这块土地上的一切都会结出果实，长出有用的庄稼，树立的榜样不可能不对我产生最好的影响。我欣赏这些健壮的公牛，这些怀胎的母牛，在水草丰满的牧场展现了多么宁静的前景。这些苹果树在向阳的山坡上排列成行，预告了夏天的丰收；我梦想这些树枝不久会沉甸甸地挂满了果实。在这里有条不紊的丰盛，怡然欢悦的劳累，长势喜人的庄稼，建立起一种和谐，这不是靠侥幸而是靠经营得来的，一种节奏，一种既是人性的也是自然的美，在这里不再知道应该赞美的是什么，因为大自然处处迸发的旺盛生机和人调节大自然的智巧力量，相互融合成一种完美的协作。我想若不存在需要制服的强有力的野性，这种智巧力量会成为什么呢？若没有限制它，含笑引导它走向灿烂的智巧力量，这种任意迸发的旺盛生机又会是什么呢？我由着自己去梦想这样的星球，在那里一切力量得到最佳的调节，一切消耗得到最佳的补偿，一切交换得到最佳的平衡，这样任何细小的缺陷都会暴露的；然后我把梦想用于生活，为自己创造了一种伦理，这又成为一种科学，就是这样约束性的智慧使自我得到完美的体现。

那么我昨日的骚乱又消失在哪里了？隐藏在哪里了？只要我内心平静，这些骚乱好像从来没有存在过似的。爱情的洪流把它们都淹没了……

可是老博卡奇围着我们献殷勤；他指挥，督促，出主意。我们觉得他有点过分要显示少了他不行。为了不让他扫兴，就要检查他的账目，听他从头至尾说不完的解释，甚至这样他还不完事，我还必须陪他巡视土地。他那神气的长者口吻，滔滔不绝的说话，自命不凡的态度，对自己诚实的标榜，不一会儿惹我恼了火。他变得纠缠不清；为了重新得到安逸，我用尽了一切办法——这时一桩意料不到的事在我与他的关系中增添了一种不同的内涵：有一天晚上，博卡奇报告我说第二天他的儿子夏尔要来。

我说一声“啊！”，几乎无动于衷，直到那时为止，我对博卡奇可能有什么儿子从没想过；随后看到我无动于衷的态度使他一怔，他原以为我会表示兴趣或惊异的。

“他原先在什么地方啦？”

“在阿朗松附近的一家模范农庄。”博卡奇回答。

“他现在该有……”我继续问，心里在估计我直到那时不知道存在的这个儿子的年龄，有意说得慢慢地，让他有时间打断我……

“十八岁了，”博卡奇说，“老夫人过世时他才四岁多。哈！现在是个大小伙子啦；过不久他懂的事会比他父亲还多……”博卡奇一说来劲了，什么事都截不住他的话头，即使我明显露出不耐烦的表情。

第二天我已把这件事忘了，夏尔傍晚一到就来向玛塞琳和我请安。他年少英俊，精神焕发，身材柔软匀称，他为了见我们特意穿了一套做客衣服，难看得很，却也没有让人觉得他可笑；他略现腼腆，反使他天生红扑扑的脸更加滋润。一双明亮的眼睛依然充满稚气，使他看起来只有十五岁；他言辞清楚，毫不做作，而且跟他的父亲截然不同的是他不说废话。我已记不得我们第一天谈了些什么，我只顾盯着他看，也就找不到话来说，让玛塞琳跟他寒暄。但是第二天，我第一次没有等待博卡奇过来找我就上农庄去了，我知道那里的工作已经开始。

那里正在修理一个水潭。这个水潭像池塘那么大，不断渗水。渗水口已经找到，要用水泥堵住。必须首先把水潭抽干，这项工作十五年来没有做过。水里有许多鲤鱼和冬穴鱼，有几条非常肥大，游在水底不上来。我很想把其中一部分养在水沟里，另一部分送给工作的人，这样劳动中也增添了捕鱼的乐趣，这话一宣布，农庄里异常活跃：邻村也来了一些孩子混杂在帮工中间，玛塞琳过会儿也来找我们。

当我到达时，水已经下降很多时候了。偶尔水面上掀动一阵波纹，鱼惶惶不安，露出棕色背脊。有的孩子踩着岸边的水洼地，抓住一条发亮的小鱼，扔到清水桶里。鱼惊慌失措，搅动得池水里全是泥沙，一刻比一刻浑浊。鱼多得出人意料。四个农庄长工任意把手伸进水里就可抓到几条。玛塞琳迟迟不来，我感到惋惜，决定自己跑去找她，这时有人大叫发现鳗鱼了。鳗鱼就是不容易抓，顺着指缝溜走了。夏尔直到那时一直待在岸上父亲身边，按捺不住了；他突然脱下鞋袜，把上衣和背心放在地上，然后高高挽起裤管和衬衣袖子，毅然下了池塘。我也立刻学他的样子。

“喂！夏尔！”我喊，“您昨天正是来对了，不是吗？”

他没有回答，但是满面含笑瞧着我，已经忙着捕起鱼来了。我立刻叫他帮我截住一条大鳗鱼；我们四只手合起来才把它抓住……这以后又是一条。塘泥溅到面孔上，有时身子突然往下陷，水一直浸到大腿，不久就全身湿透了。我们玩得很起劲，只是相互喊上几声，说上几句话；但是到了日落时，我发现自己不知道什么时候开始对夏尔用“你”这个昵称。共同行动要比长时间谈话更能促进彼此的了解。玛塞琳还没有来，她也不会来了，但是她不来我不再感到遗憾，我觉得她在反而会叫我们扫兴。

第二天我到农庄去找夏尔。我们两人一齐向树林走去。

我对农庄的土地了解不多，也很少担心自己对这类事不了解，看到夏尔对土地以及佃租的分布情况了如指掌不由得很惊奇；他告诉我——都是我很少去想的东西——我有六家佃户，我可以收一万六千到一万八千法郎佃租，我勉强只能收到一半，这是因为其余半数差不多都花在各项修理和中间人报酬方面去了。他观看农作物时几次微笑，使我立刻怀疑我的土地经营得不像起初我想的，也不像博卡奇对我说的那么出色。我催着夏尔谈这个问题。这类实际事务由博卡奇跟我谈我觉得烦，而这个青年知道怎样叫我听得有趣。我们一天天到各处巡视；地产很多，把角角落落都搜索一遍后，开始更有步骤地工作。夏尔看到有几块土地没有很好耕种，有些地方长上了染料树、刺茎植物和野草，在我面前毫不掩饰自己的脾气；他还会说服我跟他一样痛恨休耕的做法。

“但是，”我一开始对他说，“田间管理不善受损失的是谁？还不是佃户自己么？他的租地收益会有上下，佃租又不会跟着变。”

夏尔有点儿气恼，他毫不客气地说：“这事儿您一窍不通。”我也立刻笑了。“您只看到收入，您就是不看到资本贬值。您的土地因为种植不良，在慢慢失去价值。”

“如果种植得好些，收益也会好些，我相信佃农会努力去做的；我知道他们对利益斤斤计较，不会不去尽量多收的。”

“您这种说法，”夏尔说，“就是没有把人工的增加计算在内。这些土地有的离农庄很远。就是种上东西也收获不了多少，但是至少土壤不会退化……”

这样谈个不停。有时候要谈上一个小时，我们一边在田里来回走，一边好像在对同样的事重新做出评估，但是我在听，逐渐地，我学到了东西。

“不管怎样，这是你父亲的事。”有一天我不耐烦地对他说。夏尔脸一红。

“我父亲上了年纪，”他说，“订租约，修房子，收佃租，管这些已经够他忙的了。他在这里的任务不是进行改革。”

“那你建议什么样的改革呢？”我说。但是这时他回避了，声称自己不是内行；我再三坚持，才逼他把想法说了出来。

“把佃户荒芜的土地全部收回来，”他终于提出了意见，“佃户让一部分租用的土地休耕，这说明他们付了租金还绰绰有余；他们要是留着不退，那就提高租金——这地方的人都很懒。”他又加了一句。

我有六个农庄，我最愿意去的那个坐落在俯视茂里尼尔的山丘上，叫作瓦尔特里。管农庄的佃农不讨厌，我乐意跟他交谈。离茂里尼尔更近的还有一个农庄叫城堡农庄，用所谓“对半分成制”出租一半，由于业主不在当地，就使一部分牲口归博卡奇所有。这时我心里生疑，开始怀疑诚实的博卡奇本人，要说他没有欺骗我，至少他让许多人欺骗我。是的，他给我留下了一个马厩和一个牛栏，但是我不久发现马厩和牛栏都是虚设的，只是为了让佃户用我的燕麦草料去喂养他自己的奶牛和马匹。那时以前，我听了博卡奇的话很受用，他过一段时间给我编些似是而非的消息；什么死亡啦，畸胎和发病啦，我对这一切深信不疑。我从未想到会有这样的情况：只要佃户有一头奶牛生病，这头奶牛就必然是我的，只要我的一头奶牛长得非常健壮，这头奶牛就成了佃户的。夏尔不经意中发表的意见和个人看法开始让我如梦初醒；然后很快我恍然大悟。

玛塞琳经我一提醒以后详细清查每一笔账，但是找不出一个错误：从账面上看，博卡奇诚实可靠。怎么办？让他干。但是我一肚子火，至少现在我要尽量不露声色看住这些牲口。

我有四匹马和十头牛：这已经够我折腾的了。这四匹马中，有一匹还被大家叫作“马驹”，尽管它已经三岁多了。这时就要对它进行训练。我开始表现出了兴趣。突然一天有人向我报告说这匹马野性十足，没有人制服得了，最好是把它卖掉。仿佛我会提出疑问似的，他们竟让马儿撞断了一辆小车的前轮子，弄得腿弯也出了血。

这天我好不容易保持了冷静，所以没有发作是不想叫博卡奇难堪。总的说来，他这人软弱多于恶意，我想有错的是那些仆人；但是他们自以为无人可以管得住。

我走到院子里去看那匹马驹。一个仆人正在抽打它，一听到我脚步声走近，又装作抚摸它。我装作什么也没看见。我对马匹还不是很内行，但是觉得这匹马很美；它是一匹浅枣红色的半纯种马，身材非常俊逸；眼珠灵活有神，鬃毛和尾巴类似金黄色。我看到马没有受伤安了心，要人包扎它的伤口，一句话不多说就走开了。

晚间，我一看见夏尔，试图弄明白他对马驹是怎样想的。

“我相信这匹马很温顺，”他对我说，“但是他们不知道怎样办；他们会弄得它很暴烈。”

“换了你怎么办？”

“先生愿不愿意把它交给我管上一个星期？我负责办好。”

“你怎么训练它？”

“您看着吧……”

第二天，夏尔把马驹牵到草场的一个角落，处在一棵茂密的胡桃树的绿荫下，旁边有一条河绕过。我由玛塞琳陪着到了那里。这是我难以忘却的一个回忆。夏尔用几米长的一根绳子，把马驹拴在牢牢插在地上的一个桩子上。马驹极度紧张，好像猛烈挣扎过了好一阵子；现在它变乖了，不再闹了，比较平静地绕着圈子走；它小跑步，步子一蹦一蹦富有弹性，像舞蹈一样叫人看了入迷。夏尔站在圈子中央，一圈下来突然一跳躲过绳子，时而用语言刺激它或者安抚它。他手拿一根长鞭子，但是我没有看到他使用。他的神态和姿势，他的朝气和欢乐，都表示出驯马像是一桩热烈欢乐的工作。突然——我不知道怎么做的——他跨上马背；马步子先已慢了下来，然后停住；他抚摸过它一会儿，然后一下子我看见他坐在马背上，充满自信，抓住一点马鬃，笑着，俯着身，继续抚摸。马驹稍稍尥了个蹶子，现在它又速度均匀地小跑起来，那么轻盈优美，竟使我羡慕夏尔，对他也这样说。

“再训练几天，放上马鞍它也不会反抗了；两星期以后，夫人也敢往上骑了，它驯顺得像头小绵羊。”

他说得对。几天后，那匹马由人抚摸、梳毛、牵走，都不再存戒心；玛塞琳要是身体许可，是会骑上去的。

“先生您应该来试试。”夏尔对我说。

我从来没有单独骑过马，但是夏尔说他可以在农庄另备一匹马来骑，有他陪伴我高兴极了。

我多么感激母亲在我年幼时带我到马场来！多年前学的基本课程对我还是有用的。我坐在马鞍上并不感到太惊骇，过了一会儿恐惧心理消失，人也自在起来了。夏尔骑的那匹马较肥壮，不是纯种，但是并不难看，尤其夏尔骑术很高。我们习惯每天出外遛遛；更喜欢清晨出发，踩着沾有露珠的草地。我们骑到树林边上，沿途碰动湿漉漉的榛树枝，水滴在身上都湿透了。突然眼前一片地平线，那是宽阔的奥杰山谷，远眺可以看到海。我们待了一会儿，没有下去；夜雾在晨曦照耀下映出颜色，扩散，四处消失，然后我们回头一路奔驰；我们在农庄停留，那里工作才开始；赶在工人前面，又指示他们工作，我们感到又快活又自豪；然后我们突然离开他们；我回到茂里尼尔，这时正好玛塞琳要起身。

我回来时，清新空气让我陶醉，骑快马更使我晕眩，沉溺于慵懒的四肢有点酸硬，但是我精神饱满，容光焕发，食欲大振。得到了玛塞琳的同意和鼓励，我兴头十足。我回来还没有脱掉护腿套，就往玛塞琳的床边走去，她赖在床上等着我，而我身上还沾着湿草的气味，她对我说她喜欢闻这个气味。她听我叙说马背上的奔驰，晓雾初开的田野，场上的农活……她看起来感到我在生活就像她自己在生活那样快乐——不久我滥用了她的这种快乐；我们骑马外出的时间愈来愈长，有时我将近中午才回家。

可是我尽力留出黄昏和晚上时间备课。我的工作进展顺利；我很满意，考虑以后花点精力把讲义汇编成书不是不可能的。出于一种自然反应，我的生活有了条理和规律的同时，我也要求四周的事物有条理和规律，因而我愈来愈喜欢哥特人的纯朴伦理学；在教学中，我自始至终宣扬无文化，列举值得称颂的理由，这种大胆鲁莽的做法日后也遭到不少指责；同时我对自己身上和周围使人想起的无文化教育的一切，却又不厌其烦地想办法去消除，消除不了就去克制。这种明智或者说这种疯狂，我实现到什么程度才会完呢？

我有两名佃户，租期到圣诞节结束后希望续约，就走来找我。根据惯常的做法，签一份所谓“续约协议”就可以了。我有了夏尔的保证，受到他平时对我谈话的鼓动，等待他们时已打定主意。而他们则又认为佃户不是轻易可以替换的，首先要求降低佃租。当我向他们宣读我本人撰写的“续约协议”，协议内不但提出租金不能减少，还要收回我看到他们闲置起来的几块土地，他们惊呆了。他们听了这话首先假意笑笑：我在说笑话吧。我拿了这几块土地有什么用？它们一文不值；他们没有派用场，这是因为派不上用场……然后看到我一本正经，他们就坚持自己看法，我也坚持自己看法；他们以为用退租相威胁会吓倒我。而我听了这话正中下怀。

“嗨！你们要退就退吧！我不留你们。”我对他们说。我拿起续约协议，当着他们的面撕得粉碎。

这样我手上多了一百多公顷的土地。一段时间以来我已在计划把管理大权交给博卡奇，心想这也是间接交给夏尔；我竟认为自己也可管上一管；然而我没有多加考虑，工作的风险使我跃跃欲试。佃户要到圣诞节才搬走；我们还有时间从长计议。我关照夏尔；他立刻喜形于色，却引起我的不快；他不会掩饰，这又使我感到他实在太有朝气了。时间已经很紧迫了，一年中正是这个时节，头茬收完，空出的田地就等待着第一次耕作。根据惯例，不续约的佃户和新订约的佃户的工作是同时进行的，庄稼一收，不续约的佃户要把土地一片一片让出来。我担心那两名辞退的佃户怀恨在心，进行报复，没料到他们很高兴对我装得殷勤周到（以后我才知道他们从中有利可图）。我趁那时早晚都跑到他们即将归还给我的地里去。天气已经入秋，必须雇用更多人手加快耕种；我们已经买来了钉齿耙、压土滚柱、铁犁；我骑马巡看四处，监督和指导工作，亲自指挥，一呼百应，感到十分有趣。

可是在邻近果园里佃户正在摘苹果。苹果落下滚在厚厚的草地上，这是前所未见的大年；人手都不够用了，从邻村来了帮工，雇用他们工作一周；偶尔，夏尔和我帮助他们从工作中取乐。有人用长竿子打下树枝上的晚熟果子，有人又在一旁搜集自行掉落的过熟果子，经常跌扁了，在深草堆里踩伤了。人走在上面总要踩到几个。草地升起的气味又酸又甜，跟翻土的气味混杂一起。

秋深了。最后几个晴天早晨清新明澈。有时潮湿的空气使远处的景物呈现蓝色，显得更加远了，使散步也就成了远游；乡土好像扩大了似的；有时，相反地，异常透明的空气把地平线拉了过来，好像展翅一飞就能到达那里，我说不清哪种情况使人更加疲乏。我的工作将近结束；我这样说至少可以更加大胆脱出身来。我不去农庄的时候，就陪伴玛塞琳。我们一起上花园去，走得慢慢的，她懒洋洋压在我的手臂上。我们走去坐在一张凳子上，从这里俯视沉浸在晚霞中的山谷。她怀着特有的温柔靠在我的肩上；我们这样待到夜色来临，没有动作，没有语言，感到白昼融化在我们怀里……我们的爱情已经知道包含在多少沉默中！玛塞琳的爱已不是语言所能表达的，我对这样的爱有时几乎感到忧虑。就像微风有时吹皱平静的水面，她有一点点激动也会反映在额头上，她倾听体内一个新生命的神秘躁动；我俯身望着她犹如望着一个清纯的深水潭，不管看得多么深，看到的只是爱，啊！如果这是幸福，我知道我从那时起就愿意留住它，就像用合拢的双手徒然去留住流淌的水。但是我已经感觉在幸福旁边存在着不是幸福的东西，使我的爱情绚丽，就像染上了秋霞。

秋深了。清晨的草一天比一天湿，在树林边缘的背面已不再会干了；天蒙蒙亮时草是白的。鸭子在水塘里展翅扑腾；它们野性十足地乱颠，有时身子飞了起来，嘎声大叫，绕着茂里尼尔哗啦啦飞上一圈。有一天早晨我们一个也没有看到。博卡奇把它们关了起来。夏尔对我说秋天野鸟迁徙季节要把它们关着。不久以后气候变了。一天晚上突然刮起一阵狂风，一种海的喘息，强烈，连续不断，带来了寒流和雨，吹走了候鸟。玛塞琳有身孕，筹划迁入新居，我要细心准备头几堂课，这些早该把我们召回城里了。恶劣气候提前来到，更把我们赶了回去。

本来，农庄的工作需要我们十一月份再回去的。但是我听了博卡奇的冬季安排感到气恼；他对我宣布他要把夏尔送回模范农庄，据他说夏尔在那里还有不少东西要学；我谈了很久，我想到的论据都用上了，还是不能叫他让步；他最多同意缩短一点他的学习期，让夏尔早日回来。博卡奇也没向我隐瞒，同时经营两个农庄不会不遇到很大困难；不过他告诉我，他已看中两名十分可靠的农民，打算雇用在手下工作；可以说是佃农，也可以说是雇农，还可以说是长工；这种做法在这个地方还是一种创举，不是什么好兆头；但是他却说这是我造成的。说这些话已近十月底了，十一月初，我们在巴黎住了下来。

第二章

我们就在帕西附近的S路上住了下来。这套公寓是玛塞琳的一个兄弟给我们介绍的，上次经过巴黎时我们看过房，要比父亲遗留给我的那套宽敞得多，玛塞琳可能有点儿担忧，不但房租较高，而且日后我们会穷于应付各种开支。对她的种种担心，我偏偏说居无定所是如何可怕。我先要自己相信然后有意渲染。确实，名目繁多的安家费用会超出我今年的收入，但是我们的家产相当可观，今后还会增加，我算上我的课时费、著作出版，甚至还有我的农庄的新收益——真是荒唐之至。有什么花费我决不会退缩不前，每天还对自己说，这也是对自己的约束，并可借此打掉我能够感觉或者害怕感觉内心存在的流浪汉情结。

最初几天，我们从早到晚把时间花在采购上，虽然玛塞琳的兄弟非常热心，自告奋勇要帮我们代劳。玛塞琳不久就感到精神不济。然后，一旦安置停当，不但得不到必要的休息，她必须接二连三招待来客。以前我们一直离群索居，而今他们络绎不绝而来，玛塞琳并不习惯社交，既不知道如何减少应酬，也不敢闭门谢客；到了晚上，我发觉她筋疲力尽了。虽然我知道她出于自然原因也会疲劳的，并不感到不安，但还是想方设法减轻她的负担，经常代替她招待客人——这点叫我很无趣，偶尔还代替她回访——这点叫我更加无趣。

我从来不是个健谈的人；沙龙里的琐谈和卖弄才情，都是我无法迎合的；我从前也经常在几家沙龙出入……但是那是很久以前的时代了！以后世道有多么不同？我发觉在其他人面前呆板，阴郁，讨嫌，既使人局促，也使自己局促。唯有你们才是我心中的真正朋友，可是偏偏不巧的是你们当时都不在巴黎，要隔了很久才会回来。不然我不是可以跟你们畅谈了吗？或许你们比我自己还更了解我？我那时心里逐渐的变化和今天跟你们说的一切，我又懂得多少呢？当时在我看来前途是可靠的，我自信对人生也可以完全掌握。

即使我那时眼明心亮，我从于贝尔、迪迪埃、莫里斯和其他许多人——你们跟我一样认识和有看法——会得到什么样的帮助来改正自己呢。唉，我很快发现要他们了解我是难上加难。跟他们谈了几次以后，我就看到自己像在他们的催促下去扮演另一个人，去贴近他们相信我还是本来的那个人，即使装模作样也无所谓；为了避免纠缠不清，人家认为我这人的想法和情趣该是什么，我就装作什么。人不可能同时真诚与装得真诚。

我还是更乐意见到我的同行：考古学家和语文学家，但是跟他们说话得到的乐趣和激情，并不比翻阅好的历史辞典多。首先我从某些小说家和诗人的作品里，可以希望获得对生活较为直接的理解。但是即使他们对生活有这种理解，必须承认他们并不表示出来。我觉得他们大部分人不是在生活，只是装作在生活就满足了，甚至还有点儿要把生活看作不利于写作的障碍。我不能以此责备他们，我不敢肯定我不会犯这样的错误……此外，我说的“生活”又是指什么呢？——这恰是我愿意人家来告诉我的。这些人无不头头是道地谈到生活中的各种大事，就是不涉及促成这些大事的起因。

至于有的哲学家，他们的任务应该向我提供情况，很久以来我就知道从他们那里会得到什么；数学家和新批判主义者尽量远离这个混沌的尘寰，如同代数学家毫不关心他测量的各种量的存在含义。

回到玛塞琳身边，我向她毫不掩饰我觉得这些交往很无聊。

“他们这些人个个都很相像，”我对她说，“每个人表里不一。跟其中一个人谈的时候，也就像在跟许多人谈。”

“但是，我的朋友，”玛塞琳回答，“您不能要求每个人跟其他人都不一样。”

“他们彼此愈相像，就跟我愈不像。”

然后我更加悲哀地又说：

“没有人了解到什么是生病。他们活着，样子像是在活着，而又不像知道自己在活着。而我，到了他们身边，就不再活了。就拿今天来说吧，我做了些什么？我从九点钟就离开了您。临走前我有时间读一会儿书，这是一天中唯一美好的时刻。您的兄弟在公证人那里等我，离开公证人后他就不让我走了。我只好跟着他去看地毯商，他在家具店也没有放过我，我只能在加斯东那里跟他分手；然后我和菲列普在附近共进午餐，然后我又去找路易，他在咖啡馆等我，跟他一起旁听泰奥多尔的莫名其妙的讲课，完了我还要对泰奥多尔称赞一番；为了拒绝路易星期天的邀请，我只好陪他上阿尔蒂尔家；跟阿尔蒂尔又去看了一个水彩画展览；去阿尔贝蒂娜家和朱丽家投放了名片……筋疲力尽回到家，看到您也跟我同样筋疲力尽，因为您去见过了阿德里娜、玛尔泰、若娜、索菲……现在到了晚上回顾白天做过的事，觉得我这一天过得太没意思，觉得那么空虚，真想把这一天重新抓住，一小时一小时重新开始，我难过得要哭了。”

可是我还是说不清我说的“生活”是什么，也说不清我向往一个更广阔、更自由、不那么受别人牵制、不那么顾忌别人的生活，不就是我感到约束的一个非常简单的秘密么；这个秘密我觉得要神秘得多：我想这是一种重生的秘密；因为我在其他人中间依然是个陌生人，像个从阴界回来的人。首先我只感到一种颇为痛苦的彷徨；但是不久，一种更为强烈的感情又出现了。我要说明的是当我那些著做出版后得到那么多赞扬，我并不感到一点自豪，那么现在自豪了么？可能是；但是至少不掺杂任何虚荣心。这是平生第一次意识到自己的本身价值，这就是：使我跟其他人区别和分开的东西，才是重要的，除了我以外没有人会说和能说的东西，才是我要说的。

不久后我开课了，主题正合我的心意，在第一堂课上绘声绘色宣扬自己的新见解。我对盛极而衰的拉丁文明，用艺术的笔法来描绘，它从群众中间兴起，如同一种分泌物，起初表示多血、精力过剩，然后立刻硬化僵死了，反对精神与自然的完美结合，在生命长存的表面下掩盖着生命的萎缩，形成囊肿，精神束缚在里面萎靡不振，衰竭，最后死亡。最后为了把我的想法说绝，我宣称文化来源于生活，也扼杀生活。

历史学家指责我，说我有一种过于轻率作概括的倾向。也有人指责我的方法；称赞我的则是那些根本没有听懂我的人。

下了课，我第一次与梅纳尔克重逢。我跟他交往不多；我结婚前不久，他出发进行他的远征探险，有时相隔一年多不见面。以前我跟他不太投机；他看来很自负，对我的生活不闻不问。看到他来听我的第一堂课很吃惊。就是他的傲慢不逊起初使我跟他疏远，现在又叫我喜欢起来；他对我微笑，由于我知道他很少这样，更显得迷人。最近一场荒唐的、引起轰动的丑闻官司，给报刊提供丑化他的大好机会，曾受到他的蔑视和优越感伤害的人纷纷借机报复；最使他们恼火的是他竟显得满不在乎。

他针对辱骂是这样回答的："你应该让别人自以为有理，因为这样他们得不到别的，也可以聊以自慰了。"

但是"上等社会"大光其火，那些所谓"自尊的人"认为应该对他不屑一顾，同样报以轻蔑。这对我来说又多了一个理由，叫我受到他神秘的磁力吸引，走近他，当众跟他友好地拥抱。

最后几个缠着不放的人看到我在跟谁说话，也就退身走开了；我就单独跟梅纳尔克一起。

听了那些令人恼火的批评和不合时宜的赞扬以后，再听到他对我这堂课说的几句话叫我心里舒坦。

"您把您过去崇拜的东西都烧了，"他说，"这很好，您烧得晚了一点；但是火焰倒是更旺了。我还不知道是否对您正确理解了；您使我惊讶。我不是乐意谈话的人，倒很愿意跟您谈谈。今晚跟我一起吃饭吧。"

"亲爱的梅纳尔克，"我回答他说，"您好像忘了我是个有家室的人了。"

"哦，是的，"他又说，"看到您敢于坦诚地跟我打招呼，哪儿会想到您已不能那么自由了。"

我害怕伤了他的自尊心，更害怕自己显得软弱，对他说我晚饭后去找他。

梅纳尔克在巴黎没有家，每次来了总是住旅馆。他为了这次逗留把好几个房间布置成公寓；他在那里有自己的仆人，单独进餐，单独生活，墙壁和家具丑陋不堪令他窒息，他在上面盖了几块从尼泊尔带回来的名贵布料，他说，光泽褪尽后赠送给一家博物馆。我兴冲冲急着要见他，当我进门时撞见他还在餐桌上；我对打扰了他用餐表示歉意。

“但是，”他对我说，“我不想吃到一半停下来，相信您会让我吃完的吧。您要是来吃晚餐，我就会请您喝设拉子酒，这是哈菲兹[1]歌唱的酒；但是现在太晚了，这要空腹喝；您至少来点利口酒吧？”

我接受了，想他也会一起喝，然后看到只送来一只酒杯，我惊奇了：

“对不起，”他说，“我差不多滴酒不沾。”

“您害怕发酒疯？”

“哦！”他回答，“恰恰相反！我认为不喝酒是一种更沉的醉；我在醉中保持了我的清醒。”

“您却给别人灌酒……”

他笑了。他说：

“我不能要求每个人都有我的品德。我在他们身上发现我的邪恶已很不错了。”

“您至少抽烟吧？”

“也不。这是一种没有个性的、消极的、轻而易举的醉；我在醉中追求的是生命的激奋，不是生命的萎缩。——这事不谈了。您知道我从哪儿来吗？——从比斯克拉。——我知道您不久前在那里呆过，我要循着您的足迹研究。这个瞎了眼的学者，这个书呆子，到比斯克拉又去干了些什么呢？——我这人只是对人家托付的事保守秘密，对我自己得来的消息，我承认我的好奇心是漫无边际的。我于是尽可能到处寻找、挖掘、探听。横冲直撞对我

① 哈菲兹（1320—1389），伊朗抒情诗人，生于设拉子。

很有用，因为引起了要见您的欲望；以前我一直把您看作循规蹈矩的学者，我知道我现在应该看到……还是您给我说说是怎么一回事吧。”

我觉得自己脸红了起来。

“梅纳尔克，我的事您听到什么啦？”

“您愿意知道吗？但是不要怕！咱们两人的那些朋友您都熟悉，也就可以知道我不会在别人面前提起您的。您的课是不是有人懂，您也看到了吧！”

“但是，”我有点不耐烦地说，“可也没有东西说明我对您比对别人更有话说。得了，我的事您听到什么啦？”

“首先，您病了一场。”

“但是这没……”

“哦！这已经很重要。然后有人对我说您乐意一个人出去，不带书本（这时我开始欣赏您了），或者，当您不是一个人时，更愿意有孩子陪着而不是有妻子陪着……不要脸红，否则我不说下去了。”

“不要瞧着我说吧。”

“有一个孩子——我记得叫莫克蒂尔的……是少有地漂亮，也比谁都能偷和骗，好像有不少事可以说的。我找了他来，用钱收买他的信任，这个您知道并不容易，因为我相信他说自己不撒谎时还是在撒谎……他跟我说到您的事，请您告诉我是不是真的。”

梅纳尔克这时已经站起身从抽斗里取出一只小盒子，打开。

“这把剪子以前是您的吧？”他一边说一边向我递过来一件生锈、断了尖头、弯曲变形的东西；我不用细看就认出这是莫克蒂尔偷藏的小剪子。

“是的；这是，这从前是我妻子的剪子。”

“他说有一天您跟他单独在一个房间里，当您转过脸去时他拿的。但是有意思的不是这件事；他还说当他把剪子藏到长袍里时，他心里明白您在一面镜子里监视他，无意中还看到您的目光反影在窥视他。您看到了偷窃，您什么都没说！莫克蒂尔对您不声不响很惊讶……我也是。”

“听了您跟我说的事我也同样惊讶。怎么！他真的知道我无意中看见他了！”

“这不重要；您在耍小聪明；玩这类游戏这些孩子总是比我们强。您以为逮住了他，其实是他逮住了您……这不重要。您给我说说为什么不声不响。”

“我还要人家来给我说说呢。”

我们好一会儿没有说话。梅纳尔克在房间里踱来踱去，心不在焉点了一支香烟，立刻又扔掉。

“这里面，”他说，“有一种‘观念’，像大家说的，有一种您好像缺乏的‘观念’，亲爱的米歇尔。”

“可能是‘道德观念’吧。”我说，勉强笑了一笑。

“哦！只是财产观念。”

“我不觉得您在这方面的观念很强。”

“我淡薄极了，您可以看这里没有一样东西是我的；甚至连我睡的床也不属于我。我讨厌休息；有了床使人入睡，在安全中进入梦乡；我热爱活着，足以让自己说是清醒地活着，在我这些财富中间保持这种脆弱的感情，从而我可以刺激或者至少兴奋我的生活。我不能说我喜欢冒险，但是我喜欢动荡不安定的生活，愿意生活中每一个时刻要求我献出我的全部勇气、全部幸福和全部健康。”

“那么您又有什么要责备我的呢？”我插入说。

“哦！亲爱的米歇尔，您没有理解我的意思；我也差一点做了蠢事，试图宣扬我的信仰！米歇尔，如果说我对别人的赞成或不赞成全都不放在心上，我也不会费心去对别人表示赞成或不赞成。这些话对我没有多大意思。刚才我对自己谈得太多了，这是以为自己的意思已被理解了，使我把话说了开去……我只是要对您说，对于一个没有财产观念的人来说，您好像占有了许多东西，这很重要。”

“我占有了许多什么？”

“要是您用这种语调谈这个问题，那就没什么……但是您不是自己开课了吗？您不是在诺曼底有地产吗？您不是不久前安了家，在帕西住得很阔气吗？您结了婚。您不是快有孩子了吗？”

“喔唷！”我不耐烦地说，“这只不过证明我懂得让自己过一种比您更‘危险’的生活——像您所说的。”

“是的，只不过如此。”莫纳尔克带着嘲讽说，然后突然转过身，向我伸出手：

“好吧，再见；今晚谈到这里为止，再谈也谈不出更有意思的话了。但是，不久再见。”

我有一段时间没有再见到他。

我忙着关注和操心一些新事情。一位意大利学者向我提到他的新文献已经出版，为了用在我的讲课上，我对新文献仔细研究了一番。我觉得自己第一堂课没有被人听懂，激发我在以后的课中要用不同的更生动的方法阐述；这样我把原先只是作为巧妙假设而试用的东西，被我当成了理论提出来。有多少论证者就是说话不明不白而不被人理解，才有机会显出自己的论证有力！对我来说，我承认我没法分清求助论证的天性中有多少是刚愎自用。

我要说明的新内容，因我不容易说清，尤因不容易被人理解，对我来说就显得更加迫切了。

但是语言在行动旁边变得多么苍白无力！梅纳尔克的生活，他的一举一动，不是比我的课堂内容雄辩一千倍么！啊！从那时起，我明白了，古代大哲学家强调道德的教诲，既是言教，更多还是身教！

我们第一次相遇后将近三个星期，我家的聚会快结束的时候，我又见到了梅纳尔克。那次宾客来了不少。为了免得每天有人打扰，玛塞琳和我宁可选择星期四晚上门户大开。这样其他日子较容易把门关上。每周四，自称为我们朋友的人登门拜访。家里几间客厅很宽敞，可以接待大批客人，聚会延续到深夜。我想吸引他们来的，主要是玛塞琳的风韵仪态和他们相互交谈的乐趣，因为对我来说从第二次起，就发觉没什么可说的，没什么可听的，掩饰不住内心的无聊。我从吸烟室踱到客厅，从小客厅踱到书房，偶尔听到片言只语，很少注意，但是像任意张望一下。

安东尼、艾蒂安、戈德费鲁瓦靠在我妻子的那些精致的椅子上，讨论议会的最近一次投票。于贝尔和路易把我父亲收藏的铜版画拿在手里随随便便乱摺。吸烟室里，马蒂亚斯为了专心听莱奥纳，把一支未熄灭的雪茄放在一张玫瑰木桌子上。一杯橘皮酒泼翻在地毯上。阿尔培一双沾泥土的脚，大大咧咧搁在美人榻上，弄脏了套子。满鼻子吸进去的就是这些东西混杂摩擦而成的灰尘……我突然有一种渴念，抓住所有来客的肩膀往外推。家具、装饰布、版画一沾上污渍，对我来说失去了全部价值；沾了污渍的东西，就像得了病的东西，必死无疑。我真愿意把一切保护起来，加上锁独自享用。梅纳尔克多么幸福，我想，他什么也没有！而我，要保存因而痛苦。其实这一切对我又有什么用呢？……

另一个小客厅里，灯光较暗，中间隔着一层玻璃，玛塞琳在那里接待几名知友，她侧着身子半躺在靠垫上，脸色惨白，我看她那么疲劳，突然大吃一惊，自忖这次接待后不再接待了。时间已经很晚了。我要掏表看钟点，这时在背心口袋里摸到莫克蒂尔的小剪子。

“他这个人为什么要偷这把剪子，既然不久就把它损坏毁灭了？”这时候有人拍我的肩膀；我骤然转过身：是梅纳尔克。

几乎唯有他穿了礼服。他刚到。他请我把他介绍给妻子；我自己是不会主动做的。梅纳尔克风度翩翩，可说是个美男子；大胡子已经灰白，往下挂，把他这张海盗面孔隔成两爿。眼睛闪烁着冷光，表明他的勇气和果断多于善意。他一站到玛塞琳面前我就知道玛塞琳对他没有好感。他们两人寒暄几句后，我把他拉进了吸烟室。

我当天早晨听说殖民部派给他一项新任务，有几张报刊为此登载了他的冒险生涯，尽用一些美好的词句吹捧他，好像忘了前一天还对他进行下流的辱骂，并且把他最后几次探险中的奇异发现，竞相夸大为对国家、对全人类做出的贡献，仿佛他做一切工作无不出于人道的目的；吹嘘他忘我牺牲、热诚勇敢，仿佛他听了这些赞词会感到是一种奖励似的。

我开始祝贺他，刚说了几个字他就打断我说：

“怎么，亲爱的米歇尔，您也来这一套；您一开始倒也没有骂过我。这些蠢话让报刊去说吧。一个伤风败俗的人居然还有一些长处，今天他们好像奇怪起来了。他们对我身上的优点和缺点加以区别和提出保留，我就不会这样做，我只是作为一个整体存在的。我一切顺着我的天性去做，哪个行动我做了有乐趣，这就是信号，说明我应该去做。”

“这会走得很远。”我对他说。

“也在我的估计之中，”梅纳尔克说，“啊！要是我们周围的人都能够相信这点就好了。但是他们中间大多数人却认为只有在强制下才能发挥自己的长处；他们只有穿上伪装才满意。每个人都要做得最不像自己。每个人都给自己找一个老板，然后模仿，他甚至不去选择他要模仿的老板；而是接受一个中选的老板。我相信人性中还有其他东西需要解读的。大家就是不敢。大家不敢翻过这一页——模仿规律，我称它为恐惧规律。人害怕单独存在，人害怕哪儿都不存在。这种精神上的旷野恐惧症很可憎；这是最要不得的懦夫行为。然而人总是单独时才会创造。但是这里有谁在努力创造呢？人觉得自己内心与众不同，这恰恰是他独占的东西，这使每人体现自己的价值——而今大家试图消灭的正是这个。大家都在模仿。大家还说热爱生活呢！”

我听凭梅纳尔克这样说。他说的话恰是我上个月跟玛塞琳说的话；我是应该表示赞同的。不知为什么，出于什么样的懦夫行为，我打断他的话，模仿玛塞琳打断我时说的话，一字不差地对他说：

“亲爱的梅纳尔克，您不能要求每个人跟其他人都不一样……”

梅纳尔克突然闭口了，怪怪地瞧着我，然后，因为厄塞勃正在这时走过来辞别，他毫不客气别过身，走去跟埃克托尔东扯西拉聊了起来。

这话一出口我就觉得愚不可及；尤其令我不快的是会使梅纳尔克相信我觉得他的话是对我的攻击。时间不早了，客人陆续离去。客厅快要走空时，梅纳尔克又来我这儿，对我说：

“我不能这样就离开您，肯定是我把您的话理解错了。至少让我希望这样……”

“不，”我回答说，“我的话您没有理解错……但是这些话没有一点意思；我刚说出口就为这些蠢话难过——尤其觉得这些话会让您看来我恰是您刚才谴责的那号人，我向您申明，对这些人我跟您同样厌恶。我憎恨一切讲大道理的人。”

“他们的确是，”梅纳尔克笑着说，“世界上最可憎的人了。期待他们表示出一点真诚那是白操心，因为他们永远只干他们的原则允许干的事，不这样就认为自己做的事是坏事。我稍一怀疑您跟他们可能是一丘之貉，觉得话到了嘴边就哽住了。我一下子那么难过，这说明我对您的情谊是多么深。我希望我不是对您的情谊，而是对您的看法错了。”

“您的看法确实是错的。”

“啊！是么，”他说着话，把我的手突然抓住，“听着，我不久就要走了，但是我还是要见您。我这次出门比哪一次时间都长。事情也很难预料；我不知道什么时候回来。我应该是两周后动身；这里没有人知道我的行期那么近。我悄悄告诉了您。我天一亮就走的。每次动身的前夕对我来说充满惶恐不安。请您向我证明您不是个讲大道理的人；我可不可以期望您会在我身边度过这最后一夜？”

“但是我们在这以前还可以见面的。”我对他说，有点惊奇。

“不。这两周我谁都不见，我甚至不在巴黎。明天我去布达佩斯，十天后我应该在罗马。离开欧洲以前我要跟各处的朋友拥抱告别。另有一位在马德里等我……”

“那好吧，临行前夕我跟您过。”

“咱们一起喝设拉子酒。”

那次晚会后几天，玛塞琳开始身体不适。我已经说过她经常疲劳；但是她从不抱怨；因为我把疲劳归之于她怀孕，我相信这是自然现象，也从不担心。一名老医生相当蠢，也可能信息不够，一开始又让我们过分安心。可是她又有了新的病状，再加上发烧，使我们决定请来了 T 医生，他是那里最有经验的专家。他奇怪我怎么不及早叫他，并制定了一份她早该遵守的严格饮食制度。玛塞琳勇敢但很不谨慎，直到那天为止一直劳累过度。她的预产期是一月底，那时以前她必须躺在长椅上休息。玛塞琳无疑也有点不安了，人也懒洋洋的，只是她不愿说而已，她非常温顺地遵守限制严格的医嘱。可是当 T 医生给她开了大剂量的奎宁，她知道这对胎儿不利，也有过短时间的反抗。整整三天她心里十分悲痛，仿佛对未来不存希望了，直到那时支撑她的意志垮了下来，抱着一种宗教的隐忍心理，以致病情在以后几天突然恶化。

我对她关怀备至，竭力安慰，还使用 T 医生的原话，T 医生并不认为她的病情有什么严重；但是她极度恐惧，终于使我也惊慌起来。啊！我们的幸福建立在希望上，建立在不可靠的未来上，那有多么危险。我起初只沉迷于过去，我在想此时此刻的享受突如其来地使我陶醉了一阵子，但是未来使现在幻灭更甚于现在使过去幻灭。自从我们的索伦托之夜以后，我全部的爱、全部的生命都是根据未来做出安排的。

我答应留给梅纳尔克的那个夜晚到来了；尽管不忍心撇下玛塞琳，让她单独过整整一个冬夜，我还是尽力要她相信这次见面的重要性和我承诺的严肃性。玛塞琳那晚身体稍有好转，我还是不安心；一名护士代替我侍候她。但是一走到路上，不安的心情再度袭来，我推开它，抵抗它，恨自己没法更好摆脱它。我逐渐进入一种高度紧张、奇异兴奋的状态，既很不同又很相似产生这种状态的痛苦不安，但是这更接近于幸福。时间不早了，我大踏步往前走；天空开始下起了大雪。我很高兴呼吸到更有活力的空气，跟寒冷搏斗，很高兴迎着风雪交加的黑夜；我体味着我的精力。

梅纳尔克听到我来，迎候在楼梯口。他焦急地等着我。他脸色苍白，表情有点呆板。他给我脱大衣，坚持要我换下湿靴子，穿上波斯软鞋。火炉边的小桌子上面放了零食。两盏灯照亮房间，光度还不及炉子。梅纳尔克首先询问玛塞琳的健康；为了避免多谈，我回答说她很好。

“你们的孩子，快生了吧？”

“一个月后。”

梅纳尔克朝炉子弯下身去，仿佛要遮住面孔。他不说话。他好久好久不说话，最后我倒为难了，不知道对他说什么好。我站起身，走了几步，然后走近他，把手按在他的肩上。那时，他仿佛在继续想自己的心事：

“必须选择，”他喃喃说，“重要的是知道自己要什么……”

“嗳！您不想走了吗？”我问他，把握不住我应该怎样理解他的话。

“好像是。”

“您犹豫起来啦？”

“又怎么样呢？您是有妻子有孩子的人，留下来……生活有千百种，每个人只能过其中一种。羡慕别人的幸福，这是妄想；谁也不能借用。幸福不是现成的，而是因人而异的。我明天走，我知道，我已经努力根据我的条件去设计幸福……您应该享受宁静的天伦之乐……”

“我也是根据我的条件设计了我的幸福，”我大声说，“但是我长大了，现在我的幸福束缚着我，有时几乎感到窒息……”

“哈！您会习惯的！”梅纳尔克说，然后他在我面前站住，跟我四目对视，因为我无话可说，他凄然一笑，又说：“以为占有的人，其实被人占有。亲爱的米歇尔，给自己倒些设拉子酒吧，您不会经常尝到的；再吃一些波斯人用来下酒的粉红色糕点。今天晚上我要跟您对饮，忘记自己明天要走了，跟您长谈，仿佛黑夜是过不完似的。是什么使今日的诗歌尤其是哲学成了一堆死文字，您知道吗？是它们脱离了生活。希腊人把生活本身提到理想的高度，所以艺术家的生活在那时就是艺术的一种表现；哲学家的生活，就是他的哲学的身体力行；以致艺术和哲学跟生活是密切结合的，不是相互排斥的，于是哲学丰富诗歌，诗歌表达哲学，这样具备了非凡的震撼力。今天美再也不起作用；行动也不再在乎美与不美；智慧又独行其是。”

“您在按照您的智慧生活，”我说，“为什么不写一部您的回忆录呢？”我看到他微笑，又说：“或者就写一些您的游记吧。”

“因为我不愿意回忆，”他回答，“我相信我在回忆时会阻挡未来，会侵吞过去。我只有彻底忘掉昨天，才会创造每个时刻的新意。从前有过幸福，这对我是绝对不够的，我不相信死去的东西，不复存在与从不存在在我看来是相等的。”

这些话大大领先于我的思想，我听了终于恼火了；我愿意把他往后拉，制止他；但是又找不出话反驳；况且我对自己恼火，更甚于对梅纳尔克恼火。我依然一言不发。他有时像笼子里的困兽踱来踱去，有时俯身向火，长时间不开口，然后突然说：

“更不用说我们平庸的脑袋不知道怎样保持回忆不腐朽！但是回忆是很难保存的；最脆弱的会枯干，最令人心醉的会腐烂，最美妙的以后会是最危险的。令人惋惜的事起初也是很美妙的。”

又是一阵沉默，然后他又说：

“遗憾、内疚、惋惜，这些都是从前的快乐；事过境迁了。我不喜欢往后看，我把过去远远抛开，就像小鸟为了高飞必须离开它的影子。啊！米歇尔，总有欢乐在等着我们的，但是欢乐要找的是一个空的窝，要自个儿待着，让别人像个鳏夫那样向它走去。啊！米歇尔！任何欢乐就像沙漠中的天赐之物，说不上哪一天会腐败变质；它就像阿梅莱斯泉水，据柏拉图说，盛在任何罐子里都要变质的……让时间带来的一切，再由时间带走吧。”

梅纳尔克还说了很多，我现在不能把他的每句话都复述出来；有许多话在我心里铭记不忘，愈是想尽快忘掉愈是记得清；不是这些话告诉了我什么新东西，而是把我的思想突然赤裸裸暴露出来；这种思想我用多少层布严密裹住，我还差不多期望已经窒息了。那个不眠之夜就是这样度过的。

到了早晨，送梅纳尔克上了把他带走的火车后，我独自一人走在路上，要回到玛塞琳身边；我满心悲哀，对梅纳尔克玩世不恭的嬉笑态度深恶痛绝；我愿意这是假装的，我竭力去否认它。我气恼自己找不到话来回答他，我气恼自己说过的几句话，会使他怀疑到我的幸福，我的爱情。我紧紧抓住我的可疑的幸福，像梅纳尔克说的我的“宁静的幸福”；可惜我不能够消除不安，而是妄说这种不安是爱情的养料。我朝向未来，已在未来中看到我的孩子向我微笑；为了他培养和加强我的道德……我决心以坚定的步伐朝前走。

唉！那天早晨正当我走进家，从第一个房间起就异常凌乱叫我一怔。护士迎上来，用缓和的语气跟我说，夜里妻子极度焦虑，后来又感觉痛，虽然她相信还没有到临产期，感觉自己非常不好就派人去找医生，医生夜里就匆忙赶来了，到现在没有离开过病人；然后我想是她看到我脸色苍白，要安慰我，说一切都好些了……我朝着玛塞琳的房间冲去。

房间里灯光幽暗，首先我只是依稀看到医生，他用手制止我出声；然后在暗影有一个我不认识的人影。我惶恐不安，悄声走到床前。玛塞琳闭着眼睛，她苍白得吓人，叫我一开始以为她死了；但是她闭着眼睛把头转向我。在房间的一个暗角，那个不认识的人影在整理和收拾一些东西，我看到发亮的工具、药棉；我看到，我相信看到一块血衣……我觉得站不稳了。我差不多倒在医生身上；他扶住我。我明白了；我害怕我明白了……

“孩子？”我焦急地问。

他愀然耸耸肩。我已不知道自己在做什么，一头扑倒在床上，呜呜哭。啊！突如其来的未来！脚下的大地突然坍塌了，在我面前只是一只大洞，我整个儿身子跌了进去。

这时一切都交织成一片模糊的回忆。可是玛塞琳起初看起来恢复得很快。年初的假期让我有了一点空闲，我几乎整天可以在她身边度过。我在她身边看书，写东西或者轻声念书给她听。我外出总给她带回几株花。我记起我生病时她对我百般关爱，我也以同样多的爱报答她，以致她有时微笑，好像很幸福。这桩意外的悲事葬送了我们的希望，大家都一字不提……

后来出现静脉炎的症状，她开始慢慢衰弱，这时突然形成的血栓使玛塞琳在生与死之间徘徊。这是深夜；我记得俯身看着她，感到我的心随同她的心一起停顿和复活。有多少夜我就是这样守着她！目光盯住她不放，希望用爱情的力量把我的一部分生命注入她的生命中去。我对幸福已不存多少幻想，唯一的苦中乐是偶尔看到玛塞琳微笑。

我的课又开了。我从哪里去汲取备课和上课的力量呢？我失去了记忆，我不知道接连几个星期是怎么过的。可是有一件小事我愿意跟你们重新提一提。

这是早晨，她得血栓后不久；我守在玛塞琳身边，她好像有点好转，但医生还是规定她绝对卧床休息，甚至连胳膊也不应该移动。我弯下腰给她喝水，她喝完，我还弯着腰在她身边，她的目光注视着一只盒子，她要求我打开，声音因心情纷乱而更加低弱。盒子放在桌上，我把它打开，里面都是缎带、饰物和不值钱的小珠宝；她要什么？我把盒子拿到床边，我取出一件件东西。这个吗？那个吗？……不；还不是；我觉得她有点儿不安。"啊！玛塞琳！你要的是这串小念珠！"她勉强一笑。

"你是害怕我对你照顾不够吗？"

"喔！我的朋友！"她喃喃说。我想起我们在比斯克拉的谈话，那次她听到我不指望她所说的"上帝的帮助"，诚惶诚恐地责备我。我有点生硬地又说：

"我是自个儿好的。"

"可是我为你祈祷了多少次。"她回答说。她说这话温柔哀伤。我觉得她的目光流露出祈求和焦虑……她的手无力地放在盖身的被子上，我拿起念珠，往她的手里骨碌一放。她报答我的是充满泪与爱的一瞥，但是我不能够对此做出反应。我又迟疑了片刻，不知做什么，呆立着；最后我待不住了，对她说："再见。"我离开房间，怏怏不乐，像遭到了逐客令。

可是血栓带来颇为严重的症状。心脏排除的血块使肺部疲劳充血，呼吸受到阻碍，透气困难，还发出嘘嘘声。我想不会再看到她痊愈了。病魔已把玛塞琳缠住，从此以后，她痼疾在身，日益消瘦憔悴。一件东西毁了就是毁了。

第三章

气候变得温和起来。我的课程一结束，就带玛塞琳到了茂里尼尔，医生肯定危险期已经过去，为了使她得到更好的康复，最主要不是别的而是清新空气。我自己也需要好好休息。每夜坚持守着她，长时期的焦虑不安，尤其玛塞琳患血栓时使我产生一种同病的感应，在我心中引起剧烈的心跳，这一切把我累倒了，仿佛是自己病了一场。

我宁愿陪着玛塞琳到山区去；但是她向我强烈表示要回诺曼底的愿望，说那里的气候最适合她，还提醒我应该去看看那两个我冒冒失失接过手来的农庄。她说服我，既然我承担了责任，我就有义务去完成。我们抵达那里，她就立即催我去看地……我不知道她再三温情劝说中是不是包含了极大的自我牺牲，我对她还是应该细心护理，但是又怕我认为有必要留在她身边的同时，会感到自己的自由受到了限制……玛塞琳确实在好转；她脸上又泛起血色，最让我感到放心的是她的微笑也不那么凄恻，我可以不用害怕把她留下来。

我于是又回到了农庄。大家在收割第一茬牧草。空气中飘着花粉和草香，起初熏得我头发昏，像喝了烈酒似的。我觉得从去年以来我没有真正呼吸过，或者呼吸进去的尽是些灰尘，这里的空气真是沁人心脾。我坐在斜坡上有点醉意，俯视茂里尼尔；我看到蓝色屋顶，平静的河水，四周是刈过草和长满草的田地；后面是小溪的弯道；再后面是森林，去年秋天我跟夏尔在这里骑马散步。一会儿以前听到的歌声愈来愈近了，这是翻草的人扛着叉子或耙子收工回家了，这些农民我几乎全都认识，却使我不愉快地想起我不是作为慕名而来的游客而是作为主人来到这里的。我走近去，向他们笑，跟他们说话，对每个人问长道短。早晨博卡奇已经向我介绍了耕作的情况；此外他还定期写信，不断地让我了解农庄的大小事项。经营得不错，要比博卡奇当初跟我说的要好得多。可是几项重大决定等待我去裁定，在那几天我尽力掌管一切，兴致并不高，但是可以把我受重创的生活依托在这项装模作样的工作上。

当玛塞琳有精神接待客人时，来了几名朋友留宿在我家。他们热情而不喧闹的交往很合玛塞琳的心意，也使我离开家时不致那么勉强。我宁可跟农庄的人来往。我觉得跟他们可以更好学习——不用我向他们多问——不用，我也很难表达我在他们身边、通过他们感到的愉悦之情。我跟自己的朋友交谈，他们没有开口以前，我已知道他们要说的内容，而这些庄稼汉我一看见就赞叹不已。

起初可以这么说，我向他们提问题竭力避免屈尊俯就的样子，他们回答我时却摆出不屑一谈的神气，不久他们较能容忍我的出现。我跟他们接触愈来愈多。我不仅跟他们一起干活，还愿意看着他们玩他们的游戏；他们思想闭塞跟我无关，但是我跟他们同桌用餐，听他们开玩笑，艳羡地瞧着他们玩乐。这类似一种感应，犹如感到玛塞琳心跳时我心也会跳，外界有什么感觉时立即产生共鸣——这种共鸣一点不含糊，而是明晰、尖锐。我的双臂会感到刈草工的酸痛，他疲劳我也疲劳；他喝下去的苹果酒也叫我解渴，我感觉这一口酒顺着我的咽喉流下；有一天有一个人磨镰刀时，大拇指深深割了一道口子，我感到刺骨的痛。

这样，我觉得不仅视觉在教我怎样看乡野，依靠这种奇异感应带来的无形接触，也使我感觉乡野。

博卡奇出现使我拘束，他来了我应该摆出主人的模样，我对此毫无兴趣。我当然不得不下命令，用我的方式指挥干活的人；但是我不再骑马，怕过于高高在上。但是尽管小心翼翼，不让他们看见我出现感到受罪、在压抑自己，我对他们依然像从前那样充满不得体的好奇心。他们每个人生在我看来神秘莫测。我总觉得他们的一部分生活是隐藏不露的。当我不在时，他们会做什么呢？我不同意说他们不会玩得更快活。我认定他们每人都有一个秘密，千方百计要侦破它。我转悠，跟踪，窥探。我紧盯那些有充分自然气质的人，我仿佛期待他们的蒙昧会闪出光芒来照亮我的心灵。

其中有一个人尤其吸引我，他长相英俊，身材高大，脑子不笨，但完全受本能的驱使；心血来潮时什么都干，一时冲动下不能自制。他不是本地人，是偶然被人雇用来的。他头两天干得非常出色，第三天就烂醉如泥。有一个夜里，我偷偷走到粮仓里去看他；他仰躺在干草堆上，喝醉了酒沉睡。我瞧了他好一会儿！……有一天他怎么来也就怎么走了。我真想知道他走到哪条道上去了……当晚我听说是博卡奇把他辞退的。

我对博卡奇很光火，要人把他叫来。

“好像是您把皮埃尔辞退了，”我说，“您能跟我说说为什么吗？”

我的火气虽然尽力压了下来，还是使他有点不知所措。

“先生总不愿意把一个肮脏的酒鬼留在家里吧，最好的工人都给他带坏了……”

“那些我想留的人我比您更清楚。”

“一个盲流！连他从哪儿来的都没人知道。这在本地影响也不好……哪天夜里他在粮仓里放上一把火，先生就会满意了吧。”

“但这只是我的事，农庄是我的，我想是吧；我高兴怎么管理就怎么管理。以后您要辞退谁的时候请先给我说说您的理由。”

我说过博卡奇是看着我长大的，不管我说话的语调多么伤人，他太爱我了，不会很生气的。他甚至还不把它当一回事。诺曼底农民对于他们不洞悉其动机，也就是对于不牵涉利益的事，常常不以为然。博卡奇只是把这场争论看成是我的孩子脾气。

可是我不愿意在责怪后就结束谈话，觉得自己也太冲动了，找些什么话再来说几句。

“您的儿子夏尔不是马上要来了吗？”我沉默一会儿后决定问一问。

“看到先生很少问起他，我以为已经把他忘了呢。”博卡奇说，还是耿耿于怀。

“我把他忘了！博卡奇，凭去年我们一起干的事我会把他忘了吗？我还指望他多管一管农庄的事呢……”

“这是先生的美意。夏尔一周后可以来了。”

“那好，我很高兴，博卡奇。”我让他走了。

博卡奇说得也对，我当然没有忘记夏尔，但是我对他的关心也是很少。跟他热烈交往一阵以后，我对他只感到一种惆怅和淡漠，这怎么解释呢？这是因为我的工作与兴趣已不是去年的工作与兴趣了。我必须承认，我的两个农庄已不像我雇用的人那么引起我的兴趣。夏尔来了，我与他们打交道会受到限制。他这人太理智，也让人过于尊重。因而我虽然想起他内心激动，看到他的归期临近还是有所担心。

他回来了。啊！我的担心是对的，梅纳尔克否认一切回忆也是有道理的！我看到进来的不是夏尔，而是一个举止怪异的先生，戴一顶可笑的圆顶礼帽，上帝！他变了！我感到局促不安，他看到我高高兴兴，我竭力不做出过于冷淡的反应。但是即使这种高兴的样儿也叫我不乐；做作，因而在我看来不真诚。我是在客厅接待他的，天色已暗，我没有看清他的面孔，但是有人拿灯进来时，我厌恶地看到他蓄起了连鬓胡子。

那天晚上的谈话可以说沉闷无味，后来知道他什么时候都在农庄，我差不多有一个礼拜有意不去那儿，我又回到我的书本上，跟客人交谈。当我又开始走出去时，一件新工作找上我来。

伐木工开进了树林。每年有一部分木材出售；树林分成十二个面积相等的采伐区，每年轮流供应一批长了十二年的矮树林，还附一些不会再生长的幼树，都堆在一起。

这项工作是在冬季做的，然后根据供销合同伐木工必须在春天以前给采伐区清场。但是指挥伐木的木材商厄特凡大爷粗心大意，有时春天已经到来，采伐区内还堆着木材。那时穿过枯木长出一排嫩枝；伐木工终于来清场时，不少树苗就会遭到破坏。

这一年厄特凡大爷本人是买主，他满不在乎的样子引起我们的恐惧。由于没有人参加拍卖，我不得不以极低价格把木材让给了他；他有把握可以占到便宜，就不急着把低价购进的木材锯开。他把工作拖了一周又一周，这一次说没有人手，下一次又说天气不好，然后又是一匹马病倒了，劳动力被抽去养路或做其他工作……不知道搞什么名堂！以致到了仲夏季节什么都还没动。

去年遇上这件事我会怒气冲天，今年我却镇静沉着。我不讳言厄特凡给我造成的损失；但是这些砍伐后的森林真美，我在里面散步很高兴，东张西望，窥视小动物，无意中遇到蝰蛇，有时长时间坐在倒地的树干上，树干好像还活着，伤口上还长出几棵绿色的新芽。

然后，一下子到了八月七八号光景，厄特凡决定派人来了。他们一次来了六个，声称在十天内完工，砍伐的林带几乎要跟瓦尔特里相接；为了方便伐木工的工作，我同意由农庄给他们送饭。负责这项任务的是一个叫布特的混混，不久前从军队里学得坏透坏透回来了——我是说他的精神，他的身体则是棒极了；他是我愿意交谈的一个手下人。我不用上农庄就可以见到他。因为这恰是在我又开始出门的时候。一直好几天，我不离开树林，只是在晚餐时才回到茂里尼尔，经常叫人家久等。我装作在监督工作，实质上是观察工人。

有时厄特凡的两个儿子也参加这个六人小组，他们俩一个二十岁，另一个十五岁，都是瘦高个儿，身材挺直，面孔线条硬。他们像外国人，后来果然听说他们的母亲是西班牙人。我首先奇怪她怎么会流落到这个地方来，但是厄特凡年轻时是个名副其实的漂泊者，好像在西班牙娶了她。因为这件事，他在本地区名声不好。我第一次遇到那个小儿子，还记得天在下雨，一辆很高的大车运着一大堆树木，他独自一人在顶上，仰躺在树枝中间，嘴里唱着或者不如说吼着一首怪里怪气的歌，我在本地还从来没有听过这样的曲子。拉车的马匹认识路，不用人驾辕往前走。我说不出这首曲子对我产生的影响，因为我只有在非洲听到过类似的调子……年轻人很兴奋，好像有点醉了；当我经过时他甚至没有看我一眼。第二天我听说这是厄特凡的一个儿子。为了看到他或者为了等他，我在采伐区停留。树木很快要运完了。厄特凡的儿子只来过三次。他们好像很傲气，我没法从他们那里听到一句话。

布特相反，他喜欢唠嗑，我有意让他明白有什么事跟我尽说无妨；于是他不再拘束，把本地的事一五一十抖了出来。我贪婪地倾听着老乡们的秘密，虽出乎我的意料，但又没满足我的好奇。这就是表面下沸腾的生活吗？不要又是一种新的假象？那也没关系！我向布特提问题，好像以前给哥特人编写不完整的年表。从他的叙述中升起一股深谷迷雾，使我头脑不清，我又不安地吮吸。我从他那里首先知道的是厄特凡跟女儿睡觉。我怕我要是露出一点点不悦之色，一切悄悄话都会停止。我于是微笑，受好奇心的驱使进一步问：

“妈妈呢？她不说一句话吗？”

“妈妈！她死了整整十二年了……他揍她。”

“家里有几个人？”

“五个孩子。您见过的是最大的和最小的儿子。还有一个十六岁，他身子不结实，想当神父。然后是长女，跟父亲已经生了两个孩子……”

渐渐地我听说许多其他事，说明厄特凡的家是个发烫发臭的地方，不管我怎么样，我的想象力就像苍蝇绕着肉飞。有一个晚上，那个大儿子企图强奸年轻的女用，她挣扎不依，父亲还出面帮助儿子，用巨大的双手抓住她；这时二儿子在楼上继续温情地祈祷，小儿子目睹这一幕津津有味。关于这次强奸，我猜想并不费多少手脚，因为布特又说，不久以后，女用尝到了味道，试图勾引小教士。

“尝试没有成功吧？”我问。

“他还没有动心，但是不那么顶牛了。”布特回答。

“你不是说还有一个女儿吗？”

“她是来几个要几个；还什么回报都不要。她兴头来时还愿意倒贴呢。还有，在老子家里不能睡；他要揍人。他还说过这样的话，在自己家里爱怎么干就怎么干，别人管不着。皮埃尔，给您撵回家的那个农庄小伙子，他自己没有对外声张，但是有一夜他头上打了个洞才出得来。从那时起，就在城堡的树林里干了。”

这时，我用目光鼓励他。

“你试过吗？”我问。

他装模作样垂下眼睛，嬉皮笑脸说：

“有过几次。”然后迅速抬起眼睛：

“博卡奇大爷的小儿子也干过。”

“博卡奇大爷的哪个儿子？”

“阿尔西德，睡在农庄里的那个。先生不认识他吗？”

听说博卡奇另有一个儿子，我是绝对惊讶了。

“真是这样的，”布特说，“去年他还住在他叔叔家。但是先生从来没有在林区见过他这倒是奇怪了；几乎每天晚上，他都去偷猎。”

布特说最后几个字放低了声音。他朝我看，我明白要赶快笑一笑。这时布特感到满意，继续说：

“有人偷猎，先生肯定是知道的。喔！森林那么大，不会有什么损失。”

我没有流露出多少不高兴的神情，很快布特又大了胆，我今天想来，他还很高兴对博卡奇阴损几句，向我指出在哪个低洼地有阿尔西德布下的套索，又说明在篱笆的哪个地方我差不多可以肯定逮住他。一条斜坡的高处有一道篱笆墙，阿尔西德通常在六点钟左右钻过墙上的一个小豁口。这时布特和我都饶有兴趣地拉了一条铜线，非常巧妙地将其掩盖起来。然后，布特要我发誓不会揭露他以后走了，他不愿意受到牵连。我躺在斜坡的背面。我等待着。

我白等了三个晚上。我开始想布特是在耍我……第四个晚上，我终于听到轻微的脚步声走近来。我的心急速跳动，突然体会到偷猎者的可恶的欣喜心情……我的套索毫无破绽，阿尔西德一脚踩了进去。我看到他猛地扑倒在地，脚踝被套住了。他要逃，又跌倒，像一头猎物那样挣扎。但是我已把他抓住。这是个讨厌的小鬼，眼珠发绿，头发像乱麻，表情狡猾。他踢了我几脚；然后身子不动，试图咬我，没有咬着，就冲着我破口大骂，肮脏下流真是闻所未闻。最后我实在憋不住，放声大笑。这时他突然停止骂，瞧着我，放低声音说：

"您这个冒失鬼，把我的腿弄伤了。"

"让我看看。"

他把长袜拉到大头皮鞋鞋面上，露出脚踝，上面一条浅红色的血印子。"这没什么。"他微微一笑，然后阴阳怪气地说：

"我把这个事情告诉爸爸，就说是您放的套索。"

"哈！这是你自己放的那个。"

"当然这不会是您放在这里的，这里。"

"为什么不会是我？"

"您放不了那么好。您怎么做的，做来我看看。"

"教教我吧……"

那天晚上，我只是很晚才回去吃饭，因为没人知道我去了哪里，玛塞琳不安心。我可也没有告诉她我放了六个套索，不但没有责怪阿尔西德，还给了他十个苏。

第二天，我和他去查看套索，我感到有趣的是有两只兔子中了圈套；我当然全给了他。休猎期还没有结束。这个猎物拿来怎么办呢？给人看见不是自找麻烦吗？这话阿尔西德没有向我说。最后我还是从布特那里知道的，厄特凡也是个窝藏主，阿尔西德和他之间由他的小儿子牵线。通过这件事我会更深了解到这个胡作非为的家庭吗？我偷猎得更加来劲了！

我每晚跟阿尔西德见面；我们逮住了大量兔子，有一次甚至还抓了个狍子；狍子气息奄奄还没死。我想起阿尔西德兴高采烈地把它杀死的情景感到不寒而栗。我们把狍子放到安全的地方，厄特凡的儿子夜里会来找的。

从那时起，我在白天不是那么心甘情愿出去，空荡荡的森林对我失去了吸引力。我还是在试图工作；索然无味的无目标工作——因为上学期课结束时，我已经把继续代课一事回绝了，那是吃力不讨好的工作，田野里传来一句歌声，一点杂声，都会使我分心；任何叫声都是一声召唤。多少次我放下书本起身蹿到窗前，却看不到有什么东西经过！多少次突然地走了出去……我唯一具备的注意力是一切感官的注意力。

但是当黑夜降临——黑夜现在降临很快——这是我们的时刻，直到那时我没有想到这个时刻那么美；我走出屋子就像走进屋子的小偷。我练就了一双猫头鹰的眼睛。我欣赏更高更摇摆的草，茂密的树木。黑夜使一切凹陷和遥远，土地显得广阔，地面显得深邃。最平坦的道路也像充满了危险，使人感到生存在暗影中的生命到处都在苏醒。

“你的父亲以为你现在在哪儿？”

“在棚子里看牲口。”

阿尔西德在那里宿夜，这个我知道，离鸽子棚和鸡窝不远，到了晚上有人把他锁在里面，他则从屋顶的一个洞里钻了出来；他的衣服还带着家禽的热气味儿……

突然他捡起猎物就往黑暗冲去，好像跌进了陷阱，不做个手势告别，甚至不跟我说声“明儿见”。我知道他回农庄以前——

那里的狗见了他都不叫——会去找小厄特凡，把战利品交给他。但是地点呢？我想知道也没法探听出来，威胁、诡计都不奏效；厄特凡家的人都不会让人接近的。我不知道我的疯狂在哪一点上获得最大成功：追逐一个始终在我面前后退的、没有多大意思的秘密，还是过于好奇而编造了这个秘密？但是阿尔西德离开我后去干什么呢？他真的在农庄过夜吗？只是骗得农户深信不疑？啊！我何必自贬身份呢，我只会落得这个下场，既失去他的尊敬又得不到他更多的信任；这使我气恼，也使我失望……

他突然消失了，我留下来格外孤独；我穿过田野回家，踩着沾满露水的草，在黑夜、旷野生活和无拘无束中，像是醉醺醺的，身上全是汗、泥和叶子。茂里尼尔已经沉睡，玛塞琳房里的灯光像一盏宁静的明灯远远指引我。我说得玛塞琳相信我夜里不出去就睡不着。这是真的：我一想起床就厌恶，我宁可选择粮仓。

这一年猎物极为丰富。野兔、野鸡接连不断地出现。布特看到一切平安无事，过了三个晚上以后也兴致勃勃来了，参加我们一伙。

偷猎的第六个晚上，十二只套索我们只找到两只。白天有人来搜查过了。布特向我要了一百苏去买些铜丝，铁丝不值钱。

第二天我很高兴在博卡奇那里看到我的十个套索，我不得不称赞他的劲头。最有意思的是去年我有欠考虑，答应查出一个套索奖十苏，我只得付给博卡奇一百苏。可是布特又拿了他的一百苏把铜丝买了回来。四天以后，同样的事又发生了，又是十只套索被搜去。又给布特一百苏，再给博卡奇一百苏。当我向他道贺时，他说：

“应该受贺的不是我。是阿尔西德。”

“啊!”

太惊讶了会败露我们的事。我控制住了自己。

“是的,”博卡奇继续说,“没法不这样,先生,我老了,农庄的事也忙不过来了。孩子代我去查看林子,他熟悉;他也精明,比我强,知道哪儿去寻找、去发现那些陷阱。”

“博卡奇,我相信他不费多大工夫。”

“每个套索先生给我十苏,我分给他五苏。”

“他当然受之无愧。喔,五天内二十个套索!他做得不错。偷猎的人只好收敛一下了。我敢打赌他们要歇一歇手了。”

“喔!先生,抓得愈多,放得也愈多。今年野味卖得很贵,损失几个苏……”

我被人家耍成这样,我有点儿相信他们跟博卡奇也有勾结。这件事使我难受,不是阿尔西德三人串通一气,而是看到他这样欺骗我。布特和他拿了钱去干什么?我不知道,这号人的事我一无所知。他们总是撒谎,为了骗我而骗我。这天晚上,我给布特的不是一百苏,而是十法郎;同时我关照他,这是最后一次了,套索再给搜去,那就不干了。

第二天我看到博卡奇来了,他好像很为难;我立刻变得比他还为难。发生什么事啦?博卡奇告诉我布特天蒙蒙亮才回到农庄,喝得酩酊大醉;博卡奇才说了他几句,布特就用脏话骂他,后来又扑上来,揍了他……

“最后,”博卡奇对我说,“我来想知道先生同不同意(他说到这个字顿了一顿),同不同意把他解雇。”

“博卡奇,我考虑一下,他对您失礼让我很不好过。我看……让我一个人考虑一下,两小时后再来吧。”

博卡奇出去了。

留下布特会叫博卡奇脸上无光；赶走布特又会逼他进行报复。得了，以后事以后再说；好在都是我一个人的错……博卡奇一回来：

“您可以跟布特去说我们不想再在这里看见他了。”

然后我等待。博卡奇做什么？布特说什么？只是到了晚上，我才零星听说事情闹开了。布特把真相说了出来。我知道这事首先是从博卡奇家里传出了尖叫声。小阿尔西德在挨揍——博卡奇要来了；他来了；我听到他迈着老人的脚步在走近，我心跳得比偷猎时还厉害。这是令人难堪的一刻！一切崇高的感情都要搁置一边；我会被迫认真对待这件事。编些什么样的解释呢？我要演砸的！啊！我愿意演好我的角色……博卡奇进来了，他说了什么我压根儿没听明白。这荒谬，我只好叫他再说一遍。最后我听出是这么一回事：他相信全是布特一个人的错；令人难信的真相他没有明白过来；是我给了布特十法郎，是干吗？他这个诺曼底人决不会相信这号事。这十法郎是布特偷的，这肯定；还谎称是我给他的，他不但偷还撒谎，无非是隐瞒他偷东西；甭想要博卡奇上当……不再是什么偷猎了。博卡奇揍了阿尔西德，那是因为那个孩子在外面过夜。

好了！我得救了；至少在博卡奇面前一切顺利。这个布特真蠢！当然，那天晚上我没有多大兴致去偷猎了。

我以为一切都已结束，但是一小时后夏尔到了我这里。他不像要说什么笑话，老远就看出面孔绷得比他父亲的还要紧。说到去年……

“嗨！夏尔，好久没有见到你啦……”

“先生要见我，只要上农庄就可以了。我可不会到了夜里去林子里待着。”

“啊！你的父亲对你说了……”

“父亲没跟我说什么，因为他什么都不知道。在他这个年纪有必要知道他的主人不当他一回事吗？”

“注意，夏尔！你说得太过分了……”

“喔！不是么，您是主人！您爱干什么就干什么。”

“夏尔，你完全知道我没嘲笑过谁，我干我爱干的事，这只对我个人有损害。”

他轻轻耸肩。

“当您自己损害自己的利益时，您要别人怎样维护？您不能把看林人和偷猎人都一起保护吧。”

“为什么？”

“因为那时候……啊！得了，先生，这一切对我来说太奥妙了，只是我不高兴看到我的主人和我们逮到的人是一伙的，跟他们一起毁了我们为他所做的工作。”

夏尔说这些话的声音愈来愈自信。他的举止也很高尚。我注意他刮去了连鬓胡子。况且他的话很有道理。我不开口（我还能对他说什么呢？），他继续说：

“谁占有什么就对什么负有责任，这是先生去年教育我的，但是他好像已经忘了。对这些责任应该严肃对待，不应该轻描淡写……否则就不配占有。”

一阵沉默。

“这是你要说的话吗？”

“今晚就是这些，先生；但是如果先生逼我的话，另一个晚上我可能来跟先生说的是父亲和我要离开茂里尼尔了。”

他走时向我深深鞠躬。我还没有时间仔细考虑就喊：

“夏尔！”他说的就是有理……如果说这就是所谓占有……夏

尔！我在他后面追；我在黑暗中追上他，很快说，好像让我仓促做出的决定说了算数：

“你可以跟你的父亲去说我要出售茂里尼尔。”

夏尔严肃地行个礼，不说一句话走开了。

这一切荒唐可笑。

这天晚上，玛塞琳没有下楼吃饭，叫人来对我说她不舒服。我满心焦虑，急忙上楼走进她的房间。她立刻要我放心。“这只是感冒。”她这样希望。她着了凉。

“你不能多穿点儿吗？”

“我一发冷就披上了围巾。”

“不是在发冷后穿，在发冷前穿。”

她瞧着我，想对我微笑……啊！可能是这一天开门不利使我心慌意乱——她那时若是高声对我说：“你那么在乎我死活吗？”我也不会更好地听在耳里。我周围的一切显然都在崩溃。我的手抓了东西，也不会留住什么的……我向玛塞琳扑过去，在她苍白的太阳穴上吻个不完。那时她控制不住自己，伏在我的肩上呜呜哭了。

“哦！玛塞琳！玛塞琳！我们离开这儿吧。在其他地方我会像在索伦托那样爱你。你相信我已经变了，不是吗？但是在其他地方你会感到，什么都不曾改变我们的爱情……”

我还没有治愈她的悲情，但是她已抱住了希望！

季节还是那个季节，但是天气潮湿寒冷；最后一批蔷薇花蕾未曾开就萎谢了。我们的客人早已离去多时。玛塞琳病歪歪的，但还不至于无力安排封门，五天后我们走了。

第三部分

我于是又一次试图守住我的爱情。但是我需要的是宁静的幸福吗？玛塞琳给我的以及她本人象征的幸福，让不感到厌烦的人过得风平浪静。但是因为我感到她疲劳了，她需要我的爱，我就用爱来关怀她，并装得这样做也是我的需要。我感到她痛苦就难以忍受；为了使她摆脱痛苦，我去爱她。

啊！热情的关怀，情意绵绵的守夜！其他人张扬宗教仪式来加强他们的信仰，我也是这样发展自己的爱情。我对你们说，玛塞琳又恢复了希望。她相信来日方长，而我前途无量。我们像新婚一样逃离了巴黎。但是，从旅行第一天起，她的健康明显恶化；到了纳沙特尔，我们不得不停止前进。

我多么喜爱这个岸边青青的湖泊！没有任何山景，宛若来自沼泽地的湖水跟土地长期连接，在芦苇中间渗过。我在一家舒适的旅馆里，给玛塞琳找了一间面对湖泊的房间；我整天不离开她。

她病情严重，从第二天起我从洛桑请来了一名医生。他没必要地急于问清我妻子家庭有没有其他结核病史。我回答说有，可是不知道是谁；但是我不乐意说出我自己就因结核病险些丧命，玛塞琳在照顾我以前从来不生病的。我把一切推在血栓上，虽然医生把这病只看作偶然因素，向我肯定她的病由来已久。他竭力劝我们去阿尔卑斯山区呼吸新鲜空气，肯定玛塞琳到了那里会痊愈的。恰好我的愿望是在恩加丁过冬，玛塞琳健康好转，经得起旅途劳顿，我们又启程了。

沿途的每个情景我都当一件大事记得。天气寒洌，我们带着最暖和的裘皮大衣……库尔的旅馆里闹声不停，使我们几乎无法入睡片刻。我一夜不眠毫不在乎，也不会感到疲劳；但是玛塞琳……我气愤的不完全是这种闹声，而是她不会在闹声中睡着。她多么需要这个！第二天天一亮我们就动身了；先在库尔驿站上订了座位；一站站衔接组织良好，我们只用了一天时间便到了圣里兹。

梯封卡斯登、勒米里埃、萨马登……我记得一切，每个时刻；记得空气清新温和；马铃声叮叮当当；我饥肠辘辘；中午停在客栈门前；我搅拌在汤里的生鸡蛋、麸皮面包和冷酸酒——这样粗劣的菜肴玛塞琳吃不惯；她几乎什么都咽不下，幸好我想到带一些干粮上路，她吃了一点。夕阳西下，黑影迅速盖满森林的斜坡，这一切就在我眼前；然后又一次停歇。空气更加寒冷刺骨。驿车停下，我们钻进黑夜的中心和清澈如水的宁静；清澈如水……没有其他的词更适用了。在这种奇异的透明中，任何一点点声音都清脆响亮。在夜色中我们又走了。玛塞琳咳嗽……喔！她怎么咳个不停？我又想起苏塞的驿车。我觉得我咳得还好一点呢：她咳得太费劲了……她显得多么虚弱，像换了个人；在暗影中我几乎认不出来了。她的面容多么憔悴！从前她的鼻孔也是那么明显吗？喔！她咳得厉害。这明明是她辛苦照料我得到的结果。我讨厌同情；一切传染病都潜伏在同情里面；只有对强者才应该同情。喔！她支持不了啦！怎么还不到啊！她在做什么？她掏手绢，放到嘴前；转身回避……可怕！她也要咳血了吗？我粗暴从她手里抽出手绢。在微弱的光线下，我看……没什么。这是我多虑了；玛塞琳竭力露出一丝凄笑，喃喃地说：

“不。还不是。”

我们终于到了。正是时候，她快支持不住了。为我们准备的房间不能叫我满意；我们当夜在那里过，第二天就换了。在我看来，什么都不够漂亮，也不太贵。因为冬季还没有开始，这个大旅馆几乎是空的；我可以选择。我要了两个大房间，光线明亮，家具简单，有一个大客厅相连，客厅一端是一扇凸形大窗，可以看到一个丑陋的蓝色湖泊和一座我叫不出名字的高冈，坡上的树木疏密不匀。我们在窗前用餐。房租贵得离谱，我也不在乎了！我不再授课了，这是真的，但是要卖掉茂里尼尔。以后的事以后再说吧。此外，我要钱有什么用？我要这一切有什么用吗？现在我成了个强者。我想财产彻底改变跟健康彻底改变对人同样有益……玛塞琳，她需要奢华生活；她是个弱者……啊！为了她我愿意有多少花多少……我对这种奢华生活既厌恶又欣赏。我的感官受奢华的沾染和浸沉，然而又期望到处流浪。

玛塞琳还是有好转，我不懈地照料她奏效了。因为她吃得很少，我为了她开胃预订一些美味佳肴；我们喝上佳的葡萄酒，每天品尝这些外国当地名酒，觉得很有趣，我深信她也会上瘾的。这里有莱茵河酸酒，托卡依甜酒，喝了让人舒畅。我还记起一种奇怪的巴巴格里斯卡，只剩下了一瓶，所以也无从知道它这种怪味在其他瓶子里是不是也有。

每天我们乘车外出；下雪后改乘雪橇，裘皮衣服一直裹住脖子。我回来时面孔发热，胃口大开，然后一夜酣睡。可是我没有放弃任何工作，每天留出一个多小时思考我觉得必须说的话。历史已不再谈；很长以来，我对历史研究的兴趣只限于用它进行心理探讨。我说过我怎么又重新热心过去的呢，这是因为我相信在过去看到了令人迷惑的相似性。我敢于说向死人不停提问题，可以从他们身上获得某些尚未揭示的生活真谛。现在年轻的阿撒拉里克可以自己从坟墓里站起来跟我谈话了；我听的不再是过去的事——一个老答案怎么解答我的新问题呢。人还能做什么？这才是我急于要知道的东西。人直到今天所说的话就是他能够说的一切了吗？他对自己再也没有什么不懂的了吗？他没有什么要否定的吗？这种隐约的感觉每天在我心里加强，就是这些保存完好的宝藏都埋没、掩盖、窒息在种种文化、礼仪、道德下面了。

这时我觉得自己是为了寻觅宝藏而生的；我怀着奇异的热忱进行钩深致远的研究，要做到这一点我知道研究者必须排斥和推开文化、礼仪和道德。

我甚至在别人身上只欣赏他们违情悖理的行为，惋惜他们受到的任何束缚。我还可以说在诚实中只看到约束、俗礼或畏惧。我本来可以把诚实视同难能可贵的品质；而我们的习俗把它变成了平淡的、人际相处的契约。在瑞士，诚实属于安逸的一部分。我理解玛塞琳是需要安逸的；但是我并不向她隐瞒我的新思路。在纳沙特尔时，她已经对这里墙上和脸上透露的这种诚实赞不绝口。

“我自己诚实，这对我已经够了，”我反驳说，“我讨厌那些诚实的人。我不怕他们，但是我也没有什么要向他们学习的。他们也没有什么要说的……诚实的瑞士人！身体健康给他们带不来什么的……没有犯罪，没有历史，没有文学，没有艺术……一株茁壮的玫瑰树，不长刺也不开花……”

这个诚实的国家令我厌倦，这是我早知道的，但是过上两个月，厌倦就成了愤怒，我只想离开。

时间已是一月中旬。玛塞琳身体有起色，还大大好转了；慢慢损耗她健康的持续低烧也消失了，面颊又出现红润的血色，她愿意重新走走，虽然走得很少，不像原来终日病恹恹的。我不费多少口舌把她说服了，这里的空气有益健康，也达到了疗效，现在对她来说最好是南下意大利，那里温煦的春光会把她治愈的——尤其我也不用多费口舌说服自己，我对这里的山厌烦透了。

可是，现在我游手好闲，这段憎恶的往事又浮上了心头，尤其这些回忆萦绕脑际不去。坐雪橇外出，让干冷的空气高高兴兴打在脸上，雪花四溅，胃口大开；——在浓雾中摸索走路，声音奇怪清亮，突然东西出现眼前；——在嵌装密封条的客厅里读书，看窗外的风景；冰天雪地；——苦苦等待雪；——外面的世界消失，怡然自得地沉思默想……喔！再跟她单独上那里去，在清纯、落叶松环绕、与世隔绝的湖面上溜冰，然后晚间与她一起回来……

这次南下意大利，对我来说就像从高空往下跌一样眩晕。天气很好。随着我们进入愈来愈热愈厚的空气，山顶上挺拔的大树、整齐有序的落叶松和冷杉都不见了，看到的是茂密柔韧、婀娜多姿的植物。我好像离开了超然物外的生活，虽然还处在冬季，想象中到处是花草的芬芳。多少时间以来，我们只是对着影子笑。我的节俭使我心欢；然而也沉醉于渴望，就像其他人沉醉于酒。生命的积蓄是美妙的；走到这片包容和富饶的土地前，我的一切欲望都勃发了。胸中充塞着大量潜在的爱，有时从肌体深处涌向头部，使我对一切都想入非非。

这种春天的幻想不久消逝了。高山平地的突然转换可以使我受骗一时，但是我们在贝拉齐、科莫等小镇逗留了几天后，一离开这些盖有房屋的湖岸，又遇到了冬天和雨。我们在恩加丁忍受得了寒冷，但是现在气候潮湿，令人烦躁，不像在山区那样干燥清爽，开始冷得我们很不舒服。玛塞琳又咳嗽了。于是为了避寒，我们往更南方去，我们离开米兰去佛罗伦萨，离开佛罗伦萨去罗马，再从罗马去那不勒斯，冬雨下的那不勒斯是我平生所见到的最凄凉的城市了。我一路上说不出地厌烦。我们又回到罗马，找不到温暖就去找一种表面的舒适。在宾奇奥山租了一套大公寓，房子太大，但是地段很好。在佛罗伦萨我们已经对旅馆不满意，就在高里路租了一座精美的别墅，租期三个月。换了别人会希望在里面住上一辈子……我们停留不到二十天。每到一个新地方，我总是仔仔细细布置，仿佛住下后再也不走了。一个更强大的魔怪推着我……还必须说的是我们带的箱子不少于八个。其中有一个放满书，旅途中我还没有打开过一次。

我不让玛塞琳过问我们的账目，也不让她试图节省开支。花费当然超支，但我知道也不会长久这样下去的。我已不指望茂里尼尔的钱，它带不来收益，博卡奇写信说他没有找到买主。但是想到前途只会导致我花得更多。啊！我一旦剩下一人，要那么多钱干什么？我想着，我怀着极度不安和无奈的心理，眼睁睁看着玛塞琳的虚弱生命比我的财产萎缩得更快。

虽然她依靠我的百般照料不用操心，但是这种匆匆忙忙辗转各地使她疲劳；但是更使她疲劳的——我现在敢于向自己承认，是害怕我的思想。

“我明白了，”有一天她对我说，“我明白了你的学说——因为现在这是一种学说了。这个学说可能很诱人，”然后她低声加了一句，声调悲伤，“但是它排斥了弱者。”

“就是应该这样。”我立即不由自主地说。

那时我好像感觉到这句不留情面的话，吓得这个弱女子退缩发颤……啊！可能你们会认为我不爱玛塞琳。我发誓我热爱她。她从来没有那么美，在我眼里看来也是如此。她得病后面容更加秀丽，有一种出神的样子。我几乎不再离开她，日日夜夜、时时刻刻照顾她、保护她、守着她。她睡眠很浅，我训练自己睡眠比她还浅。我看着她入睡，我又是首先醒来。有时我要到田野或者路上散步，离开她一小时，我不知出于什么爱怜之心，还是唯恐她冷清，马上又回到了她身边；有时我鼓动我的意志，抗议这种桎梏，对自己说："虚伪的大人物，你就是这个德性！"有意强迫自己在外面停留；但是我抱着满怀的鲜花回去，花园里早开的花或者暖房里的花……是的，我对你们说，我温柔地爱护她。但是怎么说明呢……我对自己尊重愈少，对她爱慕愈深；谁能说出人身上有多少相互对抗的情欲与想法。

坏天气早已过去多时了；气候渐趋温和；杏树突然开花。——这是三月一日。我一早到西班牙广场。农民把田野里带白花的树枝都折了下来，卖花人的篮子里盛满了杏花。我满心喜欢，买了一大捆，由三个人给我送到家。我带了整个春天回家。树枝勾住门框，花瓣雪片似的洒落在地毯上。我到处都放，装满所有的罐子；客厅给我染成一片白色，恰巧那时玛塞琳不在。我已经想到她的喜悦而喜悦……我听到她来了。她在那里。她打开门。她身子摇晃……呜呜地哭了起来。

"你怎么啦？我可怜的玛塞琳。"

我急忙到她身边，温柔地抚摸她。那时她仿佛为自己流泪道歉：

"花的气味叫我不舒服。"她说……

这是一种精细的蜂蜜幽香……我一句话不说，抓起这些无辜的细枝条，折断，带出去一抛，心里很火，眼睛充血。啊！要是这么一点春意她也不再能忍受！……

我经常回想起她那次哭泣，我现在相信她知道自己生还无望，为了看不得其他春天而流下了眼泪。我还想强者有强的欢乐，弱者有弱的欢乐，强的欢乐会伤害弱者。她呢，一点点欢乐令她陶醉；稍为兴奋一点她就再也忍受不了。她所说的幸福，在我只能说是静止，而我不愿意也不能够静止。

四天后我们又去索伦托。我很失望那里天气并不暖和。一切都像在哆嗦。风不停地吹，吹得玛塞琳非常困倦。我们愿意下榻在前一次来的那家旅馆；我们又住到原来那个房间……我们惊讶地望着灰色天空下失去魅力的景色、死气沉沉的旅馆花园；当我们恋爱时在那里散步，花园在我们看来是多么迷人。

我们决定乘海轮到巴勒莫，有人向我们称赞那里的气候；我们回到那不勒斯，准备在那里上船，但是我们还是耽搁下来了。然而在那不勒斯我至少不觉得无聊。那不勒斯是一座生气勃勃的城市，历史气息不强加于人。

白天我差不多都留在玛塞琳身边。到了晚上她累了，早早上床；我看着她入睡，有时自己也上了床，然后她呼吸均匀向我说明她睡着了；我悄声起床，摸黑穿上衣服，像个小偷似的溜到外面。

外面！喔！我真会大声欢叫。我要去做什么？我不知道。白天天空阴霾，现在乌云已一扫而光；月亮几乎是圆的，光芒闪耀；我信步往前走，没有目的，没有期望，没有约束。我用一种新目光看一切，用更专心的耳朵倾听每一个声音；我吮吸黑夜的水气；我用手东摸西摸；我来回溜达。

我们逗留那不勒斯的最后一个晚上，我这样漫无目地闲荡，直到黎明方歇。我回家发现玛塞琳满脸泪痕。她对我说，她惊醒后发现我不在，害怕极了。我要她安静，竭力跟她解释我到哪里去了，答应不再离开她。但是到了巴勒莫的第一夜，我守不住了；我走了出去……最早熟的橘子树已经开花，风一吹香气扑鼻。

我们在巴勒莫只住了五天，然后绕了一大圈又回到泰奥米纳，我们两人都想再看一看这地方。我有没有说过，村庄坐落在山岭高处；车站在海边。把我们带到旅馆的车子必须立刻把我带回车站，我要领取我们的箱子。我站在车子里好跟车夫闲聊。他是住在卡塔尼亚的西西里人，小个子，像西奥克里特斯的诗句那么美，像水果那样发亮、飘香、有味道。

“这位太太多美啊！”他看着玛塞琳走远时声音悦耳地说。

“你也很美，年轻人。”我说。因为我俯身对着他，按捺不住，把他一把拉过来，亲了一下。他笑着听之任之。

“法国人个个多情。”他说。

“不，意大利人才是情种呢。”我也笑着回答他……接着几天我找他，但是我总见不着他。

我们离开塔奥米纳去锡拉库萨。我们一步步沿着第一次旅程倒着走，回溯到我们爱情的源头，在第一次旅程中我一周比一周健康，而现在我们往南走，玛塞琳的病情一周比一周恶化。

我不知道中了什么邪，为什么顽固盲目，甘心疯狂，使自己相信，尤其试图使她相信她需要的是更多的阳光、更多的热，提出我在比斯克拉疗养的情景作为理由……天气确是温和了；巴勒莫的海湾气候宜人，玛塞琳在那里很愉快。在那里，可能她会……但是我可以做主去选择我的心愿吗？去确定我的向往吗？

在锡拉库萨，海洋情况和航班不正常，迫使我们等了一个星期。我不陪玛塞琳的时光都是在老码头度过的。喔！锡拉库萨的小港口！酸酒味，烂泥小路，发臭的小店，装卸工、流浪汉、酒气熏人的水手出出入入。我混迹在边缘人物中间，才是有了好伴。当我的整个肉体都在品尝他们的语言时，我有什么必要去听懂呢？情欲的粗野在我眼里只是健康与精力的一种掩饰。我徒然对自己说他们对自己的贫困生活不可能同我一样有兴趣。啊！我多么愿意跟他们一起滚倒在桌子底下，在微弱的晨光中打着寒战醒来。在他们身边，我变本加厉憎恶奢华舒适，我周围的一切，我健康恢复后这种毫无用处的保护，以及防止我们的身体冒险接触生活的种种预防措施。我把他们的生存想象得更远。我也愿意更远地追随他们，深入他们的醉态中……然后突然我又看到了玛塞琳。她此时此刻在做什么？她在受苦，可能在哭泣……我急忙站起身，奔跑；我回到旅馆，旅馆门口好像有张告示：穷人免进。

无论什么情况玛塞琳还是以一贯的态度迎合我，没有一句责备或一句怀疑，竭力微笑。我们单独用餐；我叫这家普通旅馆给她拿来最佳菜肴。用餐时我想：一片面包、一片奶酪、一根茴香够他们吃的，同样也够我吃的。可能在附近什么地方，还有人挨饿，连这样的粗食也吃不到……现在我桌上的东西可以供他们吃喝上三天。我多么愿意破墙让他们进来一起用餐……因为感觉人家挨饿使我忧郁不安。我又去了老港口，把口袋里满把的零钱任意施舍。

人穷则受奴役；为了吃饭，穷人接受一件毫无乐趣的工作，不能快快活活工作是可悲的，我想，于是我给不少人出钱买休息。我说：不想干，就别干了。我梦想让每个人都有这份悠闲，任何创新、罪恶、艺术不可能没有悠闲而欣欣向荣的。

玛塞琳没有误解我的思想，当我从老港口回来，我不向她隐瞒周围人的凄凉境况。——人就是这样。玛塞琳冷眼旁观，知道我努力要去发现什么；当我责备她过于相信她在每个人身上逐步幻想出来的美德时，她对我说：

“您只有指出他们缺点时才会感到满意。我们把目光盯住某人身上那一点时，会把它渲染和夸大，您知道吗？我们说的是什么就会把它变成是什么。”

我多么愿意她说的话没有道理，但是必须私下承认，每个人身上最恶的本能总是真诚的。然而，我说的真诚又是什么呢？

我们终于离开了锡拉库萨。我心头一直萦绕着对南方的回忆和向往。玛塞琳在船上好了一些……我又见到了海的情韵。海面那么平静，船行驶的痕迹留在上面不去。我听见滴水的声音，流水的声音，水手洗甲板声，赤脚走在木板上的啪嗒声。我又看到洁白一片的马耳他；驶近突尼斯城……我这人是变多了！

气温很高。天气晴朗。一切光辉灿烂。啊！我愿意我这里说的每句话点点滴滴表达出我丰富的官感……现在我徒然努力使我的故事比我的生平更有条理。很久以来，我设法要跟你们说我怎么变成现在这个样的。啊！让我的精神从难以忍受的逻辑中解脱出来！我感到自己心中除了高尚以外没有其他。

突尼斯城。阳光普照，但不强烈。阴影还是很浓。空气像是一种流动的光，人和物都沉浸其中。这块触动感官的土地使人满足，但不平息欲望，一切满足都在刺激欲望。

这块土地缺乏艺术作品。我瞧不起那些不识美、只会人云亦云、亦步亦趋的人。阿拉伯人这点非常可贵：他们生活中充满艺术，歌唱艺术，过一天消费一天艺术；他们不把它固定和珍藏在任何作品中。这是缺乏大艺术家的原因与结果……我总是相信这样的人才是大艺术家，他们敢于把某些自然的东西点化成美的东西，使后来看到的人说：“我以前怎么没明白这竟是这样美……”

凯鲁万的夜色很美。这个城市我还不认识，我没有带上玛塞琳去。正当回旅馆睡觉时，我记起一群阿拉伯人露天躺在一家小咖啡馆提供的席子上。我走去挨着他们睡。回来时带了一身虱子。

海边的湿热空气大大损害了玛塞琳的健康，我说服她当务之急是尽快赶到比斯克拉。那时已四月初。

这次旅程走了很久。第一天我们直抵君士坦丁；第二天，玛塞琳很累，我们只到达埃尔唐塔拉。在那里我们到处寻找，到了傍晚找到一片暗影，在黑夜里比月光更加幽美清凉。它像一股永不干涸的山泉，蜿蜒流到我们跟前。从我们坐的斜坡可以看到平原像着了火似的。这一夜玛塞琳没法睡着；出奇的静和细微的声音都使她不安。我怕她有寒热，听到她在床上翻来覆去。第二天发现她更苍白了。我们又出发了。

比斯克拉。我要来的就是这里……是的；这里是公园，凳子……我认出那条凳子，我康复初期在上面坐过。我那时看一部什么书？……荷马；后来我没有再翻过。这里是那棵树，我要拍拍树皮。我那时多么虚弱！……咦！那里是孩子……不，我一个也不认识。玛塞琳神色庄重！她跟我一样变了。天气这么好她为什么还咳嗽？那里是旅馆。那里是我们的房间，我们的平台。玛塞琳在想什么？她没有跟我说一个字。她一走进房间，就躺在床上；她累了，说愿意睡一会儿。我走出去了。

我认不出那些孩子了，但是孩子认出了我。听说我到了，他们个个都跑了过来。这是他们吗？真令人丧气！发生什么啦？他们都长大了不少。才过了两年，这怎么可能呢……那几张脸原来充满青春朝气，现在都给疲劳、罪恶、懒惰弄得丑陋不堪。什么样的卑贱工作会那么早摧残了这些美丽的身体？像一种崩溃……我向他们提问题。巴希尔在咖啡馆洗盘子，阿苏尔给养路队砸石头，一天才挣几个苏；哈马塔瞎了一只眼睛。谁会相信呢？萨德规规矩矩了，他帮助哥哥在市场卖面包；他好像变傻了。阿吉卜跟着父亲开了一家肉店；他长胖了；他丑；他有钱；他不愿意跟他的穷伙伴说话……体面的职业却教出多少笨蛋！我会在他们中间发现我在同辈中憎恨的东西吗？布巴克尔呢？他结婚了。他还不到十五岁。可笑。也不尽然；当晚我见到他了。他解释说：他的婚姻只是一个幌子。我相信他是个十足的淫棍。他喝酒，变形了……这就是生命留下的东西吗？这就是生命要他们这样的吗！我来了看到他们都是这样，觉得悲痛难忍。梅纳尔克说得不错：回忆是个不幸的编造者。

莫克蒂尔呢？啊！他出狱了。他躲了起来。其他人不再跟他来往。我要见他。他是他们中间最英俊的人；他也会让我失望吗？有人把他找到了，带了来见我。不！这个人没有萎靡不振，甚至在我的记忆中他也没有这样出色。他的力量与美都达到了完美的程度……他认出我，笑了一笑。

“你坐牢前做了些什么？”

“没什么啊。”

“你偷东西了？”

他不承认。

“你现在做什么？”

他笑了。

“嗨！莫克蒂尔！你要是没事干，陪我们去图古尔特吧。”我心血来潮要去图古尔特了。

玛塞琳身体不好；我不知道她心里想什么。当我那天晚上回到旅馆，她一句话不说靠在我身上，眼睛紧闭。她的衣袖宽大，卷起来露出瘦削的手臂。我抚摸她，轻轻摇她摇了很久，就像哄孩子睡着。这是爱、焦虑，还是寒热使她这样发抖？啊！可能还有时间……我就不会停下来吗？我寻找，我找到了我的价值所在：十足的顽固不化。但是我怎么跟玛塞琳说我们明天动身去图古尔特呢？

现在她睡在隔壁房间。月亮早已升起多时，光洒满平台。这种光有点吓人，叫人无法躲开。我的房间铺的是白色石板，反光尤其明显。光通过洞开的窗户流进来。我认出了房间里的月光以及月光里的门影子。两年前月光更往里照……是的，它现在正是在那里往前移动——这时我放弃睡眠走下床。我把肩膀靠在门框上。我认出棕榈树纹丝不动……那天晚上我读到了哪句话？啊！是的，基督对彼得说的话："现在自己束上带子，到你愿意去的地方……"我到哪儿去？我要到哪儿去……我没有跟你们说的是最后一次我从那不勒斯到了波塞道尼亚，有一天，一个人……啊！我真会在这些石头遗迹前哭一场！古希腊的美显得单纯、完美、带着微笑——被人遗弃了。艺术离我而去，我感到这点。那么给其他什么东西让位了呢？这已不像以前是一种带着微笑的和谐……我也不再知道我服侍的神秘的神。新上帝啊！赐我见识新的种族、新类型的美。

第二天早上，驿车把我们带走。莫克蒂尔跟我们同行。莫克蒂尔快活得像个国王。

恰加、克弗多、姆莱亚……一站站都很沉闷。旅途还要沉闷，像是走不完似的。我承认，我原来以为这些绿洲会更有有生趣。不料满目是一片沙子和石头；然后才有几处矮灌木丛，奇怪地开着花；有时几株试种的棕榈树，由一道暗流灌溉……现在我爱沙漠胜过爱绿洲了……沙漠充满死亡的光荣和排斥一切的壮丽的国度。人的力量在这里显得丑和可怜巴巴。现在其他一切土地都使我厌倦。

“您爱好非人性的东西。”玛塞琳说。但是她自己目不转睛，贪婪地看个不厌！

第二天天气变坏了一点。也就是说刮起了风，地平线暗了下来。玛塞琳不舒服，呼吸进去的沙子使她的咽喉发毛、发痒；过于强烈的光线使她的眼睛疲劳；她看了这个严酷的景色伤神。但是现在走回头路已经太迟。几小时后我们到了图古尔特。

这最后一段旅程，虽然是最近发生的事，我记得的却最少。现在回想不起第二天的景色和我刚到图古尔特做的事。但是我还能记忆的是我多么缺乏耐心和做事仓促。

早晨天气特别冷。到了傍晚刮起强烈的西蒙风。玛塞琳旅途中累坏了，一到就上了床。我希望找到一家舒适一点的旅馆；我们的房间糟透了：沙子、阳光和苍蝇把一切弄得灰扑扑、脏兮兮的，黯然无光。从清晨以来几乎没有吃过东西，我要人立刻送食品来；但是玛塞琳觉得什么都难吃，我不能勉强她咽下。我们带来了烹茶的茶具。我干起了这些可笑的家务。晚餐时我们就吃了几块干点和这样做的茶，当地的咸水使茶有一种怪味。

为了在最后装得有点美德，我在她身边留到傍晚。突然我觉得自己像脱了力似的。尘土的味道啊！劳累啊！非人力所能克服的悲哀啊！我几乎不敢看她；我知道我的目光不在寻找她的目光，而是可恶地盯住她的黑鼻孔。她脸上的痛苦表情令人可怕。她也没有在看我。我好像接触到她，感到她的焦虑。她咳得厉害，然后睡着了。不时会突然有个颤抖，颠动她的身子。

夜里天气会变坏，趁不太晚时我要知道可以求谁帮忙。我走出去。在旅馆的门前，图古尔特广场、马路甚至气氛，都是怪里怪气的，以致使我相信看到这些的东西不是我。过了片刻我回到旅馆。玛塞琳静静睡着。我刚才怕得没有道理。大家以为在这块异样的土地上危机四伏，这荒谬可笑。我安下心来又走了出去。

广场上的夜生活奇异生动，人来人往都是静悄悄的，白色长袍避人耳目似的溜过去。不知从哪里传过来怪异的乐声，被风吹得断断续续。有个人向我走来……这是莫克蒂尔。他说他等着我，想我会重新出来的。他笑了。他熟悉图古尔特，经常来，知道可以带我上哪儿去。我就由他领着我走。

我们在黑夜中走着；我们进了一家摩尔人开的咖啡馆。乐声是从那儿来的。有几个阿拉伯女人在里面跳舞——如果这种单调的摆动也可以说舞蹈的话——其中一个握住我的手；我跟她走；这是莫克蒂尔的情妇。他陪着……我们三个人走进那间窄而深的房间，唯一的家具是一张床……一张很矮的床，我们在床上坐下。一只白兔关在房间里，当莫克蒂尔跟兔子玩时，这个女人拉我过去，我也让她拉过去，像给人拉进了睡眠……

啊！我可以在这里装假或者避而不谈——但是既然这个故事已再不是真实的了，我谈谈又能怎么样呢……

我一人回旅馆，莫克蒂尔留在那里过夜。时间晚了。天空刮起干燥的西洛哥风；这种风夹着大量沙子，尽管是黑夜，气温还很烤人。我走了几步就全身淌汗了；但是我突然急于要回去，几乎跑着回到那里。她可能已经醒了……她可能需要我……不：窗口是黑的。我等待风稍歇的一刻才开门；进入黑暗，很轻很轻。这是什么声音？我认不出她的咳嗽……我打开灯。

玛塞琳半卧半坐在床上；她的一条瘦胳膊勾住床栏，身子仰起；她的床单、她的手、她的衬衣上面流淌着一长条鲜血；脸上也血污斑斑；两只眼睛瞪着，样子极丑。她一声不响，我比听到任何临终的哀叫更加惊吓。我在她渗汗珠的面孔上寻找一个小部位，难堪地亲上一亲；汗的味道留在我的嘴唇上散不去。我把她的额头和面颊洗干净，清凉一下。我的脚踩到床边的一件硬物。我弯下身，捡起一串念珠，这是她在巴黎讨了去的，她让它掉到了地上；我把念珠放到她张开的手里，但是她的手立刻下垂，又让它掉在地上。我不知怎么办：我要呼救……她的手死命勾住我，把我拽住不放；啊！她以为我要离开她？她对我说：

"喔！你还可以再等。"她看到我要说话又说："什么都别跟我说，一切都很好。"我又捡起念珠，把它放到她手里，但是她又让它掉下——我怎么说呢？她是有意让它跌落的。我跪在她旁边，拿着她的手放在我的胸前。

她毫不理会，半个身子靠在长枕上，半个身子靠着我的肩膀，好像有点睡着了，但是她的眼睛依然睁着。一小时后她又挺起身，把手从我的手中抽出，拘挛在衬衣上，撕上面的花边。她透不过气。将近天亮，她又是一阵吐血……

我的故事已向你们讲完了。我有什么要补充的呢？图古尔特的法国公墓丑陋破败，一半已被沙子淹没……我依靠仅留下的一点毅力，把她从这块凄凉的坟地迁走。现在她葬在埃尔唐塔拉，她喜爱的一座私人花园的树荫下。这一切仅是三个月前的事。这三个月却使事情恍如十年前那么久远。

米歇尔长时间沉默不言。我们也一声不出，每个人都感到一种奇异的不安。我们怎么会觉得米歇尔把他的行为向我们说了以后，也就无可厚非了呢；他向我们慢慢解释，我们不知道在哪一点不赞成，使我们几乎成了他的同谋。我们好像也参与其中了。他说完这件事，声音一点不颤，也没有任何音调改变或者动作表明他有过什么激动与惶惑，或许是他有意摆出玩世不恭的高傲，不在我们面前流露感情，或许是他出于羞愧，害怕用眼泪打动我们的感情，或许是他这人就是没有感情。即使在现在，我也区别不出他身上有多少高傲、力量、冷漠或羞愧。隔了一会儿，他又说：

我承认，使我害怕的是我还很年轻。我有时觉得自己真正的人生还没有开始。请你们现在把我从这里带走，告诉我生活的理由。我不知道到哪里去找。可能是我已经解脱了；但是又能怎么样呢？我受不了这种漫无目的的自由。请相信我，这不是因为我厌倦了我的罪恶——你们要这样称呼也行，而是我必须向自己证明我没有逾越我的权利。

当你们刚刚认识我的时候，我的思想坚定不移，我知道这样才会造就真正的人；现在我不这样想了；但是我相信是这种天气引起的。这里常年一片蔚蓝，比什么都叫人思想消沉。在这里做任何研究工作都是不可能的，欲望后面紧跟着肉欲。我受到美好的人生与死亡的包围，觉得幸福太现实了，沉浸于幸福又太乏味了。我大白天躺在床上，为了混过漫长沉闷的日子和难熬的空闲。

你们看一看那里，我把一些石子放在阴影里，然后我长时间抓在手心，直到石子表面安神养心的凉意完全消失。于是，我又开始了，换上其他石子，把那些不再凉快的石子再放在阴影里。时间过去了，然后晚上来了……把我从这里带走吧；我自己已无能为力了。我的意志中有什么东西垮了；我甚至不知道从哪里获得力量离开埃尔唐塔拉。有时我害怕被我取消的东西在进行报复。我愿意重新开始。我愿意抛弃余留的财富；你们看这几面墙上还挂了一些……这里我几乎不靠什么过日子。一个半法国血统的旅馆老板给我准备一点食物。看见你们进门就跑掉的那个男孩早晚给我送来，换取我给的几个苏和几下爱抚。这个孩子一见外人胆怯怕生，但在我面前像一条狗那么温和忠诚。他的姐姐是乌尔特-那依尔山区人，她每年冬天上君士坦丁，向旅客出卖肉体。她非常美，头几个星期，我容许她偶尔在我身边过夜，但是有一天早晨，她的弟弟小阿里撞见我们睡在一起。他显得非常不高兴，五天不愿意回来。可是他不是不知道他的姐姐是怎样谋生的。他以前谈到这件事，语调里没有半点为难……他嫉妒了吗？不管怎样，这个捣蛋鬼达到了自己的目的；因为一半是厌了，一半也是害怕失去阿里，闹了那件事以后，我不再留那个姑娘过夜。她并不介意。但是我每次遇见她时，她笑笑，开玩笑说我要男孩不要她。她认为我留在这里主要是为了他。可能她不是没有一点道理……

窄　门

“你们要努力进窄门。”

《圣经·路加福音》第十三章第二十四节

一

我在这里叙述的故事，别人可以做成一部书，在我则是全身心投入的生活经历，我的道德观念也受到重大挫折。因而我只是把我的回忆草草写下，有的段落支离破碎，也不求助于任何虚构去补缀拼凑；我说出这些往事，原不指望有多少乐趣，任何矫揉造作的努力更会把仅剩的乐趣一扫而光。

我丧父时还不到十二岁。母亲在父亲行医的勒阿弗尔市里再也没有什么眷恋，决定搬到巴黎去住，她认为我在那里可以更好地完成学业。她在卢森堡公园附近租了一套小公寓，阿斯布尔顿小姐过来跟我们一起住。弗洛拉·阿斯布尔顿小姐没有家，起初是母亲的教师，后来是她的伴侣，不久成了她的朋友。这两个妇女都是面容温和凄恻，我随同她们一起生活，她们在我的回忆中总是像穿着丧服似的。有一天，我想，已离父亲过世很长一段时间了，母亲用了一条玫瑰红缎带换下晨帽上的那条黑缎带。

"哦！妈妈！"我惊呼，"你用这个颜色难看极了！"

第二天，她又缀上了一条黑缎带。

我的体质向来孱弱。妈妈和阿斯布尔顿小姐时时刻刻操心的，就是防止我累着了，这份操心没有使我变成懒汉，这是因为我实在喜欢学习。刚入初夏，她们俩人一致认为是我到乡下去的时候了，我在城里脸无血色；将近六月中旬，我们前往勒阿弗尔附近的封格斯马尔，每年夏天布科兰舅舅在那里接待我们。

布科兰一家住的是一幢白色三层楼房子，跟上两个世纪的许多乡村房屋很相像；四周一座花园，不是很大，也不是很漂亮，与诺曼底的其他许多花园也没有明显的差别。房子朝东对着花园前面，开了二十来扇大窗子。后墙也有那么多扇窗子，两侧没有。窗上都是小玻璃格，有的是不久前新换的，在发黑发绿的老玻璃格子中间显得很刺眼。有几块玻璃上有瑕疵，被亲戚们叫作"砂眼"；通过砂眼看出来的树弯弯扭扭；邮差经过砂眼前面会突然变成驼背。

长方形的花园四周有围墙，在房屋前面形成一块绿荫覆盖的大草坪，绕着草坪是一条沙砾路。这边的墙头砌得矮了下去，可以看到包围花园的农庄院子，按照当地的做法，一条山毛榉道路作为院子的边界。

房屋背面朝西，花园布局更为舒展，南面贴墙的果树前是一条鲜花盛开的小径，有一排葡萄牙月桂树和其他树做的厚屏障，挡住了海风。沿北面的墙边另有一条小径，伸入树枝下面不见了。我的表姐妹称它为"暗道"，一过黄昏都不愿意冒险再往里面钻。这两条小径都通往菜园，菜园是花园的延伸，不处在同一平面上，要走下几级台阶。然后，菜园尽头的墙上开有一扇小暗门，墙外是矮树林，山毛榉道路的左右两侧都可以到达那里。从西面的台阶，目光越过连接高原的灌木，欣赏到满山遍野的庄稼。离此不远的地平线上，一座小村庄的教堂，黄昏风静时，有的房屋冒出袅袅炊烟。

夏季，每个晴天的晚上，我们在饭后到"下花园"去。从小暗门出去，坐到路边的一条长椅子上，在这里乡野景色几乎一览无遗；舅父、母亲和阿斯布尔顿小姐坐在一座废弃的泥灰岩矿的茅草棚顶旁边；眼前的小山谷里雾气弥漫，远处的树林上空夕阳余晖。然后我们又到已经昏暗的花园角落里停留一会儿。我们回去，在客厅里见到舅妈，她几乎从不跟我们出去……对我们孩子来说，晚间就这样结束了；但是我们在各自的房间里还经常看书，过后会听到做父母的上楼的声音。

我们白天的时间不是在花园里过，就是在“学习室”里过，那是舅舅的办公室，里面放了几张课桌。表弟罗贝尔和我并排坐着做功课；在我们后面是朱丽叶和阿丽莎。阿丽莎比我大两岁，朱丽叶比我小一岁；罗贝尔在我们四人中年龄最小。

我在这里叙述的不是我的最早的回忆，但是只有这些回忆与这个故事有关。我要说正是父亲去世的那年这个故事开始了。可能是丧事，也可能即使不是自己悲伤，至少是见到母亲悲伤，使我的情绪过分激动，也唤起我心中其他新感情：我过早地成熟了；那年我们又来到封格斯马尔时，朱丽叶和罗贝尔在我看来还稚气未脱；但是看到阿丽莎时，我突然明白我们两个人都已不是孩子了。

是的，这是父亲过世的那年，我们到了不久，母亲跟阿斯布尔顿小姐的一次谈话使我记得非常清楚。母亲和她的朋友正在房间里说着话，我意外地闯了进去。她们在议论舅妈；母亲很生气，舅妈没有戴孝或者那么早就脱了孝。（说实在的，要比科兰舅妈穿黑色就像要母亲穿亮色，对我来说都是无法想象的。）据我记得，我们到的那天，吕西尔·布科兰穿一袭薄纱长袍。阿斯布尔顿小姐做人一向随和，竭力给母亲消气，怯生生地找理由：

“其实，白色也是服丧啊。”

“她披在肩上的那条红围巾，您也说是在服丧吗？弗洛拉，您真叫我光火！”妈妈大叫。

我只是在暑假那几个月里跟舅妈见面，无疑是夏天的酷热，使我看到她总是穿着单薄、大开领的紧身衣，舅妈这件袒胸露背的衬衣要比披在裸肩上的鲜艳围巾，更叫母亲义愤填膺。

吕西尔·布科兰长得很美。我保存着她的一张小画像，完全是她那时候的模样，按照她的习惯姿势侧身坐着，神气那么年轻，简直可以认为是她女儿的姐姐。她头斜靠在左手，一只小指头矫情地弯向嘴唇边上。浓密的鬈发半挂在后颈，由一只粗眼发网罩住。松松的黑丝绒颈饰上挂一枚意大利镶嵌画纹章，垂落在衬衣的开胸处，黑丝绒腰带上扎着一只飘动的大蝴蝶结，一顶宽边软草帽用带子系在椅背上，这一切更显出她的青春。右手下垂，抓了一部合拢的书。

吕西尔·布科兰是克里奥尔人[①]。她不是从来没见过，就是很早失去了父母。母亲后来跟我说，她是个弃儿或者孤儿；伏蒂埃牧师夫妇没有孩子，领养了她，离开马提尼克岛以后不久，也把她带到布科兰家定居的勒阿弗尔。伏蒂埃和布科兰两家常来常往；舅父那时在外国的一家银行供职，只是在三年以后，回到家来才遇到了小吕西尔；他迷上了她，立刻向她求婚，叫他的父母和我的母亲大为难过。吕西尔那时十六岁。这期间，伏蒂埃太太生过两个孩子，她开始为他们担忧，生怕受养女的影响，养女的性格变得一个月比一个月古怪：此外家庭收入也不富裕……这一切都是母亲对我说的，为了向我解释伏蒂埃一家喜出望外地接受了她弟弟的求婚。此外根据我的猜测，年轻的吕西尔开始叫他们非常难堪。我了解勒阿弗尔社会，不难想象大家如何接待这个

---

① 法国对安的列斯群岛等殖民地白人后裔的称呼。

妖艳动人的少女。我过后不久认识到伏蒂埃牧师温和、谨慎又天真，不善于钩心斗角，面对罪恶束手无策——这位老好人后来被逼入了绝境。至于伏蒂埃太太，我没有什么可说的，她生下第四个孩子后在产褥期死去，这个孩子跟我年龄相近，后来也成了我的朋友。

吕西尔·布科兰很少加入我们的生活；她只是在中饭以后才走下楼来；她立刻躺在一张沙发上或者一只吊床上，伸直着身子挨到傍晚，再起身时也是懒洋洋的。她有时在没有一点汗气的前额上盖一块手绢，好像要吸掉上面的水分；手绢做工精致，散发香气，叫我闻了舒心提神，不像是花香，而是果子香；她有时从腰带里取出一面活动银盖小镜子，它跟其他杂件串在她的表链上。她照镜子，用一个指头碰碰嘴唇，沾一点口水，使眼角润湿。她经常拿了一部书，但这部书几乎总是合拢的，书页中夹着一片玳瑁书签。有人经过她身边，她的目光不会从梦境中转过来看你一眼。那块手绢，有时又是那部书或一朵花，那个书签，经常从她松弛或疲劳的手里，从沙发的扶手或裙子的褶裥间，跌落到了地上。有一天我捡起那部书时——我要跟你们说的是一则童年回忆，看到这是诗集，面孔都红了起来。

晚餐后，吕西尔·布科兰不走近我们一家人围坐的桌子，但是坐到钢琴前，弹奏肖邦的缓慢的玛祖卡舞曲，自得其乐；有时节拍戛然而止，她身子一动不动停在一个和弦上……

我在舅妈身边感觉到一种奇怪的不安，一种包含惶惑、欣赏与畏惧的复杂感情。可能是一种模糊的本能警告我要提防她；还有我发觉她看不起弗洛拉·阿斯布尔顿和母亲，阿斯布尔顿小姐怕她，母亲不喜欢她。

吕西尔·布科兰，我愿意不再怪您，一时忘掉您造成那么多的伤害……至少我努力平心静气地谈到您。

那年夏天——或许是第二年夏天，因为背景始终不变，我的回忆有时会重叠混淆——有一天我走进客厅寻找一部书；她在里面。我立刻抽身往回走；她平时像没有看见我似的，这次叫住我：

“杰罗姆！你为什么那么快要走？我叫你害怕啦？”

我走近她，心头乱跳；我大着胆子向她微笑，把手伸给她。她用一只手握住我的手，用另一只手抚摸我的面颊。

“你的母亲真不会给你穿衣服，我可怜的小伙子……”

我穿了一件高领水手服，舅妈开始拿在手里捏皱。

“穿水手服领子要敞开！”她一边说一边把一颗衬衫纽扣拉掉，“瞧！看你自己不是好点了么！”她取出她的小镜子，把我的面孔拉向她的面孔，把她的裸臂勾住我的脖子，手伸到我敞开的衬衫里，还笑着问我怕不怕痒，更往里面伸……我一惊，势头很猛，把水手服也挣破了；我满脸通红，而她却大叫起来：

“嗨！大傻瓜！”我逃开，一直跑到花园深处，在花园的小池子里浸湿手帕，放在额头上，把我的面颊、脖子、这个女人碰过的地方又洗又擦。

有些日子，吕西尔·布科兰会“发毛病”，她这病突如其来，闹得全家惶惶不安。阿斯布尔顿小姐急忙把孩子带开，给他们找点事情做；但是无法不让他们听到从她的卧室或客厅里传过来的号叫声。舅舅惊慌失措，我们听到他在走廊里乱窜，找手巾，找科隆水，找乙醚；晚餐桌上，舅妈还不露面，舅舅表情愁苦，显得十分苍老。

当毛病快要发过去时，吕西尔·布科兰把自己的孩子叫到身边，至少有罗贝尔和朱丽叶，她从来不叫阿丽莎。在这些悲惨的日子里，阿丽莎把自己关在房间里，她的父亲有时到房里去找她，因为他经常跟她闲谈。

舅妈发病使仆人很惊恐。有一天晚上她的病病发得特别厉害，我得到嘱咐和母亲一直待在她的房间里，客厅里有什么动静，传到那里轻多了。我们只听到厨娘在走廊边跑边喊：

“先生快下楼来吧，可怜的太太要死啦！”

舅舅已上楼进了阿丽莎的房间，母亲走出去迎他。一刻钟后，他们两人经过，没有注意到我留在房间里窗子大开着，母亲的声音传到我这里：

“我的朋友，要不要我跟你说，这一切都是在做戏。”她好几次一字一顿地说：在——做——戏。

这件事发生在暑假快结束时，离我们的丧事已有两年。后来我有很长时间没有再见着舅妈。有一桩不幸的事搅乱了我们的家庭，还有一个小插曲发生在事情解决前不久，使我对吕西尔·布科兰复杂不定的感情转化成了纯然的憎恨，不过在谈这两件事以前，我必须跟你们谈谈我的表姐。

阿丽莎·布科兰长得美，我当时还不懂得去发现；我被她吸引，留在她身边不走，不只是她长得美，而是另一种魅力。当然，她很像她的母亲；但是她们的眼神非常不同，以致我只是很久以后才察觉她们相像。我不擅长描述一幅面孔；五官、甚至眼睛的颜色也看过就忘。我只记得她微笑时已带凄凉的表情，两条眉毛高高挑起，在眼睛上面形成一个大圆圈。我在别处从未见过这样的眉毛……也可以说见过，那是但丁时代的一尊小雕像；我不由猜想贝阿特丽克斯[①]童年时也有这样两条又弯又长的眉毛。这两条眉毛使眼睛以致全身都带有一种既焦虑又信赖的询问表情。是的，充满热望的询问表情。她身上的一切都是问号和期待……我将告诉你们这个问号怎样占据了我的心，支配我的生活。

可是朱丽叶看起来或许更美；欢乐和健康使她容光焕发，但是她的美跟姐姐的典雅相比，显得太露，叫人一眼看尽没有回味。至于表弟罗贝尔，性格没有什么特点，他只是一个跟我几乎同龄的少年而已；我跟朱丽叶和他玩耍，而跟阿丽莎谈话；阿丽莎很少参加我们的游戏；至今回忆起不论多么远的往事，在我眼里她还是严肃、笑容淡淡和若有所思的样子。我们谈些什么？两个孩子有什么可以谈的呢？我马上就会告诉你们的，但是我愿意先把舅妈的事交待完毕，免得以后再次提起她。

父亲过世后两年，母亲和我到勒阿弗尔过复活节假期。我们没有住在布科兰家，他们在城里的住宅很挤，因此住在母亲的一个姐姐家，她的房子要宽敞得多。普朗蒂埃姨妈长期守寡，我很少有机会遇到。她的孩子我也不熟，年龄比我大得多，性格也很不相同。“普朗蒂埃家”，我们在勒阿弗尔的人都这样叫，其实不在市内，而是坐落于半山腰里，这座小山俯视全城，就叫“小冈”。布科兰一家住在商业区附近。斜坡上有一条小道可以很快从这一家走到另一家；我一天在斜坡上上下下好几次。

那一天，我在舅舅家吃了午饭。饭后不久他就出去了，我陪

---

① 但丁《神曲》中的人物。

他到办公室，然后上山到普朗蒂埃家找母亲。到了那里我知道她已和姨妈一道出门去了，要到晚饭时才回家。我立即再下山到了城里，我也很少有机会在城里自由溜达。我走到港口，海面的雾把港口遮得死气沉沉；我在码头上闲逛了一两个小时。突然我想出其不意地去看阿丽莎，虽然我才离开她不久……我跑步穿过市区，按响布科兰家的门铃；我已经要冲向楼梯。给我开门的女用拦住我：

“不要上去，杰罗姆先生！不要上去，太太在犯病。”

但是我没理睬：“我不是来看舅妈的……”阿丽莎的房间在三楼。一楼是客厅和餐厅；二楼是舅妈的房间，里面有声音传出来。房门开着，人必须走过门前，房间里射出一缕光线，把楼梯口切成两爿；我怕被人看到，犹豫一下，躲了起来，惊骇地看到这一个情景：房间的窗帘全部拉上，但是两支枝形烛台点上了蜡烛，放出欢乐的光芒，舅妈躺在房间中央的一张长椅子上，她的脚边是罗贝尔和朱丽叶；她的身后是一个陌生青年，穿一身中尉制服——有这两个孩子在场，今天在我看来是丑恶无比；那时我天真无邪，看见他们反而感到安心。

他们满脸笑容盯住陌生人看，陌生人则尖声尖气重复说：

“布科兰！布科兰！我要是有一头绵羊，我一定叫它布科兰。”

舅妈自己也放声大笑。我看到她递给青年一支香烟，青年点燃了，再由她吸了几口。香烟掉到地上。他扑上前去捡，假装两脚绊在一条围巾里，跪倒在舅妈面前……趁着这幕闹剧，我才溜了过去没被发现……

我到了阿丽莎的房门口，等待了一会儿。从下一层楼传来响亮的谈笑声；那笑声可能盖过了我的敲门声，因为我听不到回答。我推门，门无声地开了。房里已经非常暗，我没有立刻辨认出阿丽莎；她跪在床头，背对着格子窗，从窗外透进苍白无力的阳光。当我走近她时，她转过身，但是没有站起来；她喃喃地说：

"哦！杰罗姆，你怎么又来了？"

我弯下身拥抱她，她的脸上都是泪水……

这一时刻决定了我的一生；今天回想起来还是不能不感到忧伤。当然阿丽莎为什么悲痛，我显然并不完全了解，但是我强烈地感觉，她这颗弱小、颤动的灵魂，她这个单薄、抽泣不止的身体，是经受不起这样的悲痛的。

我站在她身边，她依然跪在地上；我不知道如何表达内心前所未有的激动；但是我把她的头搂在自己胸前，嘴唇压在她的额上，从这里传达我的灵魂。我满怀怜爱，还有一种夹杂热诚、无私与美德的模糊感情，我竭尽全力向上帝呼吁，自愿献身，此生除了保护这个孩子不受恐惧、罪恶和生活的伤害，没有其他目的。最后我满口祈祷跪了下来；我要她在我身上得到庇护；我在昏乱中听到她说：

"杰罗姆，他们没有看到你，是吗？哦！你快走吧！不要让他们看见你。"

然后声音更低了：

"杰罗姆，别对人说……我可怜的爸爸一点不知道……"

我对母亲也就没说什么；但是普朗蒂埃姨妈跟她窃窃私语没

完没了，这两个女人神情诡秘、忙碌、难过，每次密谈时我走近去，她们就支开我说："我的孩子，你到别处去玩吧！"这一切向我说明布科兰家的秘密她们并不是完全不知道。

我们刚回到巴黎，一封电报又把母亲唤回勒阿弗尔：舅妈不久前离家出走了。

"跟个男人一起？"我问阿斯布尔顿小姐，母亲把我留在她身边。

"我的孩子，这事你以后去问你妈；我是没法回答你的。"这个可亲的老朋友说，这件事叫她无法应付。

两天后，她和我两个人动身去找母亲。这是一个星期六。我可以第二天在礼拜堂里遇到我的表姐妹，只有这件事才占据我的心；因为在我儿童的心目中圣堂重逢还是一件大事。总之我不会为舅妈的事操什么心，我也摆出尊严不去问母亲。

那天早晨，小礼拜堂里的人不多。伏蒂埃牧师，显然有意选择了基督的话作为他的默祷内容："你们要努力进窄门。"

阿丽莎坐在我前面几排的位子上，我看到她的面孔侧影；我忘情地盯着她看，以致觉得通过她才听到我竭力要听的这些话。舅舅坐在母亲旁边哭。

牧师首先念完整个章节："你们要努力进窄门，因为引到死亡，那门是宽的，路是大的，进去的人也多。引到永生，那门是窄的，路是小的，找着的人也少。"然后，他分清经文的段落，首先宣讲了路是大的……我神思恍惚像在梦境中，又看到了舅妈的房间；又看到舅妈躺着笑；我看到英俊的军官也笑了起来……就是笑、欢乐这样的想法本身就是一种伤害，一种侮辱，好像加重了罪恶的丑陋。

"进去的人也多。"伏蒂埃牧师又说了一遍；然后他绘声绘色地诵读，我看到一批人盛装艳服，嘻嘻笑笑向前走，他们成群结队，我觉得我不能、也不愿意在其中找到位子，因为我跟他们走一步，离开阿丽莎远一步。牧师又重提经文的开头部分，我看到了必须努力才能进去的那扇窄门。我在还没有摆脱的梦幻中把它看作一台轧机，我努力要往里挤，疼痛难忍，然而却多少预尝到了一点天赐之福。这扇门又变成了阿丽莎的房门；我要往里走，必须缩小身子，把身子里的一切私心杂念都排除在外……因为引到永生，那门是窄的，伏蒂埃牧师继续这样说——我预感到，超越于一切苦行和苦难以上的，是另一种纯洁、神秘、天使般的欢乐，我的灵魂已经如饥似渴地需要。我想象中，这种欢乐像一首提琴曲，又尖厉又温柔，像一团烈火，阿丽莎的心和我的心在其中烧成了灰烬。我们两人往前走，穿着《启示录》中说的这种白衣，手拉着手，望着同一个目标……要是这些儿童的梦幻令人发笑，我也不在乎！我毫不改动把它复述了出来。这里面可能有含糊不清的地方，那只是表现在用词欠妥和形象不完整上，那种感情还是千真万确的。

"找着的人也少。"伏蒂埃牧师最后说。他解释怎样找着那扇窄门……人很少——我会是其中一个……

布道快要结束时，我的神经紧张已极，以致仪式一完，我就往外逃，不想去见表姐——同时出于自豪，要让我暗中下的决心经受考验，想到立刻离开她才是最配得上她。

二

这种严格的教育在我的身上找到了一颗合适的灵魂。我这人天性安分，父母亲身体力行，再加上他们对我童年最初的感情冲动，都以清教徒的戒律管教得我循规蹈矩，终于使我的心倾向于我所听说的美德。我约束自己，犹如其他人放纵自己，在我看来都是天经地义的。人家逼我遵守的清规戒律，不但不叫我反感，反而叫我沾沾自喜。我在今后追求的不全是幸福，而是达到幸福的无限努力，已经把幸福与美德混为一谈了。当然到底还是个十四岁的孩子，遇事不果断，前途也未定，但是不久我对阿丽莎的爱毫不含糊把我往这个方向推。这是内心突然闪过的一道灵光，使我对自己有了意识：我看到自己内向，不开朗，充满期待，不关心别人，很少有进取心，除了约束自己以外不思其他作为。我喜爱学习。在游戏中，我只喜欢那些需要思考或努力的游戏。我很少跟同龄的同学来往，参加他们的嬉乐也只是出于交情或勉强。可是我跟阿贝尔·伏蒂埃交上了朋友，他第二年到巴黎来插班进了我们的班级。他是个温雅懒散的少年，我对他友情多于尊重，但是跟他至少可以谈起勒阿弗尔和封格斯马尔，我的思想不断地飞往那里。

还有表弟罗贝尔·布科兰，他进了我们读的同一所中学当寄宿生，但是比我低两级，我只有在星期日才见到他。他要不是我的表姐妹的兄弟——他跟她们也很少有相像的地方，我决不会高兴见到他的。

我那时一心沉浸在爱情中，也只是在爱情的照耀下，这两人的友情才对我有点意义。阿丽莎如同福音书中提到的那颗名贵的珠子，我则是变卖一切所有要买到它的人。尽管我还是个孩子，我侈谈爱情，又以爱情来称呼我对表姐的感情，是不是错了呢？从我以后的生活经验来说，这样的称呼是再恰当不过了；况且，当我长大后，肉体感到更明确的骚扰时，我的感情本性并未作多大改变；我并不企图更直接地占有我少年时代只是宣称般配的那个女人。不论工作、劳动、行善，我暗中把一切都献给她，还做得细腻周到，经常不让她知道我只是为了她才做的事情。我就是这样陶醉于谦谦君子的行为，还很少考虑自己的好恶，一切事不让自己辛苦一番就不会感到满足。

这种讨好的事只是我一个人起劲吗？我只是为她操心，并不觉得阿丽莎有所感动，由于我或为了我去做些什么。她朴实无华的灵魂中一切都美丽天然。她的美德那么自在大方，好像天生如此，由于她的笑容充满稚气，她严肃的目光也变得十分可爱；我又看到面前出现这样的目光，宁静温柔，充满问号，我明白舅舅为什么心神不宁时要在大女儿身边寻找支持、忠告和安慰。在下一个夏天，我经常看见他跟她谈话。悲哀使他苍老许多；他在餐桌上不大说话，或者有时候突然强颜欢笑一下，比沉默还叫人难受。他关在书房里抽烟，直到傍晚阿丽莎去找他：他在催请下才出来，像孩子似的被人带着进了花园。他们两个人沿着花径往下走到菜园台阶附近的环形路口坐下，我们在那里放着几把椅子。

一天傍晚，我躺在草地上读书，遮在一棵绛红色山毛榉大树的阴影下，跟花径只隔了一道月桂树篱笆，阻挡了视线，但阻挡不了声音，我听到了阿丽莎和舅舅的声音。他们显然刚才谈到了罗贝尔；阿丽莎那时说出了我的名字，因为我开始清晰地听到他们说什么，舅舅叫了起来：

“哦！他么，他一直好学不倦。”

我无意中成了窃听者；我要走开，至少做个什么动作向他表明我在这儿；但是做什么呢？咳嗽？喊：我在这里，我听到你们啦！……使我默不作声的，是为难和不好意思，而不是因好奇心要多听几句。况且他们只是走过那儿，我就是听到他们说话也是很不完整的……但是他们往前走得很慢；还能不慢吗？因为阿丽莎按照自己的习惯，臂上挽着一只篮子，摘下枯萎的花，在贴墙的树边拣起发青的水果，那是因海上经常起大雾而落下来的。我听到她清亮的声音：

"爸爸，帕利西埃姑父是不是个很杰出的人？"

舅舅的声音低沉不清；我听不清他的回答。阿丽莎追问不舍：

"很杰出，是吗？"

回答又是很模糊；然后阿丽莎再问：

"杰罗姆很聪明，不是吗？"

我怎么会不竖起耳朵呢？但是我还是什么也听不清。她又说：

"你认为他以后会成为一个杰出的人吗？"

这时舅舅提高了声音：

"不过，我的孩子，我首先要弄明白你说的'杰出'是什么意思！有人可能很杰出，但是并不显露，至少在大家眼里如此……然而在上帝眼里又是非常杰出的。"

"我要说的就是这个意思。"阿丽莎说。

"还有……这谁又能说清楚呢？他还年轻……是的，当然他前程远大，但是要成功这是不够的……"

"还需要什么？"

"嗨，我的孩子，你要我对你说什么呢？还需要信心、支持、爱……"

"你说的支持是什么？"阿丽莎打断他说。

"这就是我失去的温情和尊重。"舅舅悲哀地回答。然后他们的声音再也听不到了。

晚祷时间，我对无意中的失礼行为感到内疚，许愿要在表姐面前自责一番。可能这次掺杂了要多打听一点的好奇心。

第二天我刚说了前面几句话，她说：

“不过杰罗姆，偷听人家说话很不好。你应该提醒我们或者自己走开。”

“我向你保证我没有偷听……我是无意中听到的……还有你们只是经过那里。”

“我们走得很慢。”

“是的，但是我没听到什么。只一会儿我就听不到你们了……你说，你问要成功还需要什么时舅舅是怎样回答你的？”

“杰罗姆，”她笑着说，“你是完全听到的！你还要逗我重新说一遍呢。”

“我向你保证我只听到个开头……他说到信心和爱的时候。”

“他后来又说还需要许多其他东西。”

“可是你是怎样回答的呢？”

她一下子变得非常严肃：

“当他说到生活需要支持的时候，我回答说你有自己的母亲。”

“哦！阿丽莎，你知道我不会永远有她的……而且这不是一回事……”

她低下头：

“他回答我的也是这句话。”

我颤抖着握住她的手。

“不管我今后成为什么人，我愿意这全是为了你。”

“但是，杰罗姆，我也是会离开你的。”

我的话反映了我的心灵：

“我永远不离开你。”

她耸一耸肩膀：

“你难道不够坚强，一个人走不了吗？我们每个人都是单独走向上帝的。”

“但是由你指引我的道路。”

“你为什么不找基督而找另一个人领路呢？只有我们祈祷上帝时把对方忘记，我们彼此才是最接近的，你相信吗？”

“是的，”我打断她的话说，“我每天早晚向上帝祈祷的就是我们相聚一起。”

“那么你不明白什么是与上帝的神交圣礼吗？”

“我心里明白得很，这就是在同一个崇拜对象中热情相聚。我觉得我就是为了跟你相聚才崇拜我知道你所崇拜的对象。”

“你的崇拜动机不纯。”

“不要对我太苛求了。我要是在天堂里找不到你，我也就不在乎这个天堂了。”

她把一个指头放到嘴唇上，神色庄严地说：

“首先要寻找的是神的天国和正义。”

把我们的话记下来时，我觉得有人会认为这些话不像是孩子说的，因为他们不知道有的孩子就是愿意说一些非常庄严的话。我有什么办法呢？我为这些话辩解吗？才不呢，就像我也不会涂改这些话，让它们显得更自然一些。在此以前，我们得到了《通俗拉丁文译本圣经》中的《福音书》，把其中大段文章背得滚瓜烂熟。阿丽莎借口为了辅导弟弟，跟着我一起学起了拉丁文；但是我猜想更主要的是为了继续跟我一起阅读。当然，凡是我知道她不会跟着我学的一门课，我是不会怎么感兴趣的。这有时会妨碍我，但是不像人家所想的会遏制我精神奋发，恰巧相反，我觉得她处处不受拘束地在指引我。但是我的精神随着她在选择道路，那时我们操心的则是我们称为“思想”的东西，经常只是一种神交圣礼的借口，这种神交圣礼比感情的伪装、比爱的掩饰更要细腻深刻。

最初，母亲对于她无法估量其深度的一种感情，可能感到不安；但是现在她觉得自己体力在衰退，她喜欢用同样的母爱把我们两人拥抱在一起。她长期患有心脏病，感到身子不适愈来愈频繁。有一次病发得很厉害，她把我叫到身边，对我说：

“我可怜的孩子，你看到我老了许多，终有一天我会突然抛下你走了。”

她不说了，透不过气来。我情不自禁地喊出了她好像期待着我对她说的话：

“妈妈……你知道我要娶阿丽莎。”显然我的这句话说出了她内心深处的想法，因为她马上又说：

“是的，我的杰罗姆，我要跟你说的就是这件事。”

“妈妈！”我一边抽泣一边说，“你相信她爱我，是吗？”

“是的，我的孩子，”她温柔地重复了好几次，“是的，我的孩子。”她说话困难。她又说：“这应该由上帝来安排。”然后，因为我俯身对着她，她把手放到我的头上，又说：

“让上帝保佑你们，我的孩子！让上帝保佑你们两个人！”接着她昏睡过去了，我怎么也叫不醒她。

这个话题再也没有提起；第二天，母亲感觉好一些；我又回去上课，知心话说到一半又给沉默罩住了。要不然我会多听到几句吗？阿丽莎爱我，我不曾有过片刻怀疑。即使我在这以前有过怀疑，那么在接着那件丧事中，这种怀疑从我心中永远消失了。

一天晚上，母亲在阿斯布尔顿小姐和我面前，非常平静地走了。把她带走的最后一次发病，初看起来并不比以前几次严重，只是到了后来急转直下，在她临死前没有一个亲戚来得及赶过来。第一个夜里我留在母亲老友的身边，给死去的亲人守灵。我深爱母亲，尽管流着眼泪，奇怪自己心里并没有感到悲哀，当我哭的时候，那是为阿斯布尔顿小姐难过，她看到自己的朋友，年轻好多年，却先她而去侍候上帝了。不过我心中的私念远远胜过我的悲伤，那就是这次丧事会加速表姐与我的接近。

第二天，舅舅来了。他把女儿的一封信交给我，她要再过一天才跟普朗蒂埃姨妈一起来。她在信中说：

> ……杰罗姆，我的朋友，我的表弟……我多么遗憾未能在她去世前把那几句话说出来，不然会使她心满意足的。现在请她原谅我吧！从今以后只有上帝给我们两个人领路了！再见，我可怜的朋友。我比任何时候都更温柔地做你的阿丽莎。

这封信究竟是什么意思？她遗憾没有说出来的话，不是以身相许又是什么呢？我还那么年轻，自然不敢立即向她求婚。可是，我需要她的承诺吗？我们不是已似一对未婚夫妻了吗？我们的爱情对亲友来说已不是一桩秘密；舅舅也像母亲一样不会设置任何障碍，相反他已把我当作儿子对待。

几天后又到了复活节，我到勒阿弗尔过节，住在普朗蒂埃姨妈家，三餐几乎都是在布科兰舅舅家吃的。

我的姨妈费利西·普朗蒂埃是最贤淑的女人了，但是不论表姐妹还是我都跟她不是很亲近。她终日忙得气喘吁吁；她的动作生硬，声音不悦耳；她粗手粗脚地爱抚我们，一天中任何时候都会宣泄她对我们过度的感情。布科兰舅舅很爱她，但是我们一听到他对她说话的声调，就感到他更爱我的母亲。

“我可怜的孩子，”一天晚上她对我说，“我不知道今年夏天你打算怎么过，但是我等着要知道你的计划，然后再决定我自己做什么；你要是用得上我……”

“我还没有好好想过，”我回答她说，“我可能会去旅行。”

她又说：

“你知道，在我家跟在封格斯马尔一样，你永远会受到欢迎。你去那儿，舅舅和朱丽叶都会高兴的……”

“您要说的是阿丽莎吧。”

“是的！对不起……你不会相信，我一直以为你爱的是朱丽叶，直到后来你舅舅跟我说了……一个月前……你知道，我很爱你们，但是我不很了解你们；我没有多少机会看到你们……而且我也不善于观察；我没有时间停下来去管那些不干我的事。我看见你总是跟朱丽叶玩……我就认为……她那么漂亮，那么活泼。”

“是的，我还是很乐意跟她玩；但是我爱的是阿丽莎……”

“很好！很好，这要听你的……而我，你知道，可以跟你说我不了解她；她说话比妹妹少；我想既然你选择了她，你这样做是有充分理由的。”

“但是，姨妈，我没有选择就爱上了她，我从来不问自己是什么理由要……”

“别生气，杰罗姆；我跟你说话没有什么坏意……我原本要跟你说的话都叫你给忘了……啊！是的：我想，当然，这样下去迟早总是会结婚的；但是，你在服丧，你也不能名正言顺地先订婚……还有你还年轻……我想你现在在封格斯马尔，身边又没有母亲，这在人家眼里看来不好……”

“不过，姨妈，正是这个原因我说要去旅行。”

“是的，那好吧，我的孩子，我想过啦，有我在这里可以使事情顺利进行，我已经做好了安排，夏天可以空出一部分时间。”

“只要我求她，阿斯布尔顿小姐肯定会高高兴兴来的。”

“我知道她会来的。但是这还不够！我也要去……哦！我可不配替代你可怜的母亲，”她突然抽泣起来加了一句，“由我来管家务……总之这样，你、你舅舅、阿丽莎就不会感到拘束了。”

费利西姨妈对自己在场促成好事过于自信了。说实在的，正是她使我们都感到拘束。她像事前宣布的那样，从七月起就在封格斯马尔住了下来，阿斯布尔顿小姐和我没等多久就去跟她会合。她说是帮助阿丽莎料理家务，其实使这幢本来安静的房子日夜充满了闹声，她急于向我们讨好，像她说的使“事情顺利进行”，做得非常惹眼，以致阿丽莎和我只要她在面前，大多数情况下感到拘束，几乎无话可说。她一定觉得我们冷冰冰的……即使我们不是闭口不语，她就会理解我们爱情的性质了吗？朱丽叶的性格不同，适合这种热情洋溢的表示；看到姨妈对她的小侄女表现出明显的偏爱，我感到不平，可能也影响到我对姨妈的感情。

有一天早晨，邮差来过以后，她叫我去：

“我可怜的杰罗姆，我抱歉极了；我的女儿有病，要我去，我不得不要离开你们了……”

我空自顾虑重重，去找舅舅，不知道姨妈走了以后我留在封格斯马尔是否合适。但是刚说了头几句话，他就嚷了起来：

“这类事最自然不过了，我这位可怜的姐姐又想到什么啦，要弄得这么复杂？嗨，杰罗姆，你有什么理由要离开我们？你不是已经像我自己的孩子了吗？”

姨妈在封格斯马尔前后只待了不到两周。她一走，房子又变得悄然无声了，恢复原有的宁静，这倒很像是幸福。我们的爱情没有因我戴孝而黯淡，反而更加庄重。我们开始过一种单调平淡的生活，就像置身在回音响亮的空地上，我们最轻微的心跳声也可以听到。

姨妈走了几天后，一天晚上在餐桌上，我们谈到了她——我记得我们是这么说的：

“啊！多么激动！难道是生活的波涛，使她的灵魂得不到更多的平静？完美无缺的爱情，在这里会有怎样的倒影？”因为我们想起了歌德谈到斯坦因夫人时写的一句话：“看到她心灵中反映的世界，是一件美事。”我们立刻据此建立了我也说不清的等级制，把意念功能列为最高品位。舅舅一直没有开口，带着凄凉的笑容指责我们说：

“我的孩子，人的形象即使残缺不全，上帝也会把他认出来的。我们不能依据他一生中的某一时刻去评论一个人。我可怜的姐姐身上叫你们不喜欢的一切，都是她的生活遭遇造成的，我对这些事太清楚了，因而不会像你们那样严厉批评她。青年时代的优点再讨人欢喜，随着年岁愈来愈老，没有不蜕变的。你们说费利西激动，起初只是可爱的兴致，不假思索，一时忘我的感激……我向你们保证，我们以前跟你们今天的表现没有多大区别。杰罗姆，我跟你很像，或许比我说的还要像。费利西也很像今天的朱丽叶……是的，从外貌上也像，”他朝女儿转过身又说，“突然我在你的响亮笑声中看到了她；她以前也有过你这样的微笑，也有过你这样的姿势——她很快就失去了，有时像你这样坐着，什么也不做，肘臂往前，两只手的手指交叉托住前额。”

阿斯布尔顿小姐转身向着我，几乎压低了声音说：

“阿丽莎就叫人想起你母亲。”

那年夏天，日朗气清。一切都像渗透了蓝色。我们的热忱盖过了痛苦，战胜了死亡；阴影在我们面前退却。每天早晨，我在欢乐中醒来；我拂晓即起床，奔向红日……当我回想起这段时光，看到的处处是露水。阿丽莎熬夜很晚，朱丽叶就比姐姐起得早，下楼跟我一起到花园里。她充当姐姐与我之间的信使；我向她没完没了地讲述我们的爱情，她也像是百听不厌，我把我不敢对阿丽莎说的话也说给她听，因为我对阿丽莎太爱慕了，在她面前变得胆怯和收敛。阿丽莎好像接受了这种游戏，觉得我跟她的妹妹谈得那么高兴很有意思，不知道或者装作不知道目前我们谈的只是她。

哦，爱情，即使是痴情，也要精心装扮一番，你通过什么样的暗道把我们从笑声引向哭声，从无邪欢乐引向道德规范！

那年夏天悄然过去了，纯洁，毫无曲折，日子过得非常顺当，今天我的记忆中几乎什么也没有留下。唯一的大事是闲谈，读书……

“我做了一个凄凉的噩梦，”在假期最后几天的一个早晨，阿丽莎对我说，“我活着，而你死了。不，你死我没有看到。只是有这件事：你死了。这真可怕：这太不可能了，我只当作你出门去了。我们分离在两地，我觉得有办法找到你；我想方设法，为了找到办法，我一用力把自己憋醒了。

“今天早晨，我相信我还在梦的控制下，仿佛我还在做梦，我还觉得我跟你分离了，我们还要分离很长时间，很长时间——”她压低声音又说：“我这一辈子——必须一辈子做极大的努力……”

“为什么？”

“两个人，都要做极大的努力才能相聚。”

她的话我不放在心上，或许也怕放在心上。好像表示抗议似的，我突然来了勇气对她说，心却跳得厉害：

“而我今天早晨梦见了我要娶你，没有东西可以使我们分离——除非死。”

“你相信死可以使人分离吗？”她又说。

“我要说的是……”

“我相信死反而可以使人接近……是的，使生活中分离的人接近。”

这一番话如此深入我们的内心，以致我们谈话的语调至今犹在耳际。可是我只是在后来才明白这次谈话的严肃性。

夏季过去了。大部分田地已经收了庄稼，视野出人意料地宽阔。我离开的前一天，不，前两天，晚上我跟朱丽叶向花园的树丛走去。

“你昨天给阿丽莎念了什么啦？”她对我说。

“什么时候？”

“在石头椅子上，我们走了以后……”

“噢！……我想是波德莱尔的几句诗吧。”

“哪几句？你不愿跟我说。”

“我们又将钻入冰冷的黑暗世界。”我不乐意地说；但是她立刻打断我，用颤抖变调的声音继续：

“夏天太短，白日太亮，一切再见啦。”

“怎么！这诗你也会背？”我叫了起来，惊奇不已，“我以为你不爱诗呢。”

“那又怎么样？是因为你不向我念？”她笑着说，但是有点不自在……“有时候你好像把我看得愚蠢透顶。”

“也有人很聪明却不喜欢诗。我从来没有听见你说过，你也没要我向你念过。”

“因为全由阿丽莎代劳了……”她沉默片刻，然后突然说，“后天你要走啦？”

“该走了。”

“今年冬季你做什么？”

“上高等师范一年级。”

“你打算什么时候娶阿丽莎？”

“不会在服兵役以前。甚至不会在更多了解自己今后做什么以前。”

“你还不知道自己今后做什么吗？”

“我还不想知道。我感兴趣的东西太多了。我尽量推迟，等到我必须选择，非选择不可的时候再说。”

“你迟迟不订婚也是害怕不能变更，是吗？”

我耸耸肩，没有回答。她追问不止：

“那么，你们不订婚还等什么？你们为什么不马上订婚？”

“但是我们为什么要订婚呢？我们自己明白两个人现在、今后都属于对方，这还不够吗，非要弄得大家都知道？我若愿意把我的一生交给她，你认为我用诺言约束自己的爱情更好吗？我不这样想。海誓山盟像是对爱情的一种侮辱……我只有不信任她才想到要订婚。”

“我可不是对她不信任……”

我们走得很慢。我们走到那一次我无意中听到阿丽莎与父亲对话的地方。我脑海里闪过一个念头，我刚才看到阿丽莎走出房子到花园里来，她很可能坐在环形路口，她同样可能听到我们的谈话；我不敢对她表白的话，有可能在这里让她听到，这事倒叫我心动；我也有意要个花招，提高嗓门。

“哦！”我喊了起来，带着跟我年龄不相称的矫情，还过于关心自己说的话，而没有理会朱丽叶的言外之意。“哦！当我们俯身向着所爱的灵魂，就像在镜子中看到我们反映在上面的形象，洞察别人，宛如洞察自己，甚至胜过洞察自己，那有多好啊！温情会多么宁静！爱会多么纯洁！”

我看到朱丽叶心慌意乱，洋洋得意认为这番拙劣的抒情产生了效果，她突然把头伏在我的肩上：

“杰罗姆！杰罗姆！我要得到你会使她幸福的保证！要是她也为你而痛苦，我相信我会恨你的。”

“但是，朱丽叶，”我大声说，吻她，抬起她的头，“我也会恨我自己的。你知道就好了！这是为了更好地跟她开始我的生活，我还没有对自己的事业做出决定呢！先有了她才会有我的前途！没有她我决不考虑今后自己会是什么……”

“你跟她说这话时她怎么说？”

“只是我永远不会跟她说这话！永远不会；就因为这样我们至今没有订婚；从来没有提到过我们结婚，和我们将来做什么。朱丽叶啊！跟她一起生活在我看来是那么美好，我竟不敢……这个你懂吗？我竟不敢对她说。”

“你要幸福出其不意到她面前？”

“不！不是这样。但是我怕……叫她害怕，你懂吗？我窥见这个无比的幸福，我却怕会吓着她！有一天，我问她是不是希望去旅行。她对我说她不希望什么，她只要知道这些国家存在，景色优美，人人都可以去，这就够了……”

“那你，杰罗姆，你想旅行吗？”

“我哪儿都想去！人的一生对我就像一次长途旅行……带着她，阅读书籍，接触人，游历各国……‘起锚啦’，你想过这句话是什么意思吗？”

“是的！我经常想。”她喃喃地说。

但是我几乎没在听她说，让她的话像可怜的受伤的鸟掉落在地上。我又说我的：

“在黑夜里启程；在闪耀的晨曦中醒来；在汹涌不定的波涛上两个人相依为命……”

“抵达一个港口，就像童年时在画片上看到的那样，一切都新奇无比……我想象中你走在舷梯上，阿丽莎挽着你的胳臂下船来。”

“我们马上到邮局去，”我笑着说，“去取朱丽叶可能会写来的信……”

“寄自封格斯马尔，她可能还留在那里，这个地方在你们看来那么小，那么沉闷，那么遥远……”

这确切是她说的原话吗？我不能肯定，因为，我对你说，我全神贯注在自己的爱情上，不是自己的情话就是在身边也不会听在耳里的。

我们走到环形路附近，正要往回走，这时阿丽莎突然从暗影里走了出来。她脸色那么苍白，朱丽叶喊了起来。

“我确实觉得不太舒服，”阿丽莎匆忙中结结巴巴说，“空气太凉。我想我还是回屋里的好。”她立即离开我们，迅速转过身，朝房子走去。

“我们说的话她都听到了。”阿丽莎一走远，朱丽叶就叫了起来。

“不过我们又没说什么叫她难受的话。相反……”

“让我走吧。”她说完，疾步追姐姐去了。

那夜，我没有睡着。阿丽莎吃晚饭时露了面，饭后说头痛立即又走了。我们说的哪些话给她听到了呢？我忧心忡忡回忆我们的谈话。然后我想可能是我走路时不应该挨近朱丽叶，用手臂搂着她；但这是童年时的习惯，阿丽莎看到我们这样走路早有好几次了。啊！我真是个可怜的瞎子，只在自己身上盲目找错，就是一刻也没有想到朱丽叶的话我没有好好听，我也记不清是什么，倒是给阿丽莎听明白了呢。顾不得这么多啦！我急得晕头转向，害怕引起阿丽莎的怀疑，也没想到其他风险，我下决心，不管我对朱丽叶说过什么话，也可能受到她对我说话的影响，我下决心克服患得患失的心理，在第二天就订婚。

这是我离开的前一天。我可以说是这件事使她不开心。我觉得她在躲避我。白天过去了，我找不到机会跟她单独见面；我担心跟她没有说上话就要走了，便在晚餐前不久闯进了她的房间。她正在戴一条珊瑚项链，她举臂弯下身扣链圈，背对门，瞧着肩膀上面一面镜子，镜子两边是点燃的蜡烛。她先是在镜子里看见我，没有转身，继续瞧着我好一会儿。

“咦！我的门难道没有关上吗？”她说。

“我敲门了，你没有回答，阿丽莎，你知道我明天要走吧？”

她没有回答，但是她把没有戴上的项链放到壁炉灶上。“订婚”这两字在我看来太露，太唐突，我用了不知哪种转弯抹角的说法。等到她听懂我的意思，我觉得她身子一个踉跄，靠在壁炉上……但是我自己全身颤抖，战战兢兢不敢朝她看。

我离她很近，没有抬起眼睛，抓住她的手；她没有挣脱，但是稍稍低下头，稍稍抬起我的手，把嘴唇压在上面，身子半倚着我，喃喃地说：

“不要，杰罗姆，不要；我们不要订婚，我求你……”

我的心跳得那么厉害，我相信她感觉到的；她更温柔地又说了：“不要，还不到……”

于是我问她：

“为什么？”

“但是该由我来问你：为什么？为什么改了？”

我不敢对她说起前一天的谈话，但是她无疑感觉我是想到了，她目光盯着我说，仿佛在回答我的想法：

“我的朋友，你误会我了，我不需要那么多的幸福。我们这样不幸福吗？”

她努力要笑也笑不出来。

“不，既然我必须离开你。”

“杰罗姆，听着，今晚我不能跟你说……不要糟蹋我们最后的时光……不，不，我一直很爱你；你放心。我以后给你写信，给你解释。我答应写信给你，从明天就写……从你走后就写。现在你去吧！瞧，我眼泪要落下来了……你走吧。”

她推开我，轻轻地挣脱我——这就是我们的告别，因为那天晚上我没法跟她再说什么话。第二天，我动身时，她关在自己的房间里。我看到她在窗边向我挥手告别，望着车辆载着我徐徐远去。

三

那一年，我几乎一直没有能够看到阿贝尔·伏蒂埃，他未等到征兵就参加了军队，而我准备学士学位，重新上了修辞课。我虽比阿贝尔小两岁，却把兵役推迟到了读完高等师范后再说，这样那一年我们两人又一起进了那所大学。

我们重逢异常欣喜。退役以后他旅行了一个多月。我怕见到他变了；他只是变得更自信，而且依然保持昔日的魅力。开学前一天下午，我们在卢森堡公园，我忍不住说出了心里话，对他长时间谈到我的爱情，其实他已经知道了。那一年他已经有过几次男女交欢的经历，这使他有一种优越感，有点自命不凡，但是我见了没有丝毫反感。他还跟我打趣说，我不知道如何一锤定音，还提出这句话作为名言：决不能让女人有静心考虑的机会。我让他去说他的，但是想他的高见对我与她都不适合，他只是表明对我们并不了解。

我们到的第二天，我收到了这封信：

我亲爱的杰罗姆：

我对你的建议（我的建议！就用这话称呼我们的订婚么！）考虑了很久。我怕我对你来说年龄太大了。你或许还不觉得什么，因为你没有跟其他女人有过来往，但是我已想到我把自己托付给你以后看到自己不再叫你喜欢，今后就会忍受莫大的痛苦。你在读这封信时一定会很生气。我也好像听到了你的抗辩，可是我要求你再等待到你有更多的生活阅历时再说。

请理解我在信里这么说只是为了你，因为我深信我决不会不爱你的。

阿丽莎

我们彼此不相爱！会有这样的事么！我还是惊讶多于悲哀，但是惊慌失措，立刻跑去给阿贝尔看这封信。

“那么，你打算怎么办？”他摇着头，抿着嘴把信看完后说。我举起手臂，满心彷徨与失望。“我至少希望你别回信。跟女人开始讨论问题，这下子就完了……你听着：星期六我们到勒阿弗尔过夜，这样星期日早晨可以到封格斯马尔，然后回到这里赶上星期一的第一堂课。我服兵役以后还没有见过你的亲戚；这也是个说得过去的借口，也使我很体面。要是阿丽莎看出这只是个借口，那就更好了！我找朱丽叶作伴，你跟她姐姐谈。你可不要孩子气……说实在的，你的故事里面有些事我解释不清；你一定没有跟我和盘托出……没关系！我会弄清楚的……首先不要宣布我们要去，要让你的表姐措手不及，不能让她有时间戒备。”

我推开花园的栅栏时心跳得厉害。朱丽叶立刻迎着我们奔跑了过来。阿丽莎在整理衣服，不急着下楼。我们跟舅舅和阿斯布尔顿小姐闲谈时，她终于走进客厅来了。若说我们突然来临引起她心慌，至少她做到了声色不露；我想起阿贝尔跟我说的话，她待在房里这么久不露面，就是对我做出戒备。朱丽叶异常兴奋，相比之下姐姐矜持更显得冷淡。我感到她不同意我回来，至少她神色中有一种反对的表示，使我不敢再去深究其中有没有更隐蔽的激情。她坐在窗边的一个角落里，离我们较远，好像专心致志做一件刺绣，努动嘴唇，计算针脚。阿贝尔说话。幸而这样！因为我已觉得没有力量，要不是他谈到一年兵营经历和旅途见闻，这场重逢的最初时刻会是沉闷乏味的。舅舅本人也像心事重重。

一吃完中饭，朱丽叶把我叫到一边，拉着我进了花园：

“你怎么也猜不到有人向我求婚吧！”只有我们两人时她大声说了起来，“费利西姑妈昨天给爸爸写信，告诉他尼姆的一个葡萄农来探过口风。她还肯定这是个很好的人家，他今年春天在社交场上遇见过我几次，喜欢上我了。”

“哪位先生，你注意到他了吗？”我问，不由自主对那个求婚者怀有一种敌意。

“是的，我看就是他。堂吉诃德式的老好人，没有文化，很难看，很俗气，样子有点可笑，姑妈见了他没法保持严肃。”

“那么他……有机会的啰？”我说，带点儿挖苦。

“杰罗姆，怎么啦！你开玩笑吧！一个生意人！你要是见过他，就不会问我这个问题了。”

“那……舅舅怎么回答呢？”

“也就是我回答的话：我结婚还太年轻……可惜的是，”她笑着说下去，“姑妈已经料到会有这样的推托，她在附言中说：爱德华·泰西埃尔——这是他的姓名——同意等待，还立刻宣布自己只是‘挂上号’……这很荒谬；但是你要我怎么办？我可不能跟他说他太丑啦！”

“那不行，不过你可以说不愿意嫁给一个葡萄农。”

她耸耸肩：

“在姑妈的头脑里这些理由都是不存在的……不谈了吧——阿丽莎给你写信啦？”

她说话连珠炮似的，好像非常激动。我给她看阿丽莎的信，她看的时候满脸通红。当她问我话时我觉得她口气中有点怒意：

“那么，你怎么办呢？”

“我不知道，”我回答，“现在我来了这里，觉得还是在信里更容易说话，我怪自己不应该来。你明白她这些话是什么意思吗？”

“我明白她要让你自由。”

“不过我那么在乎我的自由吗？她为什么给我写这些你明白吗？”

她回答：“不。”口气非常生硬，我虽揣摩不出真相，至少从这个时刻起深信朱丽叶并不是对此一无所知——后来我们正要进入一个弯道时，她突然转过身：

“现在让我走吧。你来不是要跟我谈话。我们待在一起已经太久了。”

她向着房子跑去，一会儿我听到她在弹钢琴。

当我回进客厅，她正在跟找上她的阿贝尔说话，弹琴没有停止，但是随随便便，仿佛想到哪里弹到哪里。我没有打扰他们。我在花园徘徊了很久，寻找阿丽莎。

她在果园的尽头，摘墙脚边上初开的菊花，菊花与山毛榉枯叶的清香交融在一起。空气中秋意萧瑟。阳光只给墙边的树梢带来一点温意，但是东方的天空是纯洁的。她戴一顶泽特大帽子，把面孔团团围住，还几乎全部遮住，帽子是阿贝尔旅行回来送的，她立即戴上了。我走近时她起初没有转身，但是她无法抑制身子不轻微颤动，我由此知道她听出了我的脚步。我已经全身紧张，鼓起勇气来面对她的责怪和严厉的目光，沉重压在我身上。但是当我走近去，因为胆怯已经放慢了步子——她不把头转向我，而是低下像一个赌气的孩子，等我就在她的身后，才把手伸了过来，手里满满一把花，好像在邀请我过去。我见到这个淘气的动作反而停了下来，她终于向我转过身，走近几步，抬起头，我看到她满脸笑容。在她的目光照耀下，一切在顷刻间又显得单纯自在，以致我自然而然用平常的声音开始说：

“是你的信把我召回来的。”

“我早料到了，”她说，然后用缓和的声调婉转地对我严厉指责，“我就是为这个在生气。为什么我说的话你不好好听，这本来就很简单……（这样说来忧愁与困难其实只是我自己的幻想，只存在于我的脑海中。）我早跟你说过，我们这样很幸福，你向我建议改变，我不同意这有什么奇怪的呢？”

确实，我在她身边感到幸福，无比的幸福，以致我努力让我的想法跟她的想法保持一致；除了她的微笑以外，还跟她在一条气温宜人的花径上携手走在一起；我还要求什么呢。

“要是你愿意，”我严肃地对她说，一下子把任何其他希望都排除在外，全身心沉浸在此时此刻的幸福里——“要是你愿意，咱们今后不订婚了。当我收到你的信时，我同时明白了两件事：我确实是幸福的，我也就要失去幸福了。哦！把我以前的幸福归还给我，我不能没有这个幸福。我爱你，完全可以等你一辈子；但是你若不爱我了，你若怀疑我的爱情，阿丽莎，这个想法我受不了。”

“唉！杰罗姆，我不可能怀疑。”

她对我说这话的声音既平静又忧愁；但是使她容光焕发的微笑那么明朗美丽，叫我对自己的恐惧和辩白感到羞愧；我在她的声音深处察觉到的忧愁余音，也就像全是出于这个原因。我于是转移话题，直接谈到我的计划、我的学习、对我大有裨益的新生活方式。那时的高等师范大学还不是不久前演变成的那个学校；纪律颇为严格，只有自由散漫或者倔头倔脑的人觉得不堪忍受；

对于勤奋好学、意志坚定者的努力则有促进作用。这种修道院式的生活习惯让我不必涉足社交界，这在我是求之不得，社交界本来对我吸引力不大，再加上阿丽莎害怕交往，在我眼里立刻显得可憎可恨。阿斯布尔顿小姐在巴黎还保留着她当初和我母亲同住的那套公寓。阿贝尔和我在巴黎也只认识她，每个星期日会在她身边度过几小时；每个星期日我会给阿丽莎写信，把我生活中的一切事无巨细地让她知道。

我们现在坐在窗框上，窗子开着，粗大的黄瓜藤蔓偶尔还伸出在窗前，最后几条黄瓜也已经摘下。阿丽莎听我说话，向我提问题；我还从来没有感到她那么温柔细心，热情体贴。一切担心害怕，甚至最小的不安，都在她的微笑中烟消云散了，在她的亲昵中不见踪影了，宛如夜雾消失在蔚蓝的天空里。

后来，朱丽叶和阿贝尔走来找我们，大家坐在山毛榉树丛中的一条长椅上，每人轮流念一段诗，大白天就在阅读史文朋[①]的《时间的凯旋》中度过了。黄昏来临。

"走吧！"我们告别时，阿丽莎拥抱我，半开玩笑似的说。但还是带这种大姐姐的神气，可能是我行为有欠考虑使她这样做，也可能她有意这样做。"现在答应我从今以后不要这样浪漫了……"

"怎么样，你订婚了吗？"我们单独一起时，阿贝尔就问我。

"亲爱的，这事不再提了吧，"我回答，立刻用一种不容置疑的语气加上一句，"还是这样好得多。我从来没有像今晚那么幸福。"

① 史文朋（1837—1909），英国诗人。

“我也是。”他大声说；然后，突然勾住我的脖子：

“我要跟你说个奇妙的出人意料的事！杰罗姆，我疯狂地爱上了朱丽叶！去年我已经有点这个意思了，但是我后来经过一番生活，我在重新见到你的表姐妹前什么也不愿对你说。现在，事情妥了，我这一生就这样定了。

我爱，岂止是爱——我把朱丽叶当偶像崇拜！

“很久以来，我就觉得我对你有一种连襟的感情……”

然后，他又笑又闹，双臂环抱我，像孩子似的在回巴黎的列车车厢座垫上打滚。听了他的表白我气都透不过来了，我觉得其中有点儿带小说的味道，感到很别扭；但是看到他欣喜若狂，还能不跟着高兴吗？

“啊，好哇！你求爱了吗？”我好不容易趁他热情奔放的间隙向他提这个问题。

“还没有呢！还没有呢！”他嚷道，“我不愿意匆匆翻过这最迷人的历史篇章。”

最美妙的爱情时刻，
并非说“我爱你”的时候……

“喔唷！你不会为这件事责怪我吧，你这位做事慢吞吞的大师。”

“不过，”我又说，有点儿气恼，“你觉得她那边……”

“你没注意到她看到我时手忙脚乱的样子吗？我们做客时她自始至终激动不已，面孔通红，话说个不停！不，你自然什么也没有注意到，因为你的心全被阿丽莎占了……啊，她向我提问题的样子！她听我说话入迷的样子！这一年来她的智力发展神速。我不知道你凭什么居然说她这人不爱看书，你一直以为只有阿丽莎才看书……但是亲爱的，她知道的东西叫人吃惊！吃晚饭以前我们玩了些什么你知道吗？回忆但丁的一首抒情诗；我们各人背诵一句，当我背错时还是她纠正我的。你知道：

心在向我叙述爱

“你可从来没有跟我说她学过意大利文。”

“我也不知道啊。”我说，颇为惊奇。

“怎么！开始背诗时，她跟我说是你教会她的。”

“她一定是听到过我向她的姐姐诵读，有一天她在我们旁边缝衣服或刺绣，她经常这样做；但是她根本没显出懂的样子。”

“说真的！阿丽莎和你可是一对自顾自的呆子，你们完全泡在自己的爱情里，却不看一眼她的才智和心灵如何奇妙开启！这不是在恭维我自己，我来的正是时候……没事，没事，我不怪你，这你明白，”他说时又拥抱了我一下，“可是答应我，对阿丽莎不要说一个字。我要单独进行这件事。朱丽叶芳心已动，这是十拿九稳的，我敢于把她的深情留到下次假期。在这段时间我甚至不用给她写信。但是到了新年假期，你和我到勒阿弗尔去过，那时……”

“那时怎么啦……”

“阿丽莎会突然听到我们的订婚消息。我准备把事情办得八面玲珑。你知道这一切怎么进行吗？阿丽莎的允诺你还没法得到，就由我用我们的榜样去给你争取到手。我们劝说她在你们没有结婚以前我们也不能庆祝我们的婚礼……”

他继续滔滔不绝讲个不停，火车到了巴黎，甚至我们进了高等师范也没有住嘴。因为虽然我们从车站走到学校，而且夜色已深，阿贝尔还是陪我进了我的房间，在那里又接着一直谈到天亮。

阿贝尔热情可嘉，对现在和未来都有打算。他看到，并谈到我们成双做对的婚礼；他想象并且描绘每个人的惊异和喜悦；对我们的故事，我们的友谊，他在我们爱情中扮演的角色，他莫不觉得动人可爱。我被他的热忱说得心动，最终也受到感染，在他充满幻想的建议的诱惑下半推半就同意了。我们的抱负和勇气也趁着爱情膨胀起来；大学一毕业，我们成双做对的婚礼就要由伏蒂埃牧师主持，然后四个人出外蜜月旅行。然后我们在事业上大展宏图，我们的妻子都心甘情愿充当我们的辅助。阿贝尔无意于教书，自认为天生是写作的，发表了几出剧本获得成功，很快赚到了他缺乏的财富；而我更感兴趣的是研究工作本身，而不是研究会带来的利益，我想从事宗教哲学研究，并由此写出一部历史书……但是在这里重提这些心愿有什么用呢？

第二天我们又钻入了学习。

四

从那时到新年假期日子并不多，跟阿丽莎最后一次谈话依然使我心情保持兴奋，信念也没有片刻衰退。我遵照自定的诺言每星期给她写一封很长的信，其他日子，我避开同学，只跟阿贝尔来往，带着对阿丽莎的相思生活，在我爱读的书上标满供她阅读的记号，务使我感兴趣的段落也让她感到兴趣。她的信仍令我不安；虽然她回信很按时，我感到她在信中时时关心我的近况，鼓励我学习更多于思想上亲近；我甚至觉得，赞美、讨论、批评，对我只是一种敞开自己思想的方法，而她恰恰相反利用这一切来向我掩饰她的思想。偶尔我还怀疑她是不是拿这事儿当作游戏……也罢！我决心对于什么也不抱怨，不在信中流露出不安。

十二月底，阿贝尔和我动身前往勒阿弗尔。

我住到普朗蒂埃姨妈家。我到达时她不在。但是我刚在我住的房间里安顿完毕，一名仆人来跟我说她在客厅里等我。

她对我的健康、居住和学习询问一结束，就立即毫不在意地打听起她挂心的这件事：

“我的孩子，你还没有跟我说你在封格斯马尔过得满不满意？你的事情有点儿进展了吗？”

姨妈这人心慈口拙，这点必须不要在意。这些感情上的事，即使用最纯洁、最温柔的语言来表达我还觉得冒犯，如今听到她那么随随便便提到，对我来说实在是很难接受的，但是她的语调自然热情，为此生气未免愚蠢。不过我开始说话还是有点儿顶撞：

“您不是在春天跟我说过，您认为我们订婚还是嫌早了一点吗？”

“是，我知道；起初是这么说的，”她说，抓住我的一只手，放在手里热情地搓捏，“后来，想到你学习，你服兵役，要耽误你们好几年内不能结婚，这个我知道。再说我个人不太赞成订婚期太长；这会叫姑娘们等厌烦的……不过有时也是很动人的……此外，也不一定要举行正式的订婚礼……这只是让人明白……哦，含蓄地——不需要再为她们找亲家了……还有这样你们可以通信，保持关系；最后，如果另外有人家主动来说亲——这种事也是会发生的，”她带着有分寸的微笑婉转地说，“这可以让人得体地回答……不，不用操心了。你知道已经有人来向朱丽叶求过婚了！去年冬天她很引人注目。她还太小了一点，她回答时也是这么说的；但是那个青年说可以等；——确切说这已不是一个青年了……总之，这是一门好亲事，这个人非常实在；好在你明天就可以看到他，他来给我装圣诞树。你再给我谈谈你的印象。”

“姨妈，我怕他会白忙一阵，朱丽叶心里已经有了别人。”我好不容易才没有说出阿贝尔的名字。

“嗯？”姨妈带着疑问说，头侧向一边，噘嘴表示不信，“你叫我吃惊！她怎么会一点不跟我谈呢？”

我抿嘴不便多说。

“好吧！我们瞧着吧……朱丽叶最近一段时间不太舒服，”她又说，“反正现在还轮不上她……哈！阿丽莎也挺可爱的……最后说一句，是还是不，你向她表态了吗？”

“表态”这两个字，我尽管觉得粗俗不雅，听了满心不乐意，但是面对这个问题，也不善于撒谎，我惶惑地回答：

“是的。”我感到自己满脸通红。

“她怎么说？”

我低下头，我真愿意不回答，然而更加惶惑，也像不由自主地说：

“她不肯订婚。”

“是啊，这个姑娘有道理！”姨妈大声说，“你们有的是时间，不是么……”

“哦！姨妈，这事不谈了吧。”我说，徒然想制止她。

“再说，她这样做我不奇怪；我觉得你这个表姐她一直比你有头脑……”

我现在不知道当时我怎么啦，无疑被问得神经紧张，一下子觉得心都碎了；像个孩子似的，把额头放在姨妈的膝盖上扭来扭去呜呜哭了起来。

“姨妈，不，您不会懂的，”我大声说，“她没有要我等……”

“怎么！她把你回绝了！”她说话口气温柔怜悯，用手抬起我的额头。

“也没有……不，还不完全是。”

我悲哀地摇摇头。

“你怕她不再爱你啦？”

“哦！不，我怕的不是这个。”

“我可怜的孩子，你要我理解你，你必须把话说得更加明白一点。”

我听任自己软弱无能，感到羞愧和懊恼；叫我捉摸不透的理由，姨妈肯定也不可能窥破的；不过，要是阿丽莎的拒绝后面真有什么确切的动机，让姨妈去慢慢问她，可能有助于我去发现。她不久自己提出这个问题，又说：

“听着，阿丽莎明天早晨要跟我布置圣诞树；我很快就会知道怎么一回事，中饭时我把情况告诉你，你明白，我可以肯定，没有什么值得你担惊受怕的。”

我去布科兰家吃饭。朱丽叶近几天来确实不舒服，我看到她变了；她的目光有了一种近乎严厉的表情，这使她跟姐姐的差别更加明显了。那天晚上，我跟她们两人中哪一个都没法单独交谈；我倒也没有希望这样，因为舅舅显得疲劳，我饭后不久也就告辞了。

普朗蒂埃姨妈准备的圣诞树，每年会招来一大群孩子、亲戚和朋友。圣诞树摆在楼梯口的门厅里，对着小客厅、客厅和暖房的玻璃门，暖房里放了一张餐桌。圣诞树还没有布置完毕，节日的早晨，也就是我到的第二天，阿丽莎就像姨妈跟我说的很早就来了，帮她在树枝上挂装饰品、灯泡、水果、糖果和玩具。我若能在她身边做这些事会十分快乐，但是我要让姨妈跟她说话。我没有见到她就外出了，整个上午努力排遣内心的焦虑。

我先上布科兰家去，希望见到朱丽叶，听说阿贝尔已经先我到了她的身边，害怕把一次具有决定意义的谈话打断，立即抽身退出，然后到码头上、马路上闲逛，直到午饭时刻。

“大傻瓜！”我一进门姨妈就嚷了起来，“有这样糟蹋自己一生的吗？你那天早晨跟我说的话没有一句是有道理的……哦！我没有转弯抹角：我把阿斯布尔顿小姐支开，她帮我们也做得累了，当我跟阿丽莎单独一起时，我就开口问夏天她为什么不订婚。你或许以为她不好意思回答了吧？——她丝毫没有为难，不慌不忙地回答说：她不愿意在妹妹以前结婚。你要是坦率地问她，她就会像回答我那样回答你。这里面也有什么要折腾的吗？你看，我的孩子，什么事都要讲个开诚布公……可怜的阿丽莎，她还对我提起她的父亲，她不能离开他……哦！我们谈了很多。这个小姑娘非常理智；她也对我说了她还不敢肯定是不是对你合适；她怕自己年纪太大了，希望你有个像朱丽叶那样年纪的人……”

姨妈还在往下说，但是我已听不进去了；只有一件事跟我有关：阿丽莎不愿在妹妹以前结婚。——那么阿贝尔不就是在这里吗？这个爱说大话的家伙，还真有道理：他一下子像他说的成全了两门亲事……

这几句话透露的事很简单，却使我激动不已，我尽量在姨妈面前掩饰得好好的，只表现一种在她看来很自然的喜悦，这使她很高兴，尤其她觉得这是她带给我的，可是刚吃了中饭，我编了个什么借口离开她，跑去找阿贝尔。

“嘿！我不是对你说过么！”待我把喜悦之情告诉他以后，他就拥抱我大叫，“亲爱的，我已经可以向你宣布，今天早晨我跟朱丽叶的谈话可以说是决定性的，虽然我们谈的几乎都是你。但是她显得疲劳、紧张……我怕走得太远会使她激动，留得太久又会使她兴奋。听你这么一说，大功告成了！亲爱的，我拿了手杖帽子就走。你陪我到布科兰家门口，我在路上飞了起来你可以拽住我，我飘飘欲仙了……当朱丽叶知道姐姐是因为她才拒绝同意你的求婚，接着又是我向她求婚……啊！我的朋友，我已经看到我的父亲今晚在圣诞树前，流着幸福的眼泪赞美天主，伸出祝福的手放到四个跪着的订婚者头上。阿斯布尔顿小姐在一声叹息中消失无踪，普朗蒂埃姨妈对着自己的紧身上衣化成一摊泪水，火一般的圣诞树歌颂上帝的荣耀，像《圣经》中的群山鼓掌。”

只是到了傍晚时刻，要给圣诞树点灯了，孩子、亲戚、朋友才会走来围在四周。我在离开阿贝尔以后闲着，焦虑着急，为了消磨等待的时光，我进行长跑，跑到了圣阿德雷斯山崖，迷失了方向，找路回到普朗蒂埃姨妈家时，庆祝已经开始有一会儿了。

我一进门厅就看见阿丽莎；她好像在等我，立刻向我走过来。她在脖子上，浅色紧身衣的开胸处，挂了一只老式的紫水晶小十字架，这是我给她作为纪念我母亲的礼品，但是我还没有见到她戴过。她的面容憔悴，有一种痛苦的表情叫我看了难受。

“你怎么来得那么晚？”她压着声音快速对我说，“我有话要对你说。”

“我在山崖上迷了路……你是不舒服吧……哦！阿丽莎，有什么事啦？”

她在我面前半晌说不出话，嘴唇抖动；我急得透不过气，不敢问她：她把手按在我的脖子上，好像要把我的面孔拉过去。我以为她有话要说，但是恰在这个时候进来了几名客人；她的手颓然放下……

“没有时间了。”她喃喃地说。然后看到我热泪盈眶，对我目光里的问号做以下的回答，仿佛这个可笑的解释足以让我平静下来似的：

“不……你放心吧：我只是头痛，这些孩子闹得厉害……我只好躲到这里来了……现在我必须回到他们身边去。”

她突然离开了我。有人进来把我与她分开。我想到客厅里去找她；我看见她在客厅的另一头，四周一群孩子，她正组织他们游戏。在她与我之间隔着不少我的熟人，我要贸然走过他们身边必定会被叫住；我实在无心客套，谈话；或许挨着墙溜过去……我试一下。

正当走过暖房的大玻璃门，我感到有人抓住我的胳臂。那是朱丽叶，半个身子藏在由帘布遮着的门洞里。

“到暖房里去，”她急忙说，“我必须跟你说。你从这边走，我立刻过来找你。”然后她把门打开一条缝，隔了一会溜到暖房里。

发生了什么？我愿意见到阿贝尔。他说了些什么？他做了些什么？我朝门厅走去，到了暖房，朱丽叶在里面等我。

她脸上升火，眉毛紧皱，使她的目光有一种严厉和痛苦的表情；她的眼睛闪亮，仿佛在发烧；就是她的声音也显得生硬急促。她好似余怒未消。我尽管心里不安，但看了她的美貌还是吃惊不已，差不多手足无措了。我们只有两人在一起。

“阿丽莎跟你说了吗？”她立即问我。

“刚说上两句，我回来很迟了。”

“她要我在她前面结婚，你知道吗？”

“知道。”

她牢牢盯着我看……

“她要我嫁给谁，你知道吗？”

我待着没有回答。

“嫁给你。”她一声尖叫。

“这不是疯了吗！”

“不是吗！”在她的声音中既有失望也有胜利。她直一直身子，甚至可以说挺起胸膛……

“现在我知道我接着该做什么了。”她含糊地加了一句，打开花园的门，随后砰地把门关上。

我头脑中、心中一切都晃荡了。我感到太阳穴突突跳。我慌张中只有一个想法：去找阿贝尔；他或许能够向我解释这两姐妹的怪话……但是我不敢回到客厅里，我想每个人都会看出我心烦意乱。我走到屋外。花园里的冷空气叫我安静下来。我在那里待了一会儿。天色暗了下来。海雾笼罩全城；树木没有叶子，天与地显得一片凄凉……歌声响了起来；肯定是孩子们围着圣诞树在合唱。我从门厅进去。客厅和小客厅的门开着，客厅现在是空的，我看到姨妈遮在钢琴后面，正在跟朱丽叶说话。小客厅里，客人都挤在彩树四周。孩子们已经把他们的歌唱完；大家肃静无声，伏蒂埃牧师在树前开始布道，他从不放过机会进行他所谓的“撒播好种子”。灯光和热气使我感到不舒服，我要再往外走；我看见阿贝尔靠在门前，他显然在那里已有些时间了。他敌视地瞧着我，当我们的目光相遇时他耸耸肩。我向他走去。

“笨蛋！”他压低声音说；然后突然又说：“啊！好！咱们出去吧；好话我也听腻了！”待我们一到外面，“笨蛋！”他又这样说，我焦急地瞧着他不说话，“她爱的是你，笨蛋！你不能跟我早说吗？”

我惊呆了。我就是不能明白。

“你不明白，是吧！你一个人就是不能发觉吗！”

他抓住了我的手臂，愤怒地摇动。他的声音从咬紧的牙缝里迸出来，成为尖细的颤音。

“阿贝尔，我求你啦！”我静默一刻后，当他挟着我大踏步乱走时，声音发颤地对他说。

“别发这么大的火啦，还不如把事情经过给我说说吧。我可一点儿也不知道。”

在一盏路灯下，他突然让我停下，借着灯光对我细看；然后猛地把我往他身上拉，头放到我的肩上，呜咽声中喃喃地说：

“对不起！我也是个傻瓜，没有比你看得更清楚，我可怜的兄弟。”

他的眼泪仿佛使我平静了一点；他抬起头，又开始走路，又说：

“事情经过……现在再回头谈有什么用？今天早晨我跟朱丽叶谈了，我对你说过。她美丽和活泼得出奇；我以为这是为了我，虽然我们只是谈到了你。”

“那时你不是也没有能够察觉吗？”

“没有；不是很确切。但是现在最细微的暗示也都清楚了……”

“你肯定没有弄错吗？”

“弄错！亲爱的，只有瞎子才没有看出她爱你。”

“那么阿丽莎……”

“那么阿丽莎只好自我牺牲了。她偶然发现了妹妹的秘密，决定给她让出位子。好了吧，老弟！这并不难懂，可是……我找过朱丽叶要再谈一谈；我刚开口对她说了最初几个字，也可以说她一明白我要说的意思，就从我们一起坐着的长沙发上站起来，重复了好几遍：‘我那时就肯定了’，语气却像个一点都不肯定的人说的……”

“啊！别开玩笑了吧！”

“为什么？我觉得挺滑稽，这件事……她直奔姐姐的房间。我听到响亮急促的说话声惊慌起来。我希望再见到朱丽叶，但是隔了一会儿出来的是阿丽莎。她戴着帽子见到我有点尴尬，边走边向我匆匆打招呼……事情就是这样。”

“你没有再见到朱丽叶？”

阿贝尔犹豫了一下：

“见到的。阿丽莎走了以后，我推开房门。朱丽叶在里面一动不动站在壁炉前，两肘撑在大理石炉台上，手托着下巴；她死死盯着镜子里的自己看。当她听到我的脚步声时，她不回转身，却脚蹬地板，大叫：‘啊！别来烦我！’恶声恶气，我一声不出转身就走。全都说啦。”

“现在呢？”

“啊！跟你说了出来，让我好受多了……现在吗？你设法用你的爱情去医治朱丽叶，因为要么我不太了解阿丽莎，要么她在这以前是不会回到你身边的。”

我们默不作声走了很久。

“回去吧！”他最后说，“客人现在都走了。我怕父亲等着我。”

我们回去了。客厅的确是空了；小客厅里，在一株礼物空空、灯光几乎熄灭的圣诞树旁边，只有姨妈和她的两个孩子，布科兰舅舅，阿斯布尔顿小姐，牧师，我的表姐妹，还有一个颇为可笑的人物，我看见过他跟姨妈谈了很久，但只是在那时候才认出这就是朱丽叶跟我说起过的求婚者。他比我们谁都更高大，更强壮，气色更红润，头快秃了，他属于另一个等级、另一个圈子、另一个种族，在我们中间他好像感到自己是个外乡人；他神经质地捻弄一把大胡子下面下巴上的一绺灰白尖胡子。门厅的门开着，灯光熄了，我们两人悄无声息走进去，没有人察觉我们出现。我骤然有一种可恶的预感。

“停下！”阿贝尔说，抓住我的手臂。

我们这时看到那个陌生人走近朱丽叶，拿起她的手，她不作抗拒地把手给了他，也没有转过目光向他看。我的心被黑夜包围了。

“阿贝尔，这是怎么一回事？”我嗫嚅说，仿佛我还没有理解或者希望我没有正确理解。

“那还用说！这小姑娘在自抬身价，”他声音咝咝地说，“她不愿意屈居于姐姐之下。天使肯定会在天上鼓掌喝彩的！”

舅舅过去拥抱夹在阿斯布尔顿小姐和姨妈中间的朱丽叶。伏蒂埃牧师也走近去……我往前走。阿丽莎窥见了我，向我奔过来，身子发颤：

“杰罗姆，这不能这样做的。她不爱他啊！就在今天早晨她还是跟我这么说的。杰罗姆，你要设法阻止她！哦！她以后会成什么啦？……”

她俯身在我肩上，绝望地恳求；只要能够减轻她的忧虑，我愿意献出生命。

突然树边一声尖叫，一阵骚乱……我们奔了过去，朱丽叶昏倒在姨妈的怀抱中。每个人都赶紧走拢来，俯身望她，我只能看到一点儿，她的头发散乱，仿佛把她的苍白可怕的面孔向后拉。从她身子颤动来看这次不是常见的昏迷。

“没事的！没事的！”姨妈为了让惊慌失措的布科兰舅舅宽心，大声说。伏蒂埃牧师食指对着天也在安慰他，“没事的！就会过去的。这是激动；一时神经紧张。泰西埃尔先生，帮我一下吧，您力气大。我们把她抬到我的房里去；放到我的床上……我的床上……”然后她俯身，在她的大儿子耳边说了句话，我看到大儿子立刻走开，肯定是叫医生去了。

姨妈和求婚者托住朱丽叶的肩膀，她半仰着身子倒在他们的臂上。阿丽莎提起妹妹的脚，轻轻搂着。阿贝尔托住她往后仰的头，我看到他弯着身子，把她散乱的头发束在一起，在上面亲个不停。

到了房门口，我停步不前。他们把朱丽叶放到床上；阿丽莎向泰西埃尔先生和阿贝尔说了几句话，我一点听不清；她陪他们走到门前，说让妹妹休息不再劳驾我们了，她会跟普朗蒂埃姨妈留下来照顾她的……

阿贝尔抓住我的手臂，把我拉到外面，我们在黑夜里走了很久，没有目的，没有勇气，没有思想。

五

我认为我的人生除了爱情以外没有其他理由，我一心扑在爱情上，不期望什么，也不愿意期望一切不是来自女友的东西。

第二天，正当我准备去看她的时候，姨妈叫住了我，递给我这封她刚收到的信：

……朱丽叶服了医生开的药水，烦躁不安的心情到了早晨才稍见好转。我恳求杰罗姆这几天不要过来。朱丽叶可能会听出他的脚步声和说话声，她必须保持最大程度的安静……

我怕朱丽叶的病情使我难以分身。要是我无法在杰罗姆动身以前接待他，亲爱的姑妈，转告他我会给他写信的……

这只是对我下的一道禁令。而姨妈、任何其他人都可以任意上布科兰家去。姨妈那天早晨就打算去那儿。我会闹出声音来的？多么不高明的借口……那又怎样！

“好吧。我就不去了。”

不能立刻见到阿丽莎，在我很不好过，可是我也怕跟她再见面；我怕她把妹妹的病情归咎于我，不看到她总比看到她发脾气容易忍受。

至少我要去看阿贝尔。

到了他的门前，一名女用交给我一张便笺。

为了不让你担心，我留下这张字条。待在勒阿弗尔，离朱丽叶这么近，对我已不可忍受。我昨天傍晚离开你以后差不多立即搭船去南安普敦。我到伦敦S家里度完我的假期。我们在学校见面。

……一切人的援助同时弃我而去。待在这里只会给我带来痛苦，我不愿延长就提前回校，又到了巴黎。我向上帝、向“一切真正安慰、一切圣宠、一切完美礼物”的施与者转过我的目光。我向神倾诉我的痛苦。我相信阿丽莎也是庇护在神那里，想到她在祈祷，也鼓励我勤奋祈祷。

这样度过了一段漫长的时光，沉思与学习，除了阿丽莎与我的通信，没有值得一提的事。一切信件我都保留着。后来我的记忆混淆不清时，以此理清思绪……

从姨妈，首先也只有从姨妈那里，我才得到勒阿弗尔的消息；我从她那里知道最初几天朱丽叶的严重病情令人担忧。我走后十二天终于收到了阿丽莎的这封短信：

> 原谅我，亲爱的杰罗姆，我没有早给你写信。可怜的朱丽叶的病差不多占据了我的全部时间。自从你走后，我几乎没有离开她一步。我请姑妈把我们的消息告诉你，我想她这样做了。你知道吧，这三天来朱丽叶身子好了些。我对上帝感谢不已，但是还不敢高兴得太早。

还有我到现在很少提到的罗贝尔，在我以后几天回到了巴黎，能够给我带来两姐妹的一些消息。看在她们的分上，我照顾着他，其实按照我的天性，我是不善于做这类事的；他进了农业学校，每次校中无事有了空闲，就由我去照料他，设法让他散散心。

从他那里我知道了我一直不敢向阿丽莎和姨妈提问的事：爱德华·泰西埃尔来得很勤，打听朱丽叶的消息，但是罗贝尔离开勒阿弗尔时，她没有再见过他。我还知道朱丽叶自从我走后在姐姐面前固执地默不作声，什么都不能逗她说话。

过后不久，又通过姨妈我知道朱丽叶订婚了，我预感到阿丽莎希望看到立刻解约，而朱丽叶本人则要求尽可能早日完成正式的手续。她铁了心，忠告、命令、恳求都无济于事，也使她自己愁眉不展，视而不见，死不开口……

时间在过去。我从阿丽莎那里只收到令人失望的短柬，然而我也不知道跟她写什么好。冬季的浓雾笼罩四周；唉！夜读的灯光，爱情与信仰的热忱，也难以把黑暗与寒冷从我心头驱走。时间在过去。

然后，突然春天的一个早晨，姨妈给我转来了她不在勒阿弗尔时阿丽莎写给她的一封信，我从中抄录下可以把这件事交待清楚的段落：

> 欣赏我的温良吧；遵照你的吩咐，我接待了泰西埃尔先生；我跟他谈了很久。我看出他言谈举止十分得当，我承认我差不多可以相信这门亲事不像最初担心的那么不幸。当然朱丽叶不爱他，但是随着一周一周过去，在我看来他会愈来愈值得爱的。他谈到目前的处境很有远见，对妹妹的性格也没有误解；但是充分信任他的爱情是会有效的，还自诩他的恒心没有克服不了的东西。你可以看出他爱得很深。
>
> 看到杰罗姆这样照顾弟弟，我确实深受感动。我想他这样做只是出于义务，因为罗贝尔的性格跟他的性格很少相似之处——可能也为了使我高兴。但是他肯定已经可以看出，一个人担负的义务愈多，他的灵魂愈会得到培育和升华。这是很崇高的想法！不要过分笑话你的大侄女，因为这些思想

支持着我，帮助我把朱丽叶的婚事当作一件好事来看。

亲爱的姑妈，你的热情关怀对我是多么甜蜜！……但是不要相信我是个不幸的人；我还可以这样说：恰恰相反——因为使朱丽叶受到震动的考验也在我的心中得到反响。《圣经》上这句话："信人的人必有祸。"我重复多次而一知半解，这次突然叫我恍然大悟。在我的那部《圣经》中见到这句话以前，我在杰罗姆送给我的一张圣诞卡上也看到过这句话，那时他还没有十二岁，而我刚过十四岁。在这张图片上，在一个我们当时看来很美丽的花束旁边，有高乃依①的这几句诗：

是什么魔力战胜了世俗，
今日引导我升向天主？
若求助于人，
必将祸及自身！

说实在的，耶利米②的简单诗句大大符合我的心意。显然，杰罗姆当时选择这张卡时没有注意到那句诗。但是我若根据他的来信来看，他今天的脾气性格跟我很相像，我每天感激上帝，同时使我们两人日益跟上帝接近。

我记得我们那次谈话，我为了不打扰他的学习，也不像从前那样给他写长信。你一定会发现我谈到他时心里会得到补偿；我生怕继续写个没完，赶快在此搁笔；这次不要太多

① 高乃依（1606—1684），法国悲剧作家。
② 耶利米，《圣经》中的人物，以色列先知。

责备我。

这封信引起我多少想法！我咒骂姨妈多管闲事（阿丽莎提到使她保持沉默的这次谈话又是怎么回事），还有促使她把这封信转给我的这份吃力不讨好的关心。我对阿丽莎的沉默既然已经难以忍受，那就千万不应该让我知道，她不再跟我说的话写给另一个去看！信里的话都叫我气愤，她居然把我们两人之间的大大小小秘密都轻易说给姨妈听，说话的语调还那么自然、平静、认真、快活……

“不要这样，我可怜的朋友！这封信里没有什么可以叫你气愤的，除了知道它不是写给你的而已。”阿贝尔对我说。阿贝尔，我每日的伙伴，我只有对他可以说话；我在孤独时，由于软弱，需要同情倾诉，对自己不具信心，就会不断地去找他；我在为难时，相信尽管我们天性不同或者正由于天性不同，我重视他的忠告，也会经常去找他……

“咱们把信研究一下吧。”他说，把信摊放在他的写字桌上。

我垂头丧气过了三夜，还要对着自己干四天吗！我几乎很自然地要听听我的朋友会对我说些什么：

“朱丽叶和泰西埃尔一对，由他们留在爱情的烈火中吧，不是吗？我们都知道爱情火焰烧起来是怎么样的。说实在的，在我看来，泰西埃尔充当了扑火自焚的夜蛾……”

“这个不谈了，”我对他说，他的玩笑叫我喘不过气，“看其余部分吧。”

“其余部分？”他说，“其余部分不都是说你的吗？你还抱怨什么！没有一行，没有一句话不是对你的相思。完全可以说这封信通篇是写给你的；费利西姨妈把信转给你，完全是物归原主；

阿丽莎失去了你，才万不得已把信写给了这位可敬的女人；要不，高乃依的诗句对你的姨妈又算是怎么一回事！——插上一句，这诗其实是拉辛[①]的；我跟你说她这一切都是对你说的。要是你的表姐两星期内不给你同样高高兴兴、快快活活写上一封长信的话，你就是笨蛋一个……"

"她不大会这样做吧！"

"她做不做全在你啦！你要听一听我的意见吗？——从现在起，长时间内你要一字不提你们的爱情、你们的婚姻；自从出了妹妹那件事，她要的就是这个，你没看到吗？你要在手足之情上用功夫，一刻不停跟她谈罗贝尔……既然你也有耐心去照顾这个傻小子。只要继续让她耍弄小聪明，其他一切都会随之而来的。啊！我真巴不得给她写呢……"

"你是不配爱她的。"

我还是听从了阿贝尔的劝说；果然不久阿丽莎的信又来得勤了起来；但是在情况安定以前，暂且不说朱丽叶的幸福，我不能期望她会真正快乐和毫无保留地谈心。

阿丽莎提到妹妹的情况还是有所好转。她的婚礼将在七月份举行。阿丽莎写信对我说，她估计那一天阿贝尔和我都会因学习而不能分身……我明白她认为我们不去参加婚礼更好，我们也就以考试为借口，只寄去了我们的祝贺。

婚礼后大约两周，阿丽莎给我写了这封信：

我亲爱的杰罗姆：

① 拉辛（1639—1699），法国悲剧作家。

昨天偶然翻阅你送我的那本漂亮的拉辛作品，发现了你在那幅老的圣诞小图片上的四句诗，你可以想象我的惊愕之情，那张图片我夹在《圣经》里快有十年了。

是什么魔力战胜了世俗，
今日引导我升向天主？
人若求助于人，
必将祸及自身！

我原来以为是摘自高乃依的诗句，我承认我以前觉得这几句诗很美。但是我继续阅读《圣歌》第四首，看到有的段落写得那么美，不禁抄录了下来。以我从你冒失写在白边的缩写来判断，你肯定已经读过（我确实有这样的习惯，在自己和阿丽莎的书里写上她的姓氏的第一个字母，标志我喜欢和我要她阅读的章节）。没关系！这是我喜欢才转写的。看到你献给我的都是我自以为已经知道的诗句，起初有点儿不乐意，然后又想到你对这些诗句也像我一样爱好，也就转嗔为喜了。我在抄录时仿佛跟你一起在阅读。

不朽的智慧如雷声
谆谆教育世人；
“人间的凡夫俗子
辛辛苦苦得到什么果实？
贪名求利的灵魂，为什么流尽纯洁的血
错误地不去换取
充饥的面包，

而换取一团叫人
更饥更渴的幻影？

我推荐的面饼，
是天使的粮食，
由上帝亲自
用小麦的精华配制。
这种可口的美食
决不会端上
凡夫俗子的餐桌，
跟随我的人会得到赐赏，
过来吧。你们愿意永生吗？
收下，吃吧，获得永生了。”
……
皈依的灵魂有福了，
在神的管束下得到安宁，
饮用的是活水源泉，
万世不会枯竭。
人人都是宾客，
享受主泽流长；
我们却疯狂地
追求污泥浊水，
寻找迷人眼目、
不停泄漏的破罐子。

这多美啊！杰罗姆，这多美啊！你是不是真的跟我一样觉得这很美？我的书上有一条小注解，说德·曼特侬夫人[①]听到多玛尔小姐唱这首歌，大加赞赏，“还落下眼泪”，要求她再重唱一段。我现在已经熟记在心，毫不厌烦地背诵。写到这里我唯一的忧伤是没有听过你朗诵。

我们的旅行者继续传来了好消息。你已经知道朱丽叶尽管天气酷热，在巴荣纳和比亚里茨很开心。他们后来又游历了富恩塔拉比亚，在布尔戈斯逗留，两次登越比利牛斯山……她现在从蒙塞拉特写来一封热情洋溢的信。他们打算在巴塞罗那再待上十天，然后再去尼姆，爱德华在九月以前必须回去，准备收葡萄工作。

父亲和我在封格斯马尔已有一个星期了，阿斯布尔顿小姐明天会到我们这里，罗贝尔则要四天后才来。你知道这个可怜的青年考试不及格，不是考题难，而是主考人向他提出了一些奇奇怪怪的问题，他惊慌失措；你在信中跟我说起他勤奋好学，我没法相信罗贝尔没有充分准备，但是这名主考人好像很喜欢刁难学生。

至于你成绩优良，亲爱的朋友，我觉得这是理所当然的，我也就不用再说祝贺之类的话了。杰罗姆，我对你多么有信心！当我想到你时，我的心中充满希望。你从前跟我谈到的工作，你现在就可以开始做了吧……

……花园里没有一点变化，但是房子好像显得空空荡荡！今年我为什么要求你不要过来，道理你是明白的，不是

---

① 弗朗索瓦兹·德·曼特侬（1635—1719），法国贵妇，1684 年与法国国王路易十四秘密结婚。

么；我觉得还是这样的好；我每天对自己这样说，因为那么久不看见你，我也付出了很多代价……有时，我不由自主地在找你；我在阅读中间停了下来，突然转过头去……我觉得你就在这里！

我又回头写我的信。天黑了，每个人都睡了；我在敞开的窗前写个不停，花园芬芳袭人，空气温和。你记得吗，我们还是孩子的时候，我们看见或者听到任何很美的东西，我们就在想：这一切要感谢上帝的创造……今夜我整个心灵都在想：感谢上帝创造了这么美丽的今夜！突然我祝愿你在这里，感觉你在这里，在我身边，那么强烈，可能你也感觉到了。

是的，你在信里也说过这样的话："在好人的心灵里"，崇敬之情与感激之情混淆不清……我还有多少事情愿意跟你说呀！——我想到了朱丽叶跟我谈到的这个阳光灿烂的国家。我想到了其他更广阔、更明亮、更荒凉的国家，我心中存在一种奇异的信念，有朝一日，我不知道如何，我们会一起看到一个我也说不清楚的神秘大国家……

你们不难想象我读这封信时如何因喜而振奋，又如何因爱而落泪。其他的信也接连而来。当然是阿丽莎感谢我没有到封格斯马尔去，当然是阿丽莎恳求我今年不要再去找她，但是她遗憾我不在身边，她现在祝愿我去，每一页纸上都响起同样的召唤。我哪儿还有力量抵挡呢？无疑是听了阿贝尔的劝告，害怕欢乐一下子遭到破坏，对内心的冲动有一种天然的克制。

在接连而来的信件中，我抄录一切可以说明这个故事的部分：

亲爱的杰罗姆：

读你的信时我欢欣雀跃。我正要答复你从奥尔维耶托的来信，这时又收到了你从佩鲁贾和阿西西来的信。我的思想也到处漫游，只有我的身体还装得像在这里的样子；实际上，我跟你一起走在翁伯里地区的白色公路上；我跟你在早晨动身，用新的眼光观看日出……你真的在科托纳的平台上呼唤我吗？我听到你的……在阿西西北部山上我们渴得厉害！方济各修士的那杯清水是多么甜啊！哦，我的朋友！我通过你观看事物。我多么喜欢你说到圣方济各的话！是的，不错，要寻找的不是思想的解放，而是思想的奋发。思想的解放必然伴随着可憎的骄傲。一个人的雄心壮志，不要用以反抗，而要用以侍奉……

尼姆传来的大好消息，使我觉得上帝允许我享受欢乐。今年夏天的唯一阴影，就是可怜的父亲的健康情况。

尽管我细心照料，他终日愁眉不展，或者可以说我一离开他，他又闷闷不乐起来，愈来愈难使他摆脱孤独忧郁。大自然在他四周欣欣向荣，他却视而不见；他甚至不愿去看一看。——阿斯布尔顿小姐身体很好。我向他们两人提到你的来信；每封信我们都可以谈上三天；那时又来了一封新的。

……罗贝尔前天离开我们了，他到他的朋友 R 家里去过完假期，朋友的父亲经营着一个模范农庄。当然我们在这里过的生活对他来说不很热闹。当他说到要走时，我只能支持他的计划……

……我有那么多的话要跟你说；我渴望跟你说不完的话！有时我找不到明确的字眼，明确的想法——今晚我如在梦中跟你写信——只是有种紧迫的感觉，有无穷的财富要给予，要收下。

我们怎么会有那么多个月不声不响的？我们肯定都在冬眠吧。哦，这个沉默的冬天多么可恶，让它一去不复返吧！自从有了你以后，生活、思想、我们的灵魂，一切在我看来都是美的，可亲的，无比的丰富。

九月十二日

我收到了你从比萨的来信。我们这里的天气也风和日丽；我还从未见过这么美丽的诺曼底。前天我独自走了一大圈，信步穿过田野；我回来不累，倒反而兴奋，在阳光与欢乐中陶醉了。艳阳下的草垛真是美！我不需要置身意大利就可见到这一切美景。

是的，我的朋友，正如你说的，在大自然的“百音和鸣”中我要倾听和理解奔放与欢乐。我在声声鸟啼中都听到了，在阵阵花香中都呼吸到了，我徐徐明白了只有崇拜才是唯一的祈祷形式，跟着圣方济各同声说：我的上帝！我的上帝！“我唯一的”，内心充满不可表述的爱。

可是不必担心我会当上无知会修女！近来因连日下雨，我看了不少书，我像把我的崇拜放到阅读中了……读完了马尔布朗什，立刻又拿起了莱布尼茨《致克拉克的信》。然后为了让脑子休息，读了雪莱《沉西家族》——不感兴趣；也读了《含羞草》……我可能会叫你光火；我认为雪莱的全部作品，拜伦的全部作品，都比不上我们去年夏天一起阅读的济慈的四首颂歌，同样我觉得雨果的全部作品也不如波德莱尔的几首十四行诗。“大诗人”这样的称呼没什么意思，重要的是做“纯然的”诗人……我的弟弟呵！感谢你帮助我认识、理解和热爱这一切。

……不，不要为了重聚几天的快乐而缩短你的旅行。说真的，我们还是不要见面的好。相信我：当你在我身边，我就不会那么想你。我不愿意使你难受，但是我下决心不期望——现在——你来。我要不要向你承认这件事呢？我要是知道你今晚来……我就躲开。

哦！别要求我向你解释这种……感情，我求你啦。我只知道我无时无刻不在想你（这足以使你幸福了吧），我是这样幸福。

……

在这最后一封信后不久，也是从意大利一回来后，我就应征入伍，被派到了南希。我在那里举目无亲，但是很高兴一个人独处，因为这样可以向我这个自豪的情人和阿丽莎，更清楚显示她的信是我唯一的庇护所，而对她的相思就像龙沙[①]说的“我唯一的隐德来希”。

说实在的，强制我们接受的纪律颇为严厉，我并不以为苦。我磨炼自己应付一切，在写给阿丽莎的信中只对她不在身边一事才诉起苦来。我们甚至把长期分离当作我们勇气的考验。——“你从不诉苦，”阿丽莎写给我说，“你在我的想象中从不灰心丧气……”为了证实她的话，我还有什么不能忍受呢？

自从最后一次见面后，差不多一年过去了。她仿佛毫不察觉，只是认为现在才开始等待。我以这事责怪她，她这样回答：

---

① 龙沙（1524—1585），法国诗人。“隐德来希”（entéléhie），古希腊哲学家亚里士多德的用语，意即“完美”。

我不是和你一起在意大利吗？负心的人！我没有一天离开过你。你要明白从现在开始有一段时间我不能陪伴你了，只有这才是我说的分离。说真的，我也在努力想象你在军营中的生活……我想象不出来。我最多想象出你晚上在甘必大街的那个小房间里写东西或读书……这也不一定，不是吗？事实上，我在一年后才会在封格斯马尔或勒阿弗尔再见到你了。

一年！我不去计算已经过去的日子；我的希望凝结在未来这个慢慢、慢慢移近的一点上。你想一想花园深处的那道矮墙，我们把菊花藏在墙脚下，我们冒险爬上墙头；朱丽叶和你走在上面，像要一步登上天堂的穆斯林那样奋不顾身；——而我走了几步头就发晕，你在下面对我叫："不要看你的脚……看你的前面！往前走！盯住目标！"然后，终于——这比你鼓励的话更有用——你爬到了墙壁的另一头等着我。于是我不再发抖。我不再感到头晕；我盯着看的只是你，我奔过去扑向你张开的双臂……

杰罗姆，失去对你的信任我会成为什么呢？我需要感到你坚强；需要依靠你。不要软弱。

随心所欲地延长我们的等待，仿佛这是一种挑战，同时也是害怕重逢不是那么称心如意，我们约定新年来临，我到巴黎阿斯布尔顿小姐那里去度过仅有不多的几天假期。

我跟你们说过，我不抄录所有的信。下面是我在二月中旬收到的信：

真令人激动啊，前天经过巴黎路时，看到M书店橱窗里，赫然陈列着你向我提过的阿贝尔的书，但是我怎么也不相信现实真是这样的。我抑制不了自己，走了进去；但是书名那么怪里怪气，我犹豫不决，没敢向职员取书；我甚至想到买一部其他随便什么书再走出书店。幸而柜台旁边也放了一小堆《轻佻》这部书，由顾客自取——我抓了一部，扔下一百苏，不用说上一句话。

我感谢阿贝尔没有送我一部！我翻阅后没法不觉得难为情，叫我难为情的不是书本身，总的说来我看书里蠢话多于不堪入耳的话，而想到的是阿贝尔，阿贝尔·伏蒂埃，你的朋友写了这么一部书。我逐页寻找，也没有找到《时代》杂志评论家所说的"伟大天才"。我听说在勒阿弗尔经常提到阿贝尔的小圈子里，这部书取得很大成功。我听到用"轻浮"与"优美"来评价他这人不可救药的无聊；我的态度自然谨慎保留，只是对你谈到我读了什么。那位可怜的伏蒂埃牧师，我看到他起初当然觉得失望，最终疑惑是不是更有理由为此感到自豪；他周围每个人都怂恿他相信是这么一回事。昨天在普朗蒂埃姨妈家，V太太冷不防地对他说："牧师先生，您的儿子大红大紫，您一定高兴得很吧！"他有点惶惑地回答："我的上帝，我还没有到那个程度呢……""那您就高兴吧！那您就高兴吧！"姑妈说，毫无恶意，语气也充满鼓励，使得每个人都笑了起来，牧师也不例外。

《新阿贝拉尔》上演后更不知会怎么样了！我听说他准备在环城路上不知哪家剧院上演，报刊好像也都议论开了……可怜的阿贝尔！这真是他期望和满意的那种成功么！

昨天我读到《永恒的安慰》中这几句话："谁真正祈望真的和恒久的荣耀，就不在乎世俗的荣耀；谁不在内心鄙视世俗的荣耀，就不是真正热爱天堂的荣耀。"我想：感谢我的上帝，选择了杰罗姆作为天堂的荣耀，相比之下另一种荣耀只是草芥。

在单调的工作中度过了一周又一周，一月又一月，但是由于我的思想只是寄托在回忆或希望上，也就察觉不到时光过得很慢，每个小时过得很长。

舅舅和阿丽莎六月份要到尼姆附近去探望朱丽叶，那时她的孩子要出世了。但是传来一些不太好的消息，促使他们提前动身了。阿丽莎写信给我说：

我们刚离开不久，你寄往勒阿弗尔的最后一封信就到了。不知什么原因只是一周以后才转到我这里。我整个星期魂不守舍，麻木彷徨。我的兄弟啊！我只有和你一起才恢复自我，超越自我……

朱丽叶身体又好了。我们天天等待她分娩，并不担心。她知道我今天上午写信给你。我们到达埃格维弗的第二天，她问我："杰罗姆他怎么样？……他一直给你写信吗？……"我没法对她撒谎，"当你给他写信时，告诉他……"她犹豫了一会儿，然后非常温柔地一笑："我病好了。"我以前有点担心她在信里一直高高兴兴，别是跟我在玩幸福的游戏，她不让人家看穿……她今天看作幸福的东西跟她从前梦想的东西，她的幸福依托的东西是多么不同！啊！但愿大家称之为幸福的东西只与心灵相连，不必过分重视构成幸福的外界因素！我独自在小丛林中散步时浮想联翩，在此我不向你赘述了，最令人吃惊的想到这些竟也是兴奋不起来；朱丽叶的幸福按理说应使我心满意足……我的心怎么会陷入一种莫名的忧郁，怎么也摆脱不开？此地的美丽风光，我感觉在心里，至少看见在眼里，反而增添了我难言的悲哀……当你从意大利给我来信，我懂得通过你观察一切事物；现在一切我不是通过你看到的东西，都像是偷了你的。最后，在封格斯马尔和勒阿弗尔我磨炼出了一种对付下雨天的本领；到了这里这种本领无须施展，感到它毫无用处倒使我犯起愁来。当地人的欢笑令我窒息；可能我所谓的"悲哀"只是不像他们喧闹而已……显然，从前我的欢乐中总含有某种自豪，而现在，我处在异乡人的快活中间感到一种类似屈辱的感情。

到了这里之后祈祷也很勉强；我有一种孩子气的感觉：上帝不再在同一个地方了。再见啦，我要快快离开你；说出这样不敬神的话，承认自己的软弱和悲哀，还把这一切向你写出来，这叫我感到难为情，如果今晚邮差不来取走，明天我就会把它撕掉……

下一封信只提到她的外甥女的出生，她将当她的教母。还有朱丽叶的快乐、舅舅的快乐……但是只字不提她自己的感情。

然后又是从封格斯马尔的来信，朱丽叶在七月去看了她……

爱德华和朱丽叶今天早晨离开我们了。我舍不得的还是我的小教女；我六个月后再见她时，会再也认不出她所有的动作姿态了；以前她的每一个动作姿态都是我看着她做的。"人的形成"总是那么神秘和奇怪！我们相互不常感到惊讶，是因为没有予以注意。我俯身在这个满载希望的小摇篮前，度过了多少时光。人的成长那么快就中止了，都在离上帝很远的地方骤然停步不前，这是出于什么样的自私、自满和不思上进？哦！要是我们能够、我们愿意更走近上帝……那会是多么美妙的竞争啊！

朱丽叶看来很幸福。我起初看到她放弃了钢琴和阅读有点伤心；但是爱德华·泰西埃尔不喜欢音乐，对书籍没有多大兴趣；显然他不能与她共享的乐趣，她也就明智地不去追求了。相反，她对丈夫的工作产生了兴趣，他让她了解他做的一切买卖。这一年生意大有发展。他打趣说这是靠了这桩婚事，让他在勒阿弗尔得到大量顾客。他最近一次出差是罗贝尔陪着去的；爱德华对他关怀备至，还自称了解罗贝尔的性格，坚决相信他对这类工作会认认真真关心的。

父亲身体好多了；看到女儿幸福使他年轻了；他重新关心农庄、花园，刚才要我高声朗读我们跟阿斯布尔顿小姐一起开始、后来因泰西埃尔一家来住而中断的那部书，关于德·于勃尼尔男爵①的游记，我向他们也这样朗读；我自己也感到乐在其中。现在我有更多的时间坐定读书了；但是我等待你的指点；今天早晨，我从一部书翻到另一部书，却没有看到什么有意思的！……

从那时起阿丽莎在信里态度变得更加怪异，语气更加迫切。她在夏天将过时写信对我说：

① 德·于勃尼尔（1811—1892），奥地利外交家、作家。

怕你担心，因而没敢对你说我多么盼望你来。在未跟你见面以前，每天都是在沉重的压抑中度过。到那一天还要过上两个月的时间！这似乎比我远离你度过的时间还要长！为了忘掉等待，我尝试去做一切，其效果显得可笑的短暂，我无法静下心来做一桩事情。书籍失去了价值和魅力，散步失去了吸引力，大自然失去了光彩，花园黯淡无色，闻不到香味。我羡慕你的苦活，这些不得不做的操练，虽不是你的选择，但可使你完全不去想自己，使你的筋骨劳累，让你的日子过得飞快，到了晚上，使你疲惫不堪，一下子跌入梦乡。你对演习所作的描写非常动人，萦绕我心头久久不去。最近几天我夜不成寐，多次会在起床号中惊醒过来，我确确实实听到了号声。我完全可以想象你说到的这种轻微的醉意、晨起后的轻快、似晕非晕的情态……马尔泽维尔高原在黎明的寒光中必然雄奇瑰丽！……

近来我身体不太好；哦！不是什么大病。我相信只是等待你过分心切。

六星期后：

我的朋友，这是我的最后一封信，你回家的日子尽管一时还定不下来，反正不会太远了，我也就不再给你写信了。我原来希望在封格斯马尔跟你见面，但是天气变坏了，气温很低，父亲口口声声说要回到城里去。现在朱丽叶和罗贝尔都不跟我们一起住了，我们给你留宿原很方便，但是你还是住到费利西姑妈家好，她也会很乐意接待你的。

随着见面的日子愈来愈近，我们的等待也更迫切，几乎有点畏惧；朝夕盼望你来，现在好像又害怕你来，我努力不去想；我想象你的按铃声，你上楼的脚步声，我的心停止跳动或者感到痛……尤其不要期望我会跟你谈什么……我觉得我的过去在这里结束了；除此以外我看不到什么；我的生命停滞了……

四天后，也就是我复员前一星期，我还是收到了一非常简短的信：

我的朋友，我完全赞同你的看法，不要有意过分延长你在勒阿弗尔逗留的日子和我们重逢的时间。既然我们在信中都已经写了，还有什么要说的呢？如果你从二十八日起必须回巴黎注册的话，你就不要犹豫，不要遗憾不能让我们多待上两天。我们今后不是有一辈子吗？

六

我们初次重聚在普朗蒂埃姑妈家里。我突然觉得自己服兵役以后变得迟钝呆板了……我后来也可以想到她发现我变了。但是这种刚见面时虚假的印象在我们之间又有什么重要呢？对我来说，由于害怕不能完全把她认出来，起初几乎不敢瞧她……不，还有叫我们手足无措的，那是人家强加于我们的荒谬的未婚夫妻身份，每个人都赶紧让我们单独相处，在我们面前抽身走开。

“可是，姑妈，你一点也没碍着我们；我们没有私房话要说。”阿丽莎看到她明明白白要有意回避时终于喊了起来。

“怎么会没有呢！怎么会没有呢，我的孩子！我很了解你们；

那么多日子没有见面，总是有许多小事要相互说说的。”

“我求你啦，姑妈；你要走就是叫我们不高兴。”说话的语调含有火气，我几乎认不出这是阿丽莎的声音。

“姨妈，您要是走，我们就不再说一句话，我说了算！”我笑着加了一句，但是心里也有点害怕我们两人单独一起。我们三个人又聊了起来，装得轻松自在，说话平淡，有意兴奋一下活跃气氛，其实各人心里都感到窘迫。舅舅邀请我吃中饭，我们第二天还是要见面的，因而这第一个晚上毫不为难地分手了，很高兴让这场表演结束。

我在用餐前很早就到了，不过看到阿丽莎正与一个女友在交谈，她缺少勇气表示要送客，女友也没有知趣地告辞。最后终于她离开留下我们两人时，我又假惺惺地奇怪阿丽莎怎么不留她一起进餐。我们两人都是一夜没有合眼，累得有点急躁。舅舅进来了。阿丽莎感觉到我发现他老了不少。他耳朵背，我的声音他听不清；要让他听见不得不大声嚷，使我说起话来怪怪的。

午饭后，普朗蒂埃姨妈根据事前的安排，开车来接我们；她带我们到奥尔切，有意让阿丽莎和我在风景优美的一段路上走着回来。

这个季节的天气已经热了。我们走的一边海岸都处在日晒之下，毫无动人之处；光秃秃的树木也不能给我们挡住阳光。我们急于回到姨妈等着我们的车内，不利落地匆匆疾走。我头疼发胀，也想不出一点主意；为了不失体态，或者因为这样做可以免去说话，我走的时候携了阿丽莎由我携着的手。激动，走路引起的喘气，双方不说话的尴尬，使我们脸上充血；我听到自己太阳穴的跳动声；阿丽莎面孔红得挺难看；不久，这两只湿热的手握在一起显得不自然，也就松了开来，各自悲哀地往下落。

我们走得太急了，到了十字路口车子还没到，姨妈有意从另一条路走，好让我们有时间说话，车子开得非常慢。我们在斜坡上坐下，突然刮起了冷风，因为都出了汗，吹得两人身子发僵；于是又起来去迎着汽车过来……糟糕的是可怜的姨妈相信我们已作过一番畅谈，殷勤操心，正要询问我们订婚一事，阿丽莎再也憋不住了，眼泪夺眶而出，推说是头疼得厉害。归途中没有人说过一句话。

第二天，我醒来时腰酸背痛，伤风感冒，很不好受，只是到了下午才决定上布科兰家去。事不凑巧，阿丽莎不是一个人。费利西姨妈的孙女玛德莱娜·普朗蒂埃在那里，我知道阿丽莎往常喜欢和她聊天。她在祖母家住上几天，我一进门，她就大声说：

“你要是离开这里到小冈去，那我们可以一路做个伴了。”我机械地点点头，这样我又不能跟阿丽莎单独相处了。但是身边有个可爱的女孩肯定对我们也有用处；我不会像前一天那样拘束难受；我们三人之间立刻轻轻松松谈了起来，不像我原来所担心的那样说上一大堆废话。当我跟她告别时阿丽莎古怪地微笑；我觉得她直到那时还没有明白我第二天就要离开。不过，接着很快又可以见面，也使我的辞行免去惯常的伤感。

可是，晚饭以后，一种隐约的不安促使我又来到城里，漫无目的地徘徊了将近一小时，然后下决心再去布科兰家。我按门铃。这次是舅舅接待我。阿丽莎感到身体不适，已经上楼回到自己的房里，肯定立即上床了。我跟舅舅聊了一会，然后就走了……

这些不称心的事尽管叫人光火，我怨天尤人也没用。即使这一切都来得非常顺当，我们自己也会无事生非的。阿丽莎自己也觉察到了这一点，这比什么都使我沮丧。我一回巴黎，就收到下面的这封信：

我的朋友，多么凄凉的重逢啊！你好像在说这全怪别人不好，但是你自己也没法说服自己。现在我相信，我知道今后也就是这样了。啊！我求你，咱们不要再见面了吧！

我们有那么多的话要说，可是为什么会有这种拘束，这种错位感觉，这种瘫痪，这种有口难开？你回来的第一天，我对这种沉默感到高兴，因为我相信沉默是会打破的，你会跟我说上许多美妙的事；在此以前你不会离开的。

但是在奥尔切，当我看到我们沉闷的散步在沉默中结束，尤其我们的手相互放开后绝望地落下时，我相信我的心慌乱痛苦往下沉。最令我伤心的不是你的手把我的手放开，而是感觉到它就是不放开我的手，我的手也会放开它的——因为它抓在你的手里并不感到高兴。

第二天——也就是昨天——我痴痴地等了你一个早晨。我惶惶不安在家里待不住，就留下一张纸条告诉你到大堤上什么地方找我。我长时间呆望波涛汹涌的海水，但是没有你独自望着我受不了；我突然想到你在我的房间里等着我，也就回家了。我知道下午我不会有空；玛德莱娜前一天跟我说过她要来，因为我以为在早晨跟你见面，也就让她来了。不过也可能有她在旁边，才是我们见面的最好时光。我有过一种奇异的幻觉，只持续了片刻，以为我们轻松的谈话会长时间、长时间进行下去……当你走近我与她并坐的长沙发，向我俯身说再见时，我一句话都说不出来；我觉得一切正在结束：突然我才明白你要走了。

你跟玛德莱娜还没有走出门，我就觉得这是不可能的，无法忍受。我又走了出去，你知道么！我还要跟你说话，把我没有跟你说过的话都说出来；我已经朝普朗蒂埃家奔去……太晚了；我没有时间，不敢……我就回家了，绝望地给你写信……说我不愿再给你写……一封告别信……因为我终于觉得我们的全部书信只是一个巨大的幻影，我们两人可惜都只是在写给自己看，还有……杰罗姆！杰罗姆！我们永远相离很远啊！

是的，我把那封信撕了；但是我现在又给你重写一封，几乎一模一样。哦！我的朋友，我还是那么爱你！相反地，在我惶惑时，在你一走近我感到为难时，我是再清楚不过了，我多么深切爱着你；但是——你看到么——是绝望的爱，因为我必须向自己承认，你在远方的时候我更爱你。唉！我早就料到了。这次我们如愿重逢了，却使我更看出是这么回事，我的朋友，重要的是让你也对此深信不疑。再见啦，我深爱的兄弟；让上帝保护你，指引你；人只有接近上帝，才不会受到惩罚。

仿佛这封信还不足以使我痛苦似的，她在第二天又加上了这段附言：

发出这封信时，我不能不要求你对有关我们俩的事谨慎处理。多少次你使我伤心，因为你把你我之间的私事作为向朱丽叶或阿贝尔的谈话资料；这早在你料到以前很久，就使我想到你的爱情更可以说是一种用头脑思考的爱情，一种对温情与忠诚的理智性迷恋而已。

添上这最后几行，无疑是害怕我把那封信给阿贝尔看，敏感多疑使她存了戒心？还是她发现我说的话反映出我的朋友的劝告？……

我自认为从那以后跟他的差别是很大的！我们走在两条不同的道上，要我学会单独承受忧愁的重担，这份嘱咐纯属是多余的。

接着三天，我都在唉声叹气中度过，我要给阿丽莎写回信；但是一本正经地讨论，面红耳赤地争辩，用词不当，我怕又会不可挽回地加深创伤；我在信上作爱情的挣扎，写了又改、改了又写，不下二十次。今天重读这封洒满泪水的书信还是禁不住要哭，最后我还是决定抄录一份寄去：

阿丽莎！可怜我吧，可怜咱们两个人吧！……你的信叫我难过。对你的种种顾虑我完全可以付诸一笑。是的，你向我提到的一切我也是有所感觉的，但是我怕对自己这样说。原本只是臆测的事，却被你想成是多么可怕的现实，而你又在我们之间把它渲染一番。

如果你觉得你不如从前那么爱我……啊！别来跟我提这种残酷的设想，连你自己的信也自始至终在否认！你一时的恐惧又怎么样呢！阿丽莎！当我想说道理，我就感到语塞；我只听到内心的呻吟。我太爱你了，以致口拙，我愈爱你，愈不知道怎样对你说话。“用头脑思考的爱情”……你要我怎么对此做出回答呢？我用整个身心在爱你，我怎么能区别我的智慧与心灵呢？但是既然我们的通信引起了你痛切的责难，既然通信先引起了幻想，后又跌到残酷的现实中，使我们两败俱伤，既然你现在相信虽在写信却只是写给自己看，既然我已没有力量忍受又收到一封类似的信，我求你，让我们暂时停止一切书信往来吧。

接着我在信中对她的看法不同意，进行了申辩，求她对我们下次见面要有信心。上一次见面对她一切都不顺利，不论地点、人物和时间，甚至我们情绪亢奋的通信，使我们没有审慎的心理准备。下次我们见面前对什么都保持沉默。我希望明年春天在封格斯马尔见她，我想在那里往事的回忆会对我有利，舅舅也会乐意在复活节假期接待我们，日子多少俱由她做主。

我的决心一旦下定，信寄出后立即投入工作。

*

快到年底时我倒是又见到了阿丽莎。阿斯布尔顿小姐最近几个月来身体日趋衰弱，圣诞节前四天她去世了。自从我复员回来以后，我重新跟了她一起住；我很少离开她，给她送了终。阿丽莎寄来一张明信片，向我说明她把我保持沉默的誓言看得比我遭逢的丧事还要重；舅舅不能来参加葬礼了，她则赶在两班班车之间参加一下仪式而已。几乎就只有她和我参加了大殓，然后又跟在棺材后面；我们并排走在一起，没有交换几句话；但是，到了教堂，她坐在我旁边，我感觉她好几次目光温柔地看着我。

“这是约定的，”分别时她对我说，“复活节以后再说。”

“是的，可是在复活节……”

“我等你。”

我们在墓园门口。我建议送她去火车站；可是她向一辆车打个信号，没说一句告别的话就抛下我而去了。

七

“阿丽莎在花园里等你。”四月底我到了封格斯马尔，舅舅怀着父爱拥抱了我以后对我说。最初没有见到她迅速来迎我，确实有点失望，马上又要感谢她，使我们两人免去了乍见面时流于俗套的感情表露。

她在花园深处。我朝灌木紧密包围的环形路口走去，每年这个时节花都开了，有丁香、花楸、金雀花、锦带花等；为了不远远看到她，或者为了不让她看到我过去，我走花园另一侧的那条暗路，在树荫下空气凉爽。我慢慢往前走；天空温暖、明亮、碧青，好像我心头的欢乐。她肯定以为我从另一边来的；我到了她身边，到了她身后，她没有听到我走近；我停步……仿佛时间也跟我一起停止了：这个时刻，我想，这可能是最美妙的时刻，接着就看到了幸福，就是幸福本身也比不上它……

我愿意跪在她面前，我走了一步，她听到了。她突然站起身，手中的刺绣落在地上，向我伸直双臂，两手放在我的肩上。我们就这样待了一会儿，她胳臂伸直，头微侧，笑眯眯的，温柔地看着我，一言不发。她穿一身白衣。在她有点过于严肃的面孔上，我又看到她童年的微笑……

“听我说，阿丽莎，”我立即大声嚷了起来，“我有十二天假期。你不高兴我就一天也不多待。让我们约定一个信号，表示我第二天必须离开封格斯马尔。这样我就第二天走掉，决不怨天尤人。你同意吗？”

这些话都是冲口而出的，一点没有准备。她思考了片刻，说：

“那天晚上，我下楼吃饭时，在脖子上没戴你喜欢的紫晶石十字架……你就明白了吧？”

“这就是我们最后一个晚上。”

“不过，”她又说，“你会不哭不叹息地走么……”

“并且还不告别。我在这最后一个晚上离开你，就像在这前一天离开你一样，随便得你也不禁琢磨：他到底有没有明白我的意思？但是当你第二天去找我时，我已不在了，如此而已。”

“第二天我也不会去找你的。”

她向我伸出手，当我把她的手放到唇边。

“从现在到那个不吉祥的晚上，”我还说，“也不要做出任何暗示，使我有所预感。”

“你也不要对接着要来的分别做出任何暗示。”

重逢时这样郑重，难免又会在我们之间引起难堪，现在必须马上消除。我又说：

“我愿意看到我在你身边度过这几天，在我们看来跟别的日子没有区别……我要说的是我们两个不要觉得这是些特殊的日子。然后……如果我们能够不刻意要先谈谈……”

她开始笑了。我加上说：

“难道我们就没有事可以一起干的吗？”

我们向来对园艺很感兴趣。不久以前，一名没有经验的新手接替了老园丁，两个月来花园无人修整，有不少工作要做。玫瑰树没有好好剪枝，有的长得过猛，枯枝纠结；有的往上爬，没有支架，都挂了下来；徒长枝更吸干了其他枝条的汁水。其中大多数都是我们以前嫁接的；我们认出了自己种的幼苗，它们又必须培栽，占了我们许多时间，也让我们在前三天谈话很多而又丝毫未提及严肃的大事；当我们不说话时，也不感到沉默压着心口。

这样我们又恢复了两人相处的老习惯了。我对这种相互适应比对进行任何解释都看得重要。就是分别一事也徐徐淡忘了，我感觉到她心中存在的这种恐惧，她害怕我心中存在的这种心灵畏缩，也都开始消除。阿丽莎比我秋天那次灰溜溜的访问时更年轻，在我看来也是前所未有的美。我还没有拥抱过她。每天晚上我看到她的紧身衣上有一条小金链子，系着那只紫晶石小十字架闪闪发光。一颗心有了信任，又产生了希望；我说什么，希望？这已是一种保证，我想象阿丽莎心中也同样感觉到的；因为我对自己很少怀疑，对她也就不再多心。我们的说话也渐趋活泼了。

“阿丽莎，”一天早晨，春光明媚，我们的心也像花似的开绽，我对她说，“现在朱丽叶很幸福，你就不让我们也……”

我说得很慢，眼睛看着她；她突然脸色苍白，那么出人意料，我也说不下去了。

“我的朋友！”她开始说，目光没有朝我转过来，“我在你身边那么幸福，我不相信还会更加幸福了……但是相信我，我们生来不是追求幸福的人。”

“灵魂还会把什么看得比幸福更重呢？”我急切地叫喊。她喃喃地说：

“圣洁……”这两个字说得那么轻，我不妨说是猜到的更多于听到的。

我一生的幸福张开了双翅，从我身边冲天飞走了。

“我没有你是达不到的，”我说，额头靠在她的膝盖上像个孩子那样呜呜哭了，但是因为爱情，不是因为悲伤，我又说，“不能没有你，不能没有你！”

然后，这天像其他天一样过去了。可是到了晚上，阿丽莎出现时没有戴上那个紫晶石小项饰。我遵守诺言，第二天一清早就走了。

第三天我收到下面这封奇怪的信，把莎士比亚的这几行诗作为题词：

> 又是这首曲子——已近消沉的尾声
> 哦，飘过耳边，犹如轻软的南风
> 吹动紫罗兰花丛，
> 偷走了又散发出花香，——够了；不再是
> 从前那样动人……

是的！我的兄弟，我还是整个上午都在找你。我不能相信你已经走了。我恨你遵守了我们定下的诺言。我原来想这是一种游戏。我会看到你从每个矮树丛后面钻出来的，但是没有！你真的走了。谢谢。

那一天的其余时间，我老是想到某些事，我愿意让你知道——一种奇怪的确切的恐惧，我若不告诉你，以后我会感到没有对你尽心，应该受你的谴责……

你住在封格斯马尔的最初几小时，我先是奇怪，然后又是担忧，我在你身边整个身心会感到这么奇异的满足；你对我说："那么满足，我什么也不再期望了！"唉！正是这件事使我担忧……

我的朋友，我怕我没有让你正确理解。我尤其害怕我在表述心灵中最强烈的感情时，你却把它看成一种精细的推理（哦！多么不近情理啊）。

"幸福若不使人满足，就不是幸福。"你对我说过，你还记得吗？我当时不知道说什么话回答。——不，杰罗姆，幸福不使我们满足，幸福不应该使我们满足。事事如愿，心满

意足，我不能够把这当作是真实的。去年秋天我们不是没有明白这里面包含了多少辛酸沮丧？……

真正的！啊！上帝不许我们有真正的！我们生来是为了另一种幸福……

我们以前的通信败坏了我们秋天见面的乐趣，同样，想起你昨天还在这里使我今天写信索然无味。我以前给你写信时如痴似醉的情态，又成了什么？通过书信，通过见面，我们让两人爱情中原本该有的精粹乐趣都挥发干净了。现在，我不由要像《第十二夜》中奥西诺那样高喊："够了！不再是从前那样动人。"

再见啦。我的朋友。从此把爱奉献给上帝吧。啊！你会知道我多么爱你吗？直到最后，我将是你的

阿丽莎

面对美德的陷阱，我束手无策。一切英雄主义既吸引我，又使我眼花缭乱——因为我不把它与爱情分开。阿丽莎的信里这种冒失之至的热忱令我陶醉。上帝知道我光是为了她也要努力漫无止境地追求美德。一切道路只要向上，总是引导我去跟她会合。山路也不会狭窄得太快，连我们两人也容纳不下！唉！我没有料到她的招数竟会那么巧妙，我也很难想象到了山巅她竟也会躲开我。

我给她回了一封长信。我记得信中有一段话写得还很有远见。我对她说：

我常常认为爱情是我怀有的最好感情；我的一切美德都是与它相通的；爱情使我超越自己，我没有你又会成为一个

普通平庸的凡人。怀着跟你相会的希望，才使我觉得崎岖小路也是最平坦的大道。

我还加了什么，竟促使她回了我这几句话：

但是，我的朋友，圣洁不是一种选择，这是一种义务（信中这个字划了三道线）。你若是我从前相信的那个人，你对它也是不能回避的。

这一切都摆在这里了。我明白，或者说预感到，我们的通信将会到此为止了，不管转弯抹角的劝告，还是坚持不渝的意志，都将无济于事。

我还是写了一封又一封温情柔意的长信。发出第三封信后，我收到了这封短柬：

我的朋友：

不要相信我曾经下过什么决心不再写信给你；我只是不再感到兴趣而已。可是你的信我读下来还是很有趣，但是我愈来愈责备自己引起你那么多的相思。

夏天不远了。目前不要再写信了，九月下半月到封格斯马尔来一起过吧。你接受吗？如果接受，我不需要你回信。我把你的沉默看成同意，因而希望你不回答我。

我没有回答。显然这种沉默只是她对我进行的最后一次考验。经过几个月的学习，然后又是几周的游历，我回到了封格斯马尔，态度安详自信。

我如何通过一番简单的叙述，会让人明白这个一开始连自己也解释不清的事情呢。我能够在此描述的只是我从那时起陷入心理崩溃的时机？我在当时未能看透装模作样的外表下爱情还是在颤动，就是今天我也找不出道理为自己辩解；我首先看到的只是这种外表，得不到我的女友，就责怪她……不，即使那个时候，我也没有责怪您，阿丽莎！但是我绝望地哭泣再也认不得您了，从您表现的狡黠沉默和工于心计上，今天我可以看出您的强烈的爱，那么您愈是让我痛心失望，我不是应该愈加爱您吗？

轻视？冷漠？不，什么都是可以征服的；什么都是我可以抵御的；有时我犹豫，我怀疑我的不幸是不是我臆想出来的，因为事情是那么微妙，因为阿丽莎那么善于佯装得一点也不明白。我又有什么要抱怨的呢？她接待我比以前露出更多笑容，她也从来没有那么殷勤周到；第一天我几乎蒙了……她梳了一种新发型，头发往后拉平，使面部线条生硬，仿佛为了掩饰表情；她穿一件不合身的紧身衣，颜色灰不溜秋，质地粗糙，破坏了她的苗条身材，这都无关宏旨……这里没有什么她不可以改正的，我自己胡思乱想，第二天她主动或者应我的要求会……我更难过的是在我们之间出现这些少见的殷勤周到，我害怕看出其中的决心多于热情，我还敢说，礼貌多于爱情。

晚上，我走进客厅，发现原来位置上已经没有钢琴了，听到我失望的惊叫，阿丽莎声音很自然地回答：

“钢琴拿去修了，我的朋友。”

“我可是跟你说过几次了，我的孩子，”舅舅几乎口气严厉地说，“既然到现在你还可以凑合着弹，你就应该等到杰罗姆走后再送去；你匆匆忙忙的使我们少了一个乐趣……”

“不过，爸爸，”她一边说话，一边转过身掩饰脸红，“我向你保证这架钢琴这一段时间声音发闷，杰罗姆也弹不出什么好曲子来的。”

“你弹的时候，”舅舅又说，“好像没那么差嘛。”

她好一会儿身子朝暗影处俯着，好像在量椅套的尺寸，然后突然离开房间，很晚才又出现，带了托盘，上面是舅舅每晚习惯服用的蒂萨茶。

第二天，她既没有换发型，也没有换束胸衣；她挽着父亲坐在门前的长椅上，又拿起忙了一个晚上的针线活，缝缝补补。在她身边、椅子上或桌子上总有一只大篮子，她不断地取出穿破的长袜短袜。几天后，又是餐巾床单……这项工作好像使她心无二用，以致嘴里也没有一句话，眼睛黯然无光。

“阿丽莎！”第一天晚上我叫了，这张面孔毫无灵动之气，几乎把我吓着了，我要细看才能认出来，我盯住看了好一会儿，她却显得一点没有察觉我的目光。

“怎么啦？”她抬起头说。

“我要看看你听不听得到我说话。你的思想好像远在天边。”

“不，我在这里；但是缝补需要聚精会神。”

“你缝的时候，要不要我给你念篇文章？”

“我怕没法很好听进去。”

“你为什么选择那么费神的工作？”

“总要有人做啊。”

“有许多穷人家妇女，给她们做也是一种生活补贴。你自己动手干这种费时费力的工作，总不是为了节约吧？”

她立刻向我说明，她最爱干这个活儿，她很久没有干别的事了，也一定完全生疏了……她一边说一边笑。说话也是前所未有的细声细气，有意叫我灰心丧气。她的面孔好像又在说：“我说的事都是挺自然不过的，你何必这么愁眉苦脸呢？”——我内心的抗议说不出口来，在胸中堵得慌。

第三天，我们采了一些玫瑰花，她要我把花送到她的房间里去，那一年我还没有进去过。我立刻又欣喜有了希望！因为我还为此责备自己何必愁眉苦脸的；她只要一句话就可以治愈我的心病。

每次走进这个房间，我心情激动；我不知道是什么形成一种宁静雅致的氛围，在那里我才认出我的阿丽莎。窗前床边的蓝帘布影子，桃花木家具的闪光，窗明几净，安静整齐，这一切都向我的心诉说着她冰肌玉骨，秀外慧中。

那天早晨，我很惊讶在她床边的墙上，看不到我从意大利带来的两张马萨奇奥大幅摄影作品；正要问她图片到哪里去了，这时目光落在旁边她存放爱读的书的书架。这个小书柜是日积月累形成的，一半放我给她的书，一半放我们一起阅读的书。我刚才发现这些书都移走了，换上的全是庸俗无聊、我原以为她不屑一顾的宗教小册子。我突然抬起眼睛，看见阿丽莎在笑——是的，她在瞧着我笑。

“我请你原谅，”她立刻说，“你的面孔叫我发笑，看到我的书柜它一下子拉长了……”

我可没有心思说笑。

“不，真的，阿丽莎，这就是你现在看的书吗？”

“喔，是的。你奇怪什么？”

“我想一个常看有分量的作品的聪明人，读这些陈词滥调不会不感到恶心。”

“我不明白你的意思，”她说，“这都是些朴实的人，他们跟我随意聊天，尽量说明白自己的意思，我也很乐于跟他们来往。我在打开书以前就知道，他们不会花言巧语设圈套，我在阅读时也不会顶礼膜拜。”

“除了这些你不读别的了吗？”

“几乎不读。这几个月来是这样。此外我也没有多少阅读的时间。我向你承认，最近我有意再读了某一个你教会我欣赏的大作家，我感到自己就像《圣经》中说到的那个人，努力拔高自己的身材。”

“哪个‘大作家’使你对自己做出这么奇怪的评价？”

“这不是他使我做出的，而是我在阅读他的作品时自己做出的……这是帕斯卡。可能我碰巧读到的不是最精彩的段落……”

我做了一个不耐烦的手势。她说话时声音清亮单调，像在背书，目光没有离开她摆弄不完的鲜花。她在我的手势前停顿片刻，然后又用同样的声调往下说：

“使我发呆的是那么夸夸其谈，那么声嘶力竭，却证实不了多少东西。我有时问自己，这是怀疑而不是信仰使他说话充满悲天悯人的样子。完全的信仰不会流那么多的眼泪，声音也不颤抖。”

“正是这声颤抖、正是这些眼泪才使这个声音听来那么美。”我试图反驳，但是没有勇气，因为我在下面这几句话里已认不出我喜欢的阿丽莎。我根据记忆把这些话如实转述，未在事后作任何修饰和逻辑整理。

“如果他不先把世俗生活中的欢乐排除，世俗生活在天平中的分量就会超过……”

“超过什么？”我说，听了她的怪话只会发呆。

“他提出的不确定的极乐。”

“你不相信了么？”我高声说。

“这有什么关系！”她又说，“我愿意这是不确定的，免得有做交易的嫌疑。热爱上帝的人沉迷于美德，这是天性高尚，不是贪求报偿。”

“帕斯卡的高尚就包含在这种神秘的怀疑主义里面。”

“不是怀疑主义，是冉森主义[①]。”她微笑着说。“我要这些干什么？这些普通的人，”她转身看她的那些书，“就说不清自己是冉森派，还是寂静派或者别的什么派。他们匍匐在上帝面前，就像被一阵风吹倒的野草，不取巧，不惶惑，不卖弄。他们认为自己非常平凡，知道自己就是有什么价值，也甘心在上帝面前不露形迹。”

“阿丽莎！”我喊，“你为什么不想展翅高飞呢？”

她的声音保持平静自然，更显得我的喊声可笑夸张。

她摇摇头又微微一笑。

“我最近一次阅读帕斯卡只记下了……”

“记下了什么？”我问，因为她不说下去了。

“记下基督的这句话：‘凡要救自己生命，必丧掉生命’。至于其他的话，”她又说，笑得更响了，正对着我的脸看，“说实在的，我就不大懂了。当我和这些小人物相处了一段时间，那些大人物精雕细琢的思想很快叫人喘不过气来，真是奇怪。”我心慌意乱中还能找到什么话来回答吗？……

---

① 也译作“詹森主义”或“羊森主义”。

“那么今天就让我跟你一起把这些训诫、这些默祷念一念……”

“不必了，”她打断我说，“看到你念我会难过的！我真的相信你生来做更有出息的事。”

她说话随随便便，也不像想到她那几句疏远我们两人生活的话会使我心如刀割。我头上像着了火；我多么愿意说下去和哭出来；她可能会给我哭得心软。但是我待着没有再说一句话，两肘撑在壁炉上，额头托在手里。她继续气闲神定地整理花，没看到或者装得没看到我的痛苦。

这时响起第一声用餐铃。

“午餐前我做不完了”她说，“你快走吧。”仿佛这只是在玩一场游戏似的：

“这话我们以后再提吧。”

这话以后没有再提。阿丽莎一再使我错过机会；倒不像是她有意回避，而总是遇上临时工作，必须由她迫切去做。我等待；家务完了又会有新的，仓库不断有工作需要监督，还有上农户家做客，到她愈来愈关心的穷人家里拜访，这些事做后才轮得到我，剩下的时间也就不多了；我看到她时老是忙忙碌碌——但是也正是通过这些琐事，不去苦追不休，我才不觉得自己心里空荡荡的。稍一对话更向我说明是这么一回事。当阿丽莎给我一点时间时，实际上彼此说话又很不投机，她搭腔也只是当作一场儿戏。心不在焉，笑吟吟从我身边迅速擦过，我感觉她变得那么遥远，陌生人也不过如此。我甚至还发现她微笑中含有某种挑战，至少某种嘲讽，她用这种方法让我的希望落空而沾沾自喜……然后立刻我把一切不满对着自己发泄，不愿意心生怨恨，也不知道我对她期待什么，我能对她责怪什么。

我那么快乐期待的日子就这样过去了。我呆望着时光流逝，然而无意延长逗留日子或希望过得慢些，因为每天都在增加我的痛苦。可是我走前两天，阿丽莎陪我到废弃的泥灰岩场的那把椅子旁。这是一个晴朗的秋夜，天边没有云雾，景物微微带蓝，清晰可辨，这时最飘忽的往事也浮现上了心际——我禁不住为自己抱屈，满面丧气地说我今日的不幸实在是我当初天大的幸福形成的。

“但是，我的朋友，我对此又能做什么呢？”她立刻接口说，“你爱上的是一个幽灵。”

“不，决不是一个幽灵，阿丽莎。”

“那么是一个幻想人物。”

“唉！这不是编造出来的。她是我以前的女友。我要把她唤回来。阿丽莎！阿丽莎！您就是我爱过的那个人。您把自己干吗啦？您要自己成为什么呢？”

她好一会儿默不作声，慢慢摘下一朵花，低着头。然后终于说：

“杰罗姆，为什么不干脆承认你不及从前爱我了？”

“因为没这样的事！因为没这样的事！”我愤愤不平地喊了起来，“因为我比以前更加爱你。”

“你爱我……可是你又为我遗憾！”她说，装出笑容，还耸了耸肩膀！

“我不能把我的爱情当成是一件往事。”

土地在我脚下坍塌；我抱住什么都行……

“它总会与其他东西一起过去。”

“这样一种爱情只会与我一起过去。”

“它会慢慢减弱的。你自称还爱的那个阿丽莎已经只存在于你的记忆中；总有一天你想起的只是从前爱过她……”

“你这样说好像我心中有什么会把你代替似的，或者好像我的心大概不再爱了似的。你记不起自己爱过我，怎么能够这样折磨我来取乐呢？”

我看到她苍白的嘴唇颤抖；她喃喃地说，声音几乎无法听清：

“不，不，这在阿丽莎心里没有改变。”

“那么也就什么都没有改变。”我说，抓住她的手臂……

她又回过神来：

“这一切可以用一句话来解释；你为什么不敢把它说出来呢？”

“哪句话？”

“我老了。”

“胡说……”

我立即反驳说我也跟她一样老了，我与她的年纪还是相差那么多……但是她已恢复了镇定；独一无二的时刻过去了，卷入讨论的同时，我放弃了一切有利条件，我乱了阵脚。

两天后我离开了封格斯马尔，对她和对自己都不满意，对我还称为“美德”的东西充满隐约的憎恨，对自己心里摆脱不开这件事又不能释怀。事情好像是在这最后一次重逢中，把我的爱情夸张一番以后，我耗尽了所有的热忱；阿丽莎说的每句话，一开始引起我的反击，在我再不张口抗辩后，却在我的脑海中挥之不去，压倒了其他想法。啊！她无疑是有道理的！我钟爱的只是一个幽灵；我以前爱过、至今还爱着的那个阿丽莎不复存在……唉！我们肯定是老了！一切诗情画意都可怕地消失了，我的心对着它也凉了下来，然而这一切其实只是回到自然状态而已；如果说我把她想象得很崇高，把她当作一尊偶像，按照我的爱好来装扮她，那么我的工作、我的辛苦不是白费了吗……一旦由着她自己，阿丽莎又回到了原有的水平，我自己也会处于这个平庸的水平，但是我再也不会对她思念了。啊！这全是我个人的努力把她推向美德的高山，现在又为了跟她般配，辛辛苦苦去追求美德，这在我看来既荒谬又想入非非。若不那么自负，我们的爱情就会顺利得多……但是从今以后拘泥在一种没有对象的爱情中又有什么意义呢？这已不是忠诚，这是顽固不化。对什么忠诚？对一个错误忠诚。最明智的做法不就是承认我自己错了吧？

有人向我建议到雅典学院去，我接受了，立即去报到，既无抱负，又无兴趣，然而想到动身犹如想到逃离，脸上露出了微笑。

八

可是我又见到了阿丽莎……那是三年后的夏末。十个月以前，我从她那里知道舅舅过世了。那时我在巴勒斯坦旅行，立刻给她回了一封长信，没有再见到回信……

我顺着一条自然的路线来到了勒阿弗尔，用一个不知什么借口去了封格斯马尔。我知道在那里会见到阿丽莎，但是怕她不是一个人。我没有说过要来，又很不乐意做个普通客人，向前走时犹豫不决：我进去？还不如不见一面，不刻意去看她就转身离开……是的，还是这样吧；我只是在大路上转悠，坐到那个没准她还会来坐的长椅上……我已经思忖留下个什么记号，让她在我离开以后知道我已经来过了……我一边想这件事，一边慢步走，自从下了决心不再见她以后，一种揪心的强烈悲哀转化为一种几乎是温柔的忧郁。我已经到了那条大路，但是害怕不期而遇，就沿着与农庄大院接壤的斜坡，走在一条侧道上。我知道斜坡上有一块地方，可以看到花园里面；我登上去望，有一个我不认识的园丁在小径上耙草，不久走出了我的视线。一道新栅栏围住院子。狗听到我经过吠了起来。我走过去，到了大路尽头，向右转，又见到花园的墙头，我要走到与刚离开的那条大路平行的山毛榉林地，经过菜园的那扇小门前，突然心头一震，想到从那里走进花园里去。

门关着。我用肩头稍为用力一顶，里面的门闩快要被我折断了……这时我听到脚步声；我躲进一道凹墙内。

我看不见从花园里出来的是谁；但是我听得见声音，我觉得这是阿丽莎。她向前走了三步，轻轻呼唤：

"是你吗，杰罗姆？……"

我的心原来跳得很急，停止了；由于我一时声咽说不出一句话，她提高了声音又问：

"杰罗姆！是你吧？"

听到她这样呼唤，我顿时激动满怀，以致双膝跪倒在地。我始终没有回答，阿丽莎往前走了几步，转过墙角，我突然感到她紧贴着我，而我用胳臂遮面，仿佛害怕立刻见到她。她向我俯着身子好一会儿，而我在她纤弱的手上吻个不停。

"你为什么要躲起来呢？"她对我说，随随便便，仿佛这三年相隔两地只不过是小别几天而已。

"你怎么知道是我啊？"

"我正等着你呢。"

“你正等着我？”我说，惊讶得只会把她说的话用问句来重复一遍……因为我还跪着，她又说：

“上长椅子那里去坐吧。是的，我知道我还会见你一次。最近三天，我天天晚上到这里来，就像今晚似的呼唤你……你为什么不回答我？”

“要是你不过来撞见我，我就会不见你就走的。”我说，定下神来控制最初使我支撑不住的感情，“我路过勒阿弗尔，只是要在大路上散散步，转过花园，到灰岩场的那张椅子上休息一会儿，我想你还是会来坐坐的，然后……”

“你看看这三天晚上我来这里念什么。”她打断我，交给我一包信；我认出那是我从意大利给她写的信。这时候我抬起眼睛看她。她的外貌大大变了，她瘦弱苍白得叫我痛心。她挽着我的手臂紧靠我，仿佛心里害怕或身上发冷。她还戴着重孝，头上披了一块黑色花边当作头巾，把面孔衬托得更加苍白了。她微笑，但是像要倒下的样子。我急于要知道此时她是不是单独住在封格斯马尔。不，罗贝尔跟她一起住；朱丽叶、爱德华和他们的三个孩子八月份曾来跟他们一起过……我们走到了长椅前；我们坐下，好一会儿谈话离不开对日常情况问长问短。她问起了我的工作，我没好声气地回答。我原本的意思是让她感到我对自己的工作不再感兴趣。我要让她失望，就像她让我失望一样。我不知道是不是达到了目的，但是她没有丝毫表示。我对她既是怨愤又是爱，竭力对她冷言冷语，只恨自己还在动感情，偶尔声音也会发颤。

太阳西斜，被一块乌云遮住一会儿后，又挂在地平线上，几乎正对着我们，照着空旷的田野反映出一种颤动的霞光，我们脚下狭窄的山谷顿时云烟氤氲，然后太阳消失了。我眼睛发花，不说一句话；我觉得体内外浸透了金色光辉，一切怨愤都已烟消云散，心中感到的只是一片爱。弯腰靠着我的阿丽莎；她从束胸衣内取出一只用优质纸做的小口袋，样子像要把它交给我，又停了下来，显得迟疑不决；当我惊讶地瞧着她，她说：

“听着，杰罗姆，这是我的紫水晶十字架，这三天来我都带着，因为我早就想把它给你了。”

“你要我拿了干吗？”我说话有点粗暴。

“你留着给你的女儿，算是对我的纪念。”

“什么女儿？”我叫了起来，瞧着阿丽莎莫明其妙。

“我请你静静听着我说，不，别这样瞧着我；别瞧着我；我跟你说话已经很不容易了，但是这件事我绝对要对你说的。听着，杰罗姆，你总有一天会结婚的吧？不，不要回答我；不要打断我，我求你啦。我只是要你记得我曾经非常爱你……已有很久了……有三年了……我想到你喜欢的这个小十字架，有一天会让你的一个女儿戴上，作为对我的纪念，哦！不要让她知道纪念的是谁……可能的话你也可以给她起个……我的名字……”

她声音哽咽，说不下去了，我几乎敌视地叫了起来：

“为什么你不能自己交给她？”

她还想说什么。她的嘴唇颤抖，像个抽泣的孩子；然而她没有哭出来，她的目光亮得异样，面孔在映照下含有一个超自然的、天使般的美。

“阿丽莎！我会去娶谁呢？你明知道，我爱的只可能是你……”刹那间，我疯狂地，几乎粗暴地把她搂在怀里，在她的嘴唇上重重地吻个不停。她一时仰着身体听任我紧紧搂着；我看到她的目光迷糊了；然后她的眼皮闭上了，发出的声音对我来说再也没有更加悦耳动听的了：

“我的朋友，可怜我们吧！啊！别把我们的爱情毁了。”

可能她还说了一句：做事不要胆怯！或许这是我自己说的，我不知道了，但是突然我跪在她面前，虔诚地抱住她：

“既然你那么爱我，为什么老是拒绝我？你看！我先是等朱丽叶结婚；我明白你也盼望她幸福；现在她幸福了，这是你自己告诉我的。我好长时间相信你愿意在父亲身边过日子；但是现在只剩下咱们两个人了。”

“哦！我们不要为过去后悔，”她喃喃说，“现在这一页我已经翻过去了。”

“还有时间，阿丽莎。”

“不，我的朋友，已经没有时间了。自从那天，我们通过爱情在彼此身上看到了比爱情更美好的东西以后，已经不再有时间了。我的朋友，为了你我把自己的梦想定得那么高，以致人间的任何乐事对我都是一种失落。我时常想到我们两人结合后的生活会是什么样的，要是……我们的爱情不完美的话，我就不能忍受。”

“那么我们两人不结合时的生活是什么样的，你想过吗？”

“没有！从来没有。”

“现在你看到了吧！失去你以后三年来，我痛苦地徘徊……”

夜色正在降临。

“我冷，”她说，站起身，用头巾紧紧裹住身子，使我无法挽住她的胳膊，“你记得《圣经》里使我们不安、使我们害怕懂不了的那句话吧，‘他们没有得到应许他们的东西，是因为神给我们预备了更美好的东西……’”

“你还在相信这样的话？”

“必须相信。”

我们并肩走了一会儿，再也没有说话。她又说：

“杰罗姆，你想象一下吧：更美好的！”突然她的眼泪夺眶而出，嘴里还在说：“更美好的！”

我们又走到了菜园的小门，刚才我就是看到她从那里走出来的。她向我转过身。

“分别啦！”她说，“不，不要往前走了。分别啦，我的爱。从现在起就要出现……更美好的东西了。”

她一时凝视我，伸直手臂，手按在我的肩膀上，既把我往前拉，又把我往后推，两眼满含一种无法形容的爱……

门一关上，听见她插上门闩后走开，我颓然靠在门板上，痛不欲生，在黑夜里长时间地流泪啜泣。

可是强留她不放，破门而入，或不顾一切闯进这幢对我不至于深闭固拒的房子，那不行，即使今天我回顾这段过去的时光……那不行，在我是做不到的，现在不理解我的人，在那时也不会理解我。

我焦虑得无法忍受，就在几天后给朱丽叶写了一封信。我向她说起我去过封格斯马尔，告诉她阿丽莎苍白瘦弱叫我大为不安；我恳求她注意她的身体情况，给我消息，我从阿丽莎本人那里是不会听到什么的。

不到一个月，我收到了下面这封信：

我亲爱的杰罗姆：

我向你报告一个十分悲惨的消息：我们可怜的阿丽莎已经不在了……唉！你信中表示的担心都太有道理了。几个月以来，也说不上是什么大病，她日益衰弱。在我的祈求下，她总算同意去勒阿弗尔看A医生，医生写信给我说她没有什么大病。但是在你看望她以后的第三天，她突然离开了封格斯马尔。我接到罗贝尔一封信才知道她出走了；她很少给我写信，要不是罗贝尔我根本不会知道她不辞而别，因为我不会因她没有信来而惊慌。罗贝尔没有陪她去巴黎就让她这样走了，被我狠狠训了一顿。你决不会相信，自从那时以后我们一直不知道她住在哪里。你可以想象我多么着急；无法看见她，甚至无法写信给她。罗贝尔在几天后虽是去了巴黎，但是什么都没有打听出来。他做事马马虎虎，以致我们怀疑他是不是用心在寻找。我们不能再这样心神不宁受折磨，不得不报告了警察局。爱德华也出外寻找，他干得不错，终于找到了阿丽莎栖身的那家小疗养院。可是太晚了！我接到疗养院院长的一封信，信里向我宣布她的死讯；同时又接到爱德华的一封电报，他也没有能够见到她。最后一天她把地址写在一只信封上，好让人家通知我们；在另一只信封内，她放进了她以前寄给勒阿弗尔公证人的信函的副本，上面写了她的遗愿。我相信这封信中有一段是关于你的；我下次会叫人让你知道的。爱德华和罗贝尔参加了前天举行的大殓。走在灵柩后面的不止他们两个人，还有疗养院的几名病人，他们执意要参加仪式，并陪送她到墓地。我正怀着第五个孩子，随时随刻都会生产的，因而不幸出不了门。

我亲爱的杰罗姆，我知道这个死讯会叫你深切悲伤，我写信给你时心也碎了。两天来我必须卧床，写字也感到困难，但是我不愿意让别人，就是连爱德华和罗贝尔也不让，跟你谈起那个显然只有我们两个人才了解的亲人。现在我差不多已是一个老妈妈了，炽热的往事盖在厚厚的灰烬底下，我可以希望跟你见面了。若哪一天不论工作或游玩把你带到了尼姆附近，你就直接到埃格维弗来吧。爱德华会很高兴认识你，我们两个人可以谈谈阿丽莎。再见，我亲爱的杰罗姆。我悲伤地拥抱你。

几天后，我听说阿丽莎把封格斯马尔留给了弟弟，但是要求把她房间里的全部物件和她指定的几件家具送给朱丽叶。我不久会收到她密封后写上我的名字寄出的信。我还听说她要求人家，把我最后访问中拒绝接受的那个紫水晶小十字架挂上她的脖子，我还从爱德华那里听说这件事也照办了。

公证人给我寄来的封袋包含了阿丽莎的日记。我把其中不少篇章转录在此。我只转录，不加说明。对我阅读日记时的感觉以及我难以用言辞表述的内心纷扰，你们是不难想象的。

阿丽莎的日记

埃格维弗

前天从勒阿弗尔出发，昨天抵达尼姆；我的第一次旅行！既不必操心家务，也不需下厨房，接着就有点闲得慌，这个一八八×年五月二十四日，是我二十五岁生日，我开始写日记，并不是多么有趣，而是找个伴；因为我可能还是平生第一次觉得孤独——在一个不同的、几乎是陌生的乡土，我对它还没有多少认识，它会向我说的故事，无疑类似于诺曼底向我说的，以及我在封格斯马尔百听不厌的故事——因为上帝在哪儿都不会有差别的——但是这块南方乡土讲一种我还没有学过的语言，我听了很惊讶。

五月二十四日

朱丽叶在我身边的一张躺椅上打瞌睡——这个开放式走廊，使这幢意大利式房屋充满魅力，它与花园延伸的铺沙庭院处于同一平面……朱丽叶不用离开她的躺椅，就可以看到草坪起起伏伏直到水塘边，水面上一群五彩缤纷的鸭子拍翅打转，一对天鹅游来游去。有一条据说夏天也不会枯竭的小溪给它供水，然后流过花园消失了，花园成了灌木丛，愈长愈野，夹在干燥的咖里哥宇群落和葡萄园之间动弹不得，不久全要闷死了。

……爱德华·泰西埃尔昨天陪父亲参观了花园、农庄、酒窖、葡萄园，而我留在朱丽叶身边——这样今天早晨，我可以一大早独自在花园里进行首次考察漫游。许多新奇的草本、木本植物，我都愿意知道它们的名字。我对每个品种都摘了一根枝条，在午饭时间请教别人。我在它们中间认出了杰罗姆在博尔吉兹别墅或陶丽亚-庞费里欣赏的青橡树……跟我们北方的树木竟是远亲，形态却很不同；它们在公园的一端覆盖一块狭小神秘的空地，树荫下的草坪踩在脚下很松软，引动仙子前来唱歌。我在封格斯马尔对自然的感情是极端遵照基督教教义的，到了这里不由自主地带上了一点神话色彩，这叫我吃惊，还有点儿生气。然而我愈来愈感到压抑的这类恐惧心理依然是宗教性的。我喃喃地说出这几个字：*这里有树*。空气清澈透明，四周寂静怪异。我想到了俄狄浦斯[①]、阿尔米德[②]，这时突然响起一声鸟啼，只是一声，离我那么近，那么凄怆，那么清纯，我一下子感到大自然就是在等待这声鸟啼。我的心剧烈跳动，我有一会儿靠着一棵树，然后趁别人还没有起床时就回进了房里。

---

① 俄狄浦斯，希腊神话中的人物，色雷斯的诗人和歌手，善弹竖琴。

② 意大利诗人塔索（1544—1594），《被解放的耶路撒冷》中的美丽魔女。

五月二十六日

一直没有杰罗姆的音讯。即使他把信寄到勒阿弗尔，也应该转到我这里来了……我只能向这本册子倾诉我的不安；三天来，不论是昨天到博城去了一趟，还是祈祷，都无法使我一刻不去想这件事。今天，我一点也写不出别的什么东西，自从我来到埃格维弗后说不出地郁郁寡欢，可能不是其他原因；不过深藏在我心底的这种忧郁，现在我觉得由来已久，我自命为乐天的情绪也仅是把它掩盖而已。

五月二十七日

我为什么要向自己说谎呢？我只是从推理上来说才为朱丽叶的幸福感到高兴。这样的幸福，我曾经那么期望，甚至愿意牺牲我的幸福来换取，可是看到它毫不困难获得了，跟她与我共同想象时是那么不同，我就难受了。这真是复杂啊！是的……我还看出，她在我的牺牲以外获得了幸福，也就是说她不需要我的牺牲也是会幸福的，这也触动到我的私心可怕的回潮。

而今感到杰罗姆的沉默引起我多大的焦虑时，我要问自己的是：我心中是不是真的做出了这样的牺牲？上帝不再要求我牺牲时，我又像是受到了委屈。难道是我原来就不可能做出牺牲吗？

五月二十八日

对我的忧愁做出这样的分析有多么危险！我已经深深眷恋这部日记了。我原来以为克服了取悦的心理，在这里又会故态复萌吗？不会的，但愿这部日记不是一面美化的镜子，让我的心灵打扮好了去照一下！我写日记，也不是像当初认为的是解闷，而是消愁。忧愁是我早已忘怀的**一种罪的情境**，我恨它，我要我的灵魂不被它**纠结**。这部小日记应该帮助我重新获得幸福。

忧愁是一种复杂的纠结。以前我从不特意分析我的幸福。

我在封格斯马尔也很孤独，还更孤独……为什么我不觉得呢？当杰罗姆从意大利给我写信时，我同意他不带着我看事物，不带着我生活，由我在思想上追随他，我把他的欢乐作为我的欢乐。我现在不由要呼唤他；没有他我看到的一切新东西都叫我心烦……

六月十日

这部日记写了没多少就长时间中断了；小丽兹出生了；我在朱丽叶身边长期熬夜；我能够向杰罗姆写的一切，写在这里就毫无乐趣了。我愿意自己不要沾有许多女人共有的这个令人难受的通病：写得啰里啰嗦。要把这部日记当做自我完善的工具。

接着是好几页阅读注解、摘录等。然后又是在封格斯马尔的日记。

七月十六日

朱丽叶是幸福的；她这样说，看上去也是这样；我没有权利，也没有理由怀疑……我在她身边时这种不满足、不顺心的感觉现在又是从哪儿来的呢？可能感觉到这种心满意足过于实用，过于容易得到，完全是“量身定制的”，像使心灵受到了束缚，感到了窒息……

我现在自问，这就是我期望的幸福或者是达到幸福的历程么。哦，主啊！别让我得到一种我很快会达到的幸福！教导我如何把我的幸福延迟、推移到见到您的日子。

接下来撕去了许多页；显然是叙述我们在勒阿弗尔那次痛苦的会见；接着日记就谈到了第二年；纸页上没有注明日期，但是肯定是我住在封格斯马尔的日子写的。

有时听着他说话，我像在望着自己思想。他解释我的想法时，使我发现了自己。我没有他可能存在吗？我只会有了他而存在……

有时我不能肯定，我因他得到的感受就是大家所说的爱情么。大家一般描绘的爱情跟我可能得到的爱情有很大区别。我愿意什么都是难以明说的，爱他而不知道自己爱着他。我尤其愿意爱他而他不知道我爱着他。

我生活中没有了他，任何事物都不会叫我快乐。我的全部美德只是取悦于他，可是在他身边我又觉得我的美德坚持不了。

我爱弹钢琴练习曲，因为这使我觉得每天可以有所进步。这可能也是我读一部外语书时感到快活的秘密，当然不是说我推崇任何外国语言胜过我们自己的语言，也不是说我欣赏的本国作家在语言上不及外国作家——我不断提高理解，克服在意义与感情上遇到的小困难，自有一种潜意识的自豪感，既使我的精神感到愉悦，也使我的心灵增添一种难言的甘之如饴的满足。

不论事情多么圆满，我不可能不期望更上一层楼，我想象中的天福，不是融入上帝，而是不断地永无止境地接近上帝……要是我不怕玩弄字眼，我要说任何不是**渐进的**欢乐都不在我的眼里。

今天早晨我们两人坐在大路的那张长椅上；我们谁都没有说话，不需要说话……突然他问我是不是相信有来世。

“这个，杰罗姆，”我立刻叫了起来，“这对我来说不仅是个期望，还是个确信呢。”

突然我觉得我的全部信仰都倾注在这个叫声中了。

“我倒要听听！”他添上这么一句……停了一会儿后又说，“没有你的信仰你做事就两样了吗？”

“我怎么能够知道呢？”我回答，我又说，“就说你自己吧，我的朋友，不管你本人如何，在最虔诚的信仰推动下，你做事也不会有什么两样。不同的话我就不会爱你了。”

不，杰罗姆，不，我们讲究美德不是要在未来得到补偿：我们的爱追求的不是得到补偿。付出辛劳想到补偿，这对高尚的心灵是一种伤害。美德也不是灵魂的一种装饰，不，而是美的形式。

爸爸身体又不太好，我希望没有什么严重的，但是三天来他又只能喝牛奶度日。

昨天晚上，杰罗姆刚上楼回到自己的房间去，爸爸跟我留了下来，他离开我一会儿。我坐在沙发上或者不如说躺在沙发上，在我几乎从未这样做过，我也不知道为什么。灯罩把我的眼睛和上半身埋在暗影里；我机械地望着自己的脚尖，稍为露在长裙外面，一缕灯光打在上面。当爸爸回来时，他站在门前停留了一会儿，神情奇异地盯着我看，带着凄戚的笑。我隐约感到不好意思，坐了起来；这时他向我做个手势。

“坐到我的身边来。”他对我说，虽然时间已经晚了，他开始跟我谈起母亲，这是他们分别以后从来没有过的事。他跟我讲起他怎样娶了她，怎样爱她，她起初对他又是怎样。

“爸爸，”我最后对他说，“我求你告诉我，你为什么在今晚告诉我这些事，是什么使你选择了今晚告诉我……”

“因为，刚才回到客厅时，看到你躺在沙发上，一时真以为又看到你母亲了。”

我提出这个问题，就是因为今晚……杰罗姆站着，靠着我的椅子，俯身向着我，从我的肩膀上看书。我不能看见他，但是感觉到他的呼吸，还有像他身子的热气和颤动。我假装继续看书，但是我看不懂了；我连句子也分不清了，心中升起一种奇异的骚乱，不得不趁我还能做到的时候匆忙站起身。我走出房间待了片刻，幸而他一点也没有觉察……但是过了一会儿，我独自在客厅，躺在那张沙发上，爸爸觉得我像母亲的时候，恰好我正想着她呢。

昨夜我睡眠很差，心事重重，局促不安，过去的事袭上心头，好像一种内疚缠绕不去。主啊，教导我如何远避一切邪恶。

可怜的杰罗姆！他要是知道有时他只需要做个手势，有时我等待的就是这个手势……

当我还是女孩子时，我已经是为了他才希望自己美丽。现在我觉得我不为了他是决不会“臻于完美”的。而这种完美也只有不与他一起才能达到，哦，我的上帝啊！你的教导中只有这条才最叫我的灵魂彷徨。

把美德与爱情合而为一的灵魂会是多么幸福！有时我怀疑除了爱，除了尽情的愈来愈爱以外是否还有其他的美德……但是有的日子，唉！美德在我看来其实只是对爱情的抵制而已。怎么！我怎么敢把我内心最自然的倾向称为美德呢！迷人的诡辩啊！似是而非的邀请啊！幸福的诱人幻影啊！

今天早晨我在拉布吕埃[①]的作品中读到：

“有时在人的一生中，有一些非常迷人的乐趣，非常温柔的承诺是不允许的。那时至少希望这些事情可以得到开禁，这也属人之常情；然而这些巨大的魅力只有在另一种魅力前相形见绌，那就是明白如何因美德而放弃。”

为什么我还要在这里制订禁例呢？难道暗中有一种比爱情更强烈的、更诱人的魅力在吸引我吗？哦！但愿能够同时借助爱情的力量带着我们两人的灵魂超越爱情！

唉！我现在才对事情一清二楚了：在上帝与他之间，唯一的障碍不是别的，而是我。事情可能正如他对我说的那样，首先是他对我的爱情带着他走向上帝，现在则是这种爱情不许他这样做；他对我依恋不舍，偏爱我超过一切，我成了他的偶像，阻碍他不想朝着美德走得更远。我们两人中必须有一个达到目的；我已无望在自己这颗卑怯的心里克服爱情，我的上帝，允许我并赐予我力量去教导他不要再爱我，我宁可牺牲我的功德，而把他的无限高尚的功德向您奉献……如果说今天我的灵魂因失去他而哀泣，还不是为了今后在您的身边与他相聚……

我的上帝啊！还有谁的灵魂更配得上您？他生来前程远大，何止是爱我而已？他若爱上我而不思上进了，我也应该同样爱他么？多少英雄在幸福中都无所作为……

星期日

“神给我们预备了更美好的东西。”

---

① 拉布吕埃（1645—1696），法国散文作家。

五月三日星期一

如果他求婚的话，幸福就在身边……一伸手就可抓住……

今天早晨，跟他谈话时，我做了牺牲。

星期一晚

他明天走……

亲爱的杰罗姆，我永远无限温柔地爱着你，但是我从此再也不会对你说这句话了。我强迫自己的眼睛、嘴唇、心灵接受的限制是那么严厉，离开你对我是一种解脱和苦涩的满足。

我努力要求在行动上理智，但是行动时，监督我行动的种种理智又离我而去，或者在我看来也像是疯了；我对理智也不再相信……

是理智使我躲避他？我不再相信……我还是躲避他，怀着悲哀的心情，并不明白自己为什么要躲避他。主啊！让杰罗姆和我相互一起，彼此相依向着您前进，像两个朝圣者终生走在路上，一个有时对另一个说："兄弟，你若累了，往我身上靠吧。"另一个回答："我只要感到你在身边就够了……"但是不！主啊，您教导我们走的路是一条狭窄的路——狭窄得没法让两人并肩走过。

七月四日

已有六个多星期没有翻开这个日记本了。上个月，我读到其中几页时发现自己很在意写得好，这个想法既荒唐又有罪……我是在写给**他**看……

仿佛在这部只是为了帮助我摆脱他而开始写的日记里，我继续在给**他**写信。

在我看来写得好的几页我都撕了。(我知道我指的是什么。)我也应该把写到他的几页都撕去。我应该把一切都撕去……我做不到。

撕掉这几页我已经颇为自豪了……如果我的心不是那么萎靡，这一种自豪是很可笑的。

真的好像我做了功德事，我撕掉的是什么大东西！

七月六日

我不得不从我的书柜里取走……

我在每部书上躲避他，也在每部书上遇见他。即使在我独自发现的篇章中，我也听到他的声音在向我朗读。我对他感兴趣的东西才感到兴趣，我的思想也依照他的方式思想，以致我自己也难以区别，就像以前我爱把它们混淆不清。

有几次我有意乱写一通，为了避免采用他的语句节奏；但是愈想摆脱他愈注意他。我下决心有一个时期只读《圣经》(也可能是《师主篇》[①])，在这部日记里不再记别的，只记每天我阅读后有印象的经文。

接着依照“每日粮食”的体裁，从七月一日开始，每日附一段经文。我在这里转录的只是附上了经文的评注。

七月二十日

“变卖你所有的分给穷人。”我明白只是为杰罗姆准备的这份心应该分给穷人。这同样不是在教他也这样做吗？主啊，给我这

① 亦名《效法基督》，中世纪基督教宗教修养读物。

份勇气吧。

七月二十四日

我已不读《永慰吾心》了。这种古语言读起来很有趣，但是也使我分心，阅读中感到几乎是异教徒的欢悦，跟我要在其中寻找的教诲毫无共同之处。

重读《师主篇》，不是看拉丁语原版，我这人太无能读不懂，我喜欢读的那部译本，连个署名也没有——这实际是新教徒的版本，但是标题上却说："适合一切基督教团体"。

"哦！要是你知道，当你向着美德前进时，你获得多大的安宁，你给别人带来多大的欢乐，我肯定你会更加热忱为此努力。"

八月十日

我的主，当我向您呼唤时怀着孩子的宗教激情、天使的圣洁声音……

这一切我知道不是来自杰罗姆，而是来自您。

但是在您与我之间，您为什么处处让他的形象出现？

八月十四日

花了两个多月才完成这项工作……主啊，帮助我吧！

八月二十日

我深切感到这一点，我感到这一点引起我的忧伤，那就是我心里没有做出牺牲。我的主，让我认识到他一人使我得到的欢乐都来自您。

八月二十八日

我做到的美德是多么平庸，多么微不足道！我是不是对自己要求太多？——再也忍受不住啦。

不知出于何种怯懦行为，总是要求主赐予力量！现在我的一切祈祷都是充满了哀怨。

八月二十九日

“瞧野地里的百合花……”

这句那么朴实的话今天早晨使我陷入哀思，怎么也无法令我排遣。我出门走到田野里，这几个词尽管我不由自主地重复不已，还是叫我柔肠百转，泫然泪下。我凝视空旷的大平原，农民弯腰扶犁在干着苦活……**“野地里的百合花……”**但是，主啊，百合花在哪儿啦……

九月十六日晚十时

我又见到他了。他在这里，在这个屋顶下。我看到他窗口的灯光映在草坪上。当我写这些句子时，他还没有睡；可能他在想我。他没有变；他这样说，我也这样觉得。为了让他的爱情否认我，我会向他表示我已决心做什么样的一个人吗？

九月二十四日

哦！令人扫兴的对话，这其间我居然装得无动于衷，冷淡，而我的心却昏了过去……直到目前为止，我很乐意躲避他。今天早晨，我可以相信上帝会给我力量去战胜，不断逃避斗争总是一种怯懦行为。我胜利了吗？杰罗姆不那么爱我了吗？唉！这是我希望同时也担心的事……我从来没有那么爱过他。

主啊，如果我必须毁灭才能把他从我这里救出，那就让我毁灭吧……

“进入我的心和我的灵魂，来忍受我的痛苦，继续在我身上承担您还必须承担的苦难。”

我们谈到了帕斯卡……我有意对他说了什么？多么可耻的荒唐话！我说的时候已经难受，今晚我后悔，宛如对神说了大不敬的话，我又拿起沉甸甸的《思想集》，它自行翻到了给德·罗亚纳小姐书信的那一章：

“当一个人自愿跟随拖着他走的那个人，他不觉得是一种束缚；但是当他开始抗拒和走开时，他就会很痛苦。”

这些话我一看就被打动了，没有力量再往下读；那是翻到书的另一处时，看到一段写得美妙动人，以前没读过，也就把它抄了下来。

日记第一册写到这里为止。显然下一册是毁了；因为阿丽莎留下的资料中，日记记的都是三年后的事了，还是在封格斯马尔，九月份，也就是说我们最近一次见面以前不久。

下一册日记开头的句子如下：

九月十七日

我的上帝，您知道我需要他是为了爱您。

九月二十日

我的上帝，把他给我吧，好让我把我的心奉献给您。

我的上帝，让我再见他吧。

我的上帝，我保证把我的心奉献给您；您把我的爱情向您要求的东西赐给我。我把我的余生都奉献给您……

我的上帝，原谅我做出这个可鄙的祈祷，但是我不能嘴里不叨念他的名字，也不能忘记内心的痛苦。

我的上帝，我向您呼唤；不要把我抛弃在惶惑中。

九月二十一日

“你们将以我的名义向吾父要求的一切……”

主啊！我不敢以您的名义……

但是，我若不再祈祷，您因而就不那么明白我内心谵妄的愿望了吗？

九月二十七日

从今晨起，心里平静之至。几乎整夜在沉思，在祈祷。突然我觉得有一种光明的和平包围我，侵入我的体内，如同我童年时想象中的圣灵。我立刻躺下，害怕我的欢乐仅出于一种神经质的兴奋。我很快就睡着了，人依然喜洋洋的。今天早晨，全身依然如此。我现在确信他要来了。

九月三十日

杰罗姆！我的朋友，我依然称你是兄弟，但是我爱你远远胜过爱兄弟……我多少次在山毛榉树林里呼唤你的名字……傍晚日落时刻我走过菜园那扇小门，来到早已幽暗的大路……你会突然回答我，你会出现在石头斜坡后面，我的目光已经忙着要绕过斜坡去了，或者我会远远望见你坐在那张椅子上等着我，我的心不会惊跳……反而是没有看到你令我讶异。

十月一日

还是什么也没有。天空清澈无比，太阳已经下山。我等着。我知道立刻又会和他一起坐在同一张椅子上……我已经听到他说话。我那么喜爱听他叫我的名字……他会来的！我将把我的手放到他的手里，我让我的额头靠在他的肩上。我在他的身边呼吸。已经是昨天了，我把他的几封信带了来重念；但是我没有看着信，太想念他了。我也把他喜欢的紫水晶十字架带在身上，有一年夏天，我每晚都戴，我不愿意他离开多久就戴上多久。

我要把这个十字架还给他。很久以前我做过这样的梦：他结婚了，我是他的长女小阿丽莎的教母，我把这件珍宝交给她……为什么我从来不敢对他提起这件事呢?

十月二日

今天我的灵魂轻盈愉快，像一头小鸟要在空中筑巢。今天他应该来了；我感觉到，我知道，我要向每个人大声说出来；我需要在日记里写下来。我不愿意再掩饰自己的喜悦了。即使罗贝尔，平时那么心不在焉，对我那么漠不关心，也注意到了我的喜悦。他提的问题叫我心乱，我不知道怎样回答他。我如何才能等到今宵呢……

我不知是什么透明眼罩使我处处看到他放大了的形象，把爱情的光芒都集中在我心的一点上引起燃烧。

哦，等待真累坏了我！

主啊！请把幸福的大门在我面前稍稍打开片刻。

十月三日

一切都熄灭了。唉！他像一个影子似的在我的怀抱中溜走了。他原来在这里！他原来在这里！我现在还觉得他在。我喊他，我的手、我的嘴唇徒然在黑夜中把他寻找……

我无法祈祷，也无法入睡。我又走进了黑暗的花园里。在自己的房间里，在整幢房子里我就是怕；我沮丧，我来到了我把他抛下的那扇门前；我怀着疯狂的希望重新把这扇门打开；难道他回来了么！我呼唤。我在黑暗中摸索。我回到房间给他写信。我没法让心死去。

到底发生什么啦！我对他说了什么？我做了什么？有什么必要一直在他面前夸大我的美德？被我整个心灵都否定的美德有什么价值？我嘴上在说上帝要我说的话，心中却在说谎……我心中纵有千言万语却一句也说不出来。杰罗姆！杰罗姆，我痛苦的朋友，我在你身边时心在撕裂，我远离你时命如游丝，我刚才跟你说了那么多，你只要听取其中我对你说的情话。

把我的信撕了，后来又再写了……黎明来临；灰蒙蒙，浸满泪水，跟我的思想一样凄恻……我听到农庄传出最初的声响，沉睡的一切复苏了……现在起来吧。是时候了……

我的信不会寄走的。

十月五日

嫉妒的神啊，您剥夺了我的一切，把我这颗心也夺走吧。它被任何热情抛弃，也对什么都失去兴趣。帮助我战胜心中可怜的残存热情。这幢房子、这座花园都在鼓励我的爱情，叫我不堪忍受。我愿意逃到一个地方，在那里看到的只是您。

您帮助我把我的财产分给您的穷人；让我把我不能轻易卖掉的封格斯马尔赠给罗贝尔。我已经拟就一份遗嘱，但是我不清楚大部分必要的手续，昨天我没有能够对公证人说个透，是怕他猜疑到我做出的决定，再去告诉朱丽叶或罗贝尔……我将在巴黎完成一切。

十月十日

我到了这里筋疲力尽，头两天不得不卧床休息。他们不顾我反对叫来了医生，医生认为有必要做一次手术。抗议岂不是徒劳？但是我不用多说就使他相信这手术会叫我心惊胆颤，我宁可等待“体力恢复一点后”再说。

我隐瞒了姓名和地址。我在疗养院办公室存放了足够的钱，使他们毫不为难地把我收了下来，神认为需要多久就留多久。

我很喜欢这个房间，窗明几净，无需在墙上再添什么装饰。我也奇怪自己还会感到很高兴，我对生命也不期望什么别的了。目前我要想的就只是上帝了，上帝的爱占满我们的心灵才美妙非凡……

我除《圣经》以外没有带其他的书；但是今天我在阅读这里面的句子时，帕斯卡的这声哀叫引起我心中更响的共鸣：

“并不是神的一切，都能满足我的期待。”

哦，我这颗鲁莽的心原来要的竟是人间的欢乐……主啊！您让我陷入绝望是为了听到这声高呼吗？

十月十二日

愿天国降临！愿天国降临我心；唯有让神统治我，统治我的全身心。我不愿再用我的心跟主斤斤计较。

我身子已像老妇那么疲劳，灵魂还保持一种奇异的稚气。我还是从前一样的小女孩，房间不整理得井井有条，脱下的衣服不在床头折叠放好就睡不着觉……

我也准备这样离开人间……

十月十三日

把日记重读一遍，然后再毁灭，“让心中的烦恼流传在外，这不是高尚人的作为。”这句美丽的话我相信出自克洛蒂尔德·德·伏①之口。

正当把这部日记付之一炬时，有一声警告制止了我；我觉得它已经不再属于我的了。我没有权利不让杰罗姆阅读，不是为了他我是决不会写的。我的不安与怀疑在今天显得这样可笑，我也不再予以重视了，也不相信杰罗姆读了会心乱。我的上帝，让他有时间在里面辨别出一颗心中的哀音，这颗心自不量力，疯狂地要把他推往她自己也无望达到的美德高峰。

“我的上帝，引导我登上这座我不能到达的山峰。”

十月十五日

“欢乐啊，欢乐，欢乐，欢乐的眼泪……”

是的，我感到了这种显示光辉的欢乐，超越人间的欢乐，摆脱了一切痛苦。这座山峰我无法到达，但我知道这有个名字叫“幸福”……我知道我的一生是虚度的，除非为了达到幸福……

---

① 克洛蒂尔德·德·伏（475—545），法国王后，曾劝克洛维国王皈依天主教。

主啊！您答应一颗弃绝尘念，纯洁的灵魂有这种幸福，在《圣经》中说："在主里面死去的人，**从今以后**，有福了。"从今以后，有福了，我必须等到死吗？这时我的信仰动摇了，主啊，我竭力向您呼吁。我在黑夜中，等待着曙光。我向您呼吁直到死亡为止。您来解除我心中的渴望吧。我对那种幸福立刻有了渴望……也许我应该说服自己去得到它吧？如同失去耐性的小鸟，抢在曙光前啼叫，它不是宣布而要召唤黎明的来临，我难道必须等待黑夜苍白以后歌唱吗？

十月十六日

杰罗姆，我愿意教你什么是至乐。

今晨一阵呕吐使我像断了腰似的。此后觉得那么衰弱，有一阵子真希望死去。但是没有；首先全身感到极大的宁静；然后内心感到一种焦虑，肉体和灵魂都禁不住颤抖，犹如我生命中的一个突如其来又幻灭的**闪耀**。我好像第一次看到我的房间墙壁赤裸裸的，令人发瘆。我害怕了。现在为了自我安慰，为了静下心来，我还是记日记。主啊！但愿我能坚持到最后不说一句渎神的话。

我还能够起床。我双膝下跪，像个孩子……

我愿意现在就死，快，免得认清了我是孤零零一个人。

重见朱丽叶[①]

去年我又见到了朱丽叶。离她的最后一封信，也就是向我报

---

① 原版书中无此标题，现为译者所加。

告阿丽莎死讯的那封信，过去已十多年了。我旅行到普罗旺斯，乘机到尼姆停留一下。泰西埃尔住在闹市区弗歇尔大街上的一幢外表颇为华丽的住宅里。虽然我事前写过信说要来，跨进门槛时还是很有感触。

一名女仆领我走进客厅，一会儿以后朱丽叶出来见我了。我以为见到了普朗蒂埃姨妈：同样的步子，同样的体形，同样气喘吁吁地热情招待。她一口气向我提出各种问题，但是不等待我回答：我的工作，我在巴黎的家，我平时做什么，我的朋友交往，我到南方做什么来啦？为什么我不再到埃格维弗去？爱德华会很高兴见到我的……然后她向我提供每个人的情况，谈到她的丈夫、她的孩子、她的兄弟、最后一季收成、买卖不景气……我听说罗贝尔为了到埃格维弗定居，卖掉了封格斯马尔；他现在是爱德华的合伙人，这样一来爱德华可以外出专门负责商务，而罗贝尔留在葡萄地里进行作物改良和扩种工作。可是我的目光不安地搜索使我想起过去的东西。我在客厅的新家具中认出封格斯马尔的几件家具，但是在我心中颤动的往事，看来朱丽叶现在是全部忘了，或者她有意要我们岔开。

两个男孩，分别十二岁和十三岁，在楼梯上玩耍；她叫他们过来给我介绍。大女儿丽兹陪父亲到埃格维弗去了。还有一个十岁的男孩出去散步快回来了。这个孩子就是朱丽叶向我报丧时提到的快要生的那个。最后一次怀孕最终很不顺利，朱丽叶很长时间深受其苦；然后又是去年，她似乎回心转意又生了一个女儿，听她口气，疼爱程度超过其他孩子。她说：

“她睡在我的房里，就在隔壁，来看看她吧。”当我跟在她后面，“杰罗姆，在信里我不敢对你说起……你同意做这个女孩子的教父吗？”

“假若你高兴这样做，我当然乐意接受。”我说，有点惊奇，向摇篮俯下身去，“我的教女叫什么名字?”

“阿丽莎……”朱丽叶低声说，“她有点儿像她，你看不出来吗?”

我握紧朱丽叶的手没有回答。小阿丽莎被母亲抱了起来，睁开眼睛；我把她抱在怀里。

“你会做个好爸爸的吧!”朱丽叶说，勉强一笑，“你不结婚还等什么?”

“等到把好些事忘掉以后。”我看着她脸红了一红。

“你希望立刻忘掉吗?”

“我希望永远不忘掉。”

“你到这里来，”她突然说，领我到了一个小间，里面已经很暗，一扇门通向她的卧室，另一扇门通向客厅，“我有片刻时间就到这里来躲一躲：这是这幢房子里最安静的房间，我觉得在这里几乎不受生活的骚扰。”

这个小间的窗子跟其他房间的窗子不一样，窗外不是城市的尘嚣声，而是种上树木的内院。

“咱们坐一会儿，”她说，身子倒在一张椅子上，“要是我对你没有误解，你要对阿丽莎的思念保持忠贞不渝。”

我隔了一会儿才回答：

“或许不如说对她对我抱有的理想保持忠贞不渝……不，不要把这归为我的品德。我相信我无法不这样做。我若娶了另一个女子，我只能装得爱着她。”

“啊!”她说，好像无动于衷，然后她转脸不看我，俯向地面，仿佛寻找一件失落的东西，“那么你相信一个人真能把一个没有希望的爱情惦记那么久吗?”

“是的，朱丽叶。”

“生活之风天天吹过，而不把它吹灭？……”

夜色像灰色的潮水升起，侵入房间把每个物件淹没，这些物件在黑暗中又像复活了，悄声叙说自己的过去。我又看到了阿丽莎的房间，朱丽叶把那间房里的家具都集中在这里。现在她把面孔向我凑过来，我辨不清她的面貌，也不知道她的眼睛是不是闭着。她在我看来非常美丽。我们两人现在待着都没有说话。

“好了！”她终于说，“该醒醒了……”

我看到她站起身，往前走一步，像脱了力似的又跌倒在旁边的一张椅子上；她的双手在我的面孔上拂过，我觉得她在哭……

一名女仆进来了，端着一盏灯。

尾　声①

我的小说已近尾声。因为我自己的生活故事还需要我来说吗？我为什么要在这里叙述我在新天地里，为了最后适应幸福而做出的努力呢？偶尔，我突然忘了自己的目的，愈是竭力而为，愈难想象哪一个美德行为使我接近不了阿丽莎——我还是觉得我只是朝着她的方向在努力。唉！我不是把她看成是我的美德的体现吗？为了避开她，最终也背弃了我自己的美德。我于是放任自流，纸醉金迷，直至幻想失去一切意志力。但是我的思想惆怅不已，陷入了记忆的滑坡；我于是几小时、几天待着，魂不守舍。

然后一阵可怕的惊醒，使我摆脱昏昏欲睡的状态。我又振作起来。我聚精会神，要在心中破坏从前的幸福基础，把爱情与信

① 原版书中无此标题，现为译者所加。此部分正是《窄门》1909年发表时“被抽去的那一页”的内容。

仰摧毁殆尽。我苦恼。

在这样的心绪缭乱中，我的工作还能有什么价值呢！从前是爱情，现在是绝望，似乎成了我的思维的唯一主题，没有一个想法不是由我的苦恼引起的。今天我恨这份工作，觉得我的价值已经荡然无存，我怀疑这是不是由于爱情……不！而是由于曾经怀疑过爱情。

田园交响曲

第一册

一八九 × 年二月十日

雪，不停地下了三天，把所有的路都封住了。我也无法到R村去主持礼拜，十五年来我每月要去两次。今天早晨拉布雷维教堂也只来了三十名教友。

我被迫足不出户，使我有了空闲，乘机可以回顾过去，叙述我是怎样照顾起吉特吕德来的。

我计划在这本册子里写出这颗虔诚的灵魂的成长过程；我觉得让她走出黑夜仅是为了崇拜和爱。感谢上帝赐给我这项任务。

两年六个月前，正当我从拉绍德村回来，一个素不相识的女孩匆忙找上了我，把我带往七公里外一个临终的穷老婆子身边。马还没有卸套，我带上一盏灯后就让女孩子上了车，因为我想天黑以前是无法赶回来了。

我自以为对乡镇一带的道路条条熟悉，但是过了拉索德莱农庄，女孩要我走上一条我从未贸然走过的路，可是我知道往左两公里的地方有一个神秘的小湖，我年轻时去溜过几次冰。由于这一带没有人召我去做圣事，我也有十五年没有来这儿了。我再也说不出湖究竟在哪里，也从不去想它，可是在黄昏霞光辉映下我蓦地把它认了出来，好似只曾在梦中见过一般。

路沿着进入岔道的河流往前去，在树林边缘来个急转弯，然后又沿着一块沼泽地前进。我肯定从来没有来过这里。

太阳正在下山，我们在暗影里走了很长时间，这时我的小向导指给我看山坡上的一间小茅屋，空中没有一缕炊烟，不像有人住的样子，茅屋在暗影里发蓝，转入斜阳里又发黄。我把马拴在附近的一棵果树上，然后走进黑暗的房间里找那个女孩，老婆子刚刚死去不久。

情景肃杀，时光静穆凝重，使我身上发冷。一个较年轻的女子跪在床边。我原以为女孩是死者的孙女，其实她只是一名女仆，她点燃了一支冒烟的蜡烛，然后在床脚边一动不动了。

在漫长的路途中，我试图谈谈话；但是没有听到她说上几句话。

跪着的女子站了起来。她也不是我起初以为的什么亲戚，只是一名邻居，一个朋友，当女仆眼看主妇快不行时去找来的，她也自告奋勇来照看尸体。据她对我说，老妇人死去时没有痛苦。我们一起商量如何料理身后诸事。到了这类穷乡僻壤，经常都由我决定一切。我承认这间屋子尽管破败不堪，把它交给这名女邻居和这个小女仆看管，感到有点儿犯难。然而，要说在这间破屋的小角落里埋藏着什么金银财宝，这也不大可能……我能够做什么呢？我还是问一声这个老妇人有没有一名继承人。

女邻居这时拿起了蜡烛，照向房间的一个角落，我辨别出炉壁前还蹲着一个模糊的人影，像是睡着了；浓密的头发差不多把整个面孔都遮了起来。

“她是个盲女，据女仆说是一个侄女，看样子她家里就只剩下她了。应该把她送到慈善院去，不然我不知道她怎么过了。”

在她面前这样决定她的命运，顾虑到这些唐突的话会引起她伤心，我不由一愣。

“不要闹醒她。”我轻轻说，至少可以叫女邻居压低声音。

“哦！我不认为她在睡觉，这是个白痴；她不说话，也不懂人家说的话。我从早晨就在这个房间里了，可以说她没有动过一动。我起初以为她是个聋子，女仆又说不是，但只说老太婆自己是个聋子，从来不跟她说话，也不跟任何人说话，好久以来没有开过口，开口也只是为了吃和喝。”

“她有多大了？”

“我想有十五岁吧！其实我也不见得比你知道得多……”

一开始我并没有想到由我自己来照顾这个可怜的孤女；但是祈祷以后——说得更确切些，祈祷时候我跪着，左右两边是女邻居和女仆，她俩也跪在床头，我突然领悟这是上帝放在我的道路上的一项义务，我不能够卑怯地回避。站起身时，我已做出决定，当晚就把女孩带走，虽则还没有仔细想过以后怎样安置她，把她托付给谁。我还停留了一会儿，凝视老妇人那张熟睡的面孔，嘴边布满皱纹，向里凹陷，仿佛守财奴钱袋上的绳子。拉得紧紧的，决不让什么东西往外掉。我把我的意图告诉了女邻居。

“明天有人来收尸时，她不在这里最好。”她说。

一切就这么定了。

许多事情要不是有人挖空心思编些稀奇古怪的异议，做起来本来就很简单。从童年开始，多少次我们遭人阻挠，做不了我们愿意做的这件事或那件事，无非是周围常有这样的说法：这件事是不能做的……

盲女像个没有意志的物体听任人家搬走。她的五官端正，还很秀气，但是没有丝毫的表情。我在墙角的草褥上拿了一条被子，草褥上方横着楼梯，她平时大约就睡在这个角落里。

女邻居显得很殷勤，帮助我把她细心捂紧，因为夜色异常清幽，但很有凉意。我点燃马车上的灯笼又上路了，身边蹲着这个没有灵魂的躯体，只是通过黑暗中的体温传递，我意识到这是一个生命。我一路上在寻思，她睡了吗？多么昏暗的睡眠……醒与睡对她有什么不同？包容在这个麻木身躯里的一颗灵魂，如禁锢在大墙内，无疑在等待着——主啊！——您的圣宠之光去照亮！您允许我用爱德为她驱散沉沉黑夜吗？

我这人注重说真话，回家后遇到尴尬场面时也就不会不说。说到美德，我的妻子可说是无一不备；即使我们有时必须经历困难的时刻，我一刻也不会怀疑她的好心；她天性善良，但是不喜欢事前不打招呼。她是个拘泥于秩序的人，凡有什么义务，她不会做得过分，也不会做得不够。她做好事也讲究节制，仿佛爱是一种会枯竭的财富。这是我们唯一的争执……

当她看到我那天晚上带了一个少女回来，她这一声叫泄露了她的最初想法：

“你又揽上个什么事来干啦？”

如同每次我们之间要进行一番解释时，我首先让那些孩子出去，他们在旁边目瞪口呆，又是疑惑又是惊异。啊！他们这次对我的态度大大出乎我的意料。只有亲爱的小夏洛特，当她知道有一件新的东西，一件活的东西，要从车子里出来，开始又是跳舞又是鼓掌。但是其他人常受母亲的管教，马上给她浇冷水，叫她规规矩矩。

有一刻大家都莫名其妙。因为妻子与孩子都还不知道他们接待的是一个盲女，他们无法解释我扶着她时为什么那么细致周到。就是我自己也被弄得手足无措，我一路上携着她的手，一放手这个可怜的残疾人就发出奇怪的呻吟。绝对不是人的叫声，倒像是小狗的狺狺哀叫。平生第一遭被人强迫走出她习惯的感觉天地，她的膝盖弯曲发软；但是当我给她推过去一把椅子，她的身子却滚倒在地上，好像不知道如何坐下；我于是领她走到炉子旁边。当她回到我最初看见她靠着蹲在老妇人的炉子边的姿态，才恢复了一点镇静。在马车里她就是滑倒在座位下，整个旅程蜷缩在我脚旁。妻子还是帮了我，她不假思索的举动总是最善意的；但是她的理智不断反抗，经常要压倒她的感情。

“你打算拿这东西怎么办？”少女安顿后她又问了。

我听到这个称呼心头一个寒战，努力控制住怒火。我没有发作，还沉浸在长时间平静的沉思中，他们又重新围成了一圈，我转身向他们，一只手放在盲女的额头上。

“我领回了这头迷途羔羊。”我尽量说得郑重其事。

但是阿梅莉不承认在《福音书》的教诲中，会有什么非理性或超理性的事。我看到她要争论，这时我给雅克和萨拉做个信号，他们对我们夫妻间的争执司空见惯，对争执的性质也缺少好奇心（以我看来有时甚至太不关心），妻子看到那个不速之客在场还是气得说不出话来。

“你就在她面前说吧，”我加了一句，“这个可怜的孩子听不懂的。”

这时阿梅莉开始抗议说，她还能有什么可以跟我说的呢——这往往是长时间争辩的习惯性开场白，我可以编些最不切合实际、最违情悖理的理由，而她只有俯首帖耳服从的分，永远这样。我已经说过，这孩子打算怎么处置我自己还没有一点定见。我还没有想到，或者只是很模糊地想到，把她留在家里的可能性；我还可以说倒是阿梅莉首先提醒我这个想法，当时她问我是不是认为“家里人丁还不够兴旺”。然后她宣称我一意孤行，从不理会周围人的反对意见，就她来说有五个孩子已经够多的了；自从克洛德（恰在这个时候，他像是听到有人叫他的名字，在摇篮里大叫大嚷）出生以后，她的家务“到顶”了，她感到筋疲力尽了。

听到她冲口而出的头几句话，我立刻想到基督的教训，准备说出来，但我还是忍住了，因为我觉得把圣书权威性作为本人行为的挡箭牌，总不大得体。但是当她以疲劳作为论点，我就无话可说了，因为我承认不止一次由于我一时冲动，热情过分，把担子都压在了妻子的身上。可是她的责备倒是在教育我要尽自己的义务。我非常温柔地恳求阿梅莉注意，她若处在我的位子会不会这样做，她怎么可能听任一个显然无依无靠的人处于危难中而不顾。我还说，照顾这个残废的客人必然会给家庭增添不少麻烦，这些新的辛劳我不会心中无数的，我的遗憾是经常没法帮她分担。终于在我竭力规劝下她平静了下来，我还求她不要把怨恨发泄在无辜者身上，她是无论如何不应该受到责怪的。然后我又要她看到萨拉长大了可以多帮助，雅克也可以不用她操心了。总之，上帝让我说出该说的话，帮助她接受这项任务，我肯定要是这件事容许她有时间考虑，我又不是突如其来地支配她的意志，她会自愿担当的。

我相信大功快要告成，我亲爱的阿梅莉已经善意地朝着吉特吕德走过去；但是当她擎了一盏灯凑近去观察少女，看到她身上难以形容的肮脏，又勃然大怒起来。

“哪有这么龌龊的人，”她叫了起来，“你去把自己刷一刷，快去刷一刷。不，不要在这里。你到外面去掸吧。啊，我的上帝！孩子身上都会长满了虱子。生活中我就是最怕这些虫子了。”

千真万确，这个少女满身都是虱子，我想到在车子里跟她挤得那么紧，不由做出个嫌恶的动作。

当我仔仔细细把身上掸个干净，两分钟后从外面回到屋里，看到妻子瘫坐在椅子上，手捂着面孔，还在哭得伤心。

“你一向坚定，我没想到叫你那么为难，”我对她温柔地说，“不管怎么样，今夜总是晚了，也没有周全的办法了。我来看火，女孩就在炉子旁边睡觉吧。明天我给她剪头发，再好好洗个澡。当你不再讨厌看到她时再由你来照顾她吧。”我还请求她对孩子不要谈起这一切。

晚饭时刻到了。我把一盆汤递给我的被保护人，她贪婪地吞下，而我们的老罗萨莉侍候我们时，好几次瞪着敌意的目光看她。吃饭时没有人说话，我很愿意向孩子谈一谈我经历的事，要他们理解和感觉有的人一贫如洗的特殊例子，借以打动他们的心，对于上帝召请我们接待的那个人要表示怜悯和同情。但是我又怕触动阿梅莉，引得她发脾气。好像谁下过命令不提和忘记这件事，然而我们中间肯定没有一个人能在想其他事。

一小时以后大家都上床了，阿梅莉让我一个人留在客厅里，我极为感动地看到小夏洛特打开半扇门，穿衬衣赤着脚悄悄往前走，然后扑过来勾住我的脖子，猛地搂紧我喃喃地说：

“我还没有跟你好好说声晚安呢。”

然后她用小食指指着那个安然睡着的盲女，她睡觉以前就是抑制不住好奇心要来看一看，她压低声音说：

“我为什么不能亲亲她？”

“你明天亲她吧。现在不要惊动她。她睡了。”我领她走到门口时对她说。

然而我又回来坐下，阅读或者准备我下一次布道的内容，工作直至天亮。

当然，我想（就我记得的来说），夏洛特就是今天也比她的哥哥姐姐感情丰富得多；但是在这个年龄他们每个人都给过我假象。就是我的大雅克，今天那么疏远，那么含蓄……大家认为他们温柔，其实又狡猾又虚伪。

二月二十七日

今夜雪还是下得很大。孩子高兴极了，因为他们说不久必须翻窗户出去了。事实也是，上午大门已被封住，从洗衣间才能出入。昨天，我得到证实，村子里有足够供应的粮食什物，因为可以肯定我们将有一段时间要与世隔绝了。这也不是第一个冬天我们被雪围困，但是雪积得那么厚，我记不起以前曾经见过。我还是趁机把昨日开始的事情继续写下去吧。

我说过，当我把那个残疾少女带回来时，没有仔细考虑过她在我的家里将占一个什么样的位子。我认识到妻子会有所不满；我也知道我们能够支配的房间和财力都很有限。我一贯我行我素，既出于天性，也出于原则，毫不考虑冲动之下会给自己带来多少额外支出（我一直认为这是反福音精神的）。但是信赖上帝与把任务交给别人完成，那是不同的事。

我不久感到我放在阿梅莉肩上的一份担子，重得我自己也惶惑不安起来了。

我先是尽力帮助她给少女剪头发，我看出她做这事已经不胜厌恶。但是给她全身擦洗，我只得让妻子去做了；我明白最繁重、最不愉快的活儿都不是由我干的。

目前来说，阿梅莉决不再出半点怨言。仿佛夜里经过一番深思熟虑后，她决定承担这项新任务；她好像做得不是没有一点乐趣，我看到她给吉特吕德梳洗完毕以后还笑了一笑。她的头发剃光，我在头上涂了油膏，戴上一顶白帽子；她的一身褴褛给阿梅莉扔进了火里，换上了萨拉的几件旧衣服和干净内衣。孤女不知道自己叫什么，我也不清楚到哪里去打听，既然无从得知她的真名，夏洛特给她取名吉特吕德，立刻得到大家一致同意。她大约比萨拉稍为小一点，因此萨拉一年前穿过不用的衣服给她穿上很合身。

我在这里必须承认，最初几天我心情抑郁，感到深深的失望。我对吉特吕德的教育肯定是想入非非的，现实迫使我降低期望。她脸上冷漠迟钝的表情，或者不如说根本没有表情，使我的一股热忱彻底冷了下来。她终日待在炉子旁边，时刻保持戒心，一听到我的声音，尤其当有人走近她时，她的脸好像绷了起来。通常麻木的面孔在表示敌意时才变得有生气了；只要我们有意引起她的注意，她开始呜咽、号叫，像一个动物。我端起东西侍候她，用餐时，她收起小性子，扑了上来，贪吃的样子简直像只野兽，看在眼里叫人非常难受。我感觉到在这个灵魂面前遭到顽固的拒绝，内心也对她产生了一种反感，因为情还是要情来还的。是的，说真的，我承认起初十天我到了绝望的地步，甚至对她不再关心，也对自己的最初冲动感到反悔，真愿意根本没有把她带回家来。还有一件刺痛我的事，我的这些想法对阿梅莉是无法掩饰的，这使她有点得意，自从她觉得吉特吕德成了我的一个负担，她在我家出现是对我的羞辱后，她反而显得殷勤起来，心地也好像更加善良了。

当我接待我的朋友马尔丁医生时，我就处在这样的境地，他从瓦尔特拉凡尔一路探视病人过来。我对他谈起吉特吕德的情况，他对这个问题很感兴趣，女孩总的说来只是个盲人，心灵却是那么愚顽，叫他大为惊讶；但是我对他解释，她是瞎子，又加上从前抚养她的老妇人是聋子，从来不跟她谈话，以致那个可怜的孩子一直无人过问。他劝我说，既然这样我就没有理由绝望；还说这是我处理得不好。

“还没有弄清地基是否结实以前，”他对我说，“你就要开始造房子。你想想她的头脑里还是混沌一片，甚至最基本的概念也没有形成。一开始把某些可以触摸和有味道的感觉分门别类，然后在上面像贴标签似的给它一个音、一个字，你念给她听，直到听厌为止，然后设法让她重复给你听。

“尤其不要追求走得快；定下几个时间教她，一次时间不要太长……

“此外这种方法，”他在跟我详细说明以后还加了一句，“绝对不是什么旁门邪说。这不是我的发明，有人早已应用过了。你不记得吗，我们一起学哲学时，我们的教授提到孔狄亚克[①]和他的活雕像时，已经跟我们谈到类似这样的一个病例。”他想了一想又说，“也可能是我后来在一本心理学刊物中读到的……那无所谓；这件事使我很吃惊，我还记得那个可怜的女孩子的名字，她比吉特吕德还惨，因为不但是瞎子，还是聋哑人，我不知道英国哪个郡的医生在上世纪中叶收留了她。她的名字叫劳拉·勃里吉曼。这名医生留下一部日记——你也可以这样做，记录了女孩的进步，还有至少在开始时期他对她进行教育的努力。他坚持要她轮流触摸两个小物件，一只别针和一支笔，然后在盲人使用的凹凸纸上触摸两个英文词，**别针**和**笔**。一连几个星期他毫无收获。这个躯体里好像没有灵魂似的。可是他不灰心。他说，他好像一个俯在井口的人，井里又深又黑，他绝望地抖动一根绳子，盼望最后有一只手抓住它。因为他一刻也不怀疑有一个人在

① 孔狄亚克（1715—1780），法国感觉哲学家，感觉论者。

井底，这根绳子终会被抓住的。终于有一天，他看到劳拉这张木然的面孔闪过一丝微笑；我相信在那个时刻，感激与爱的眼泪从他的眼睛里流了出来，他跪下来感谢主。劳拉也一下子明白了医生对她的一番苦心；她得救了！从这天起她专心了；她的进步很快；她不久进行自学，后来当了一所盲人学校的校长——大家都不相信……因为最近其他病例也相继出现，报刊上登载长篇文章议论，谁都觉得不可思议，他们认为这样的人居然还会幸福，这个想法依我看来有点儿愚蠢。而这是事实：每个心灵封闭的人也是有幸福的。他们一有机会表达自己的意思，就是说到自己的幸福。记者们当然欣喜若狂，借此教育那些'享有'五官功能还要怨天尤人的人……"

这时马尔丁与我两人争论起来，我反对他的悲观主义，绝对不像他那么认为五官的感觉到头来使我失望。

"这可不是我要说的意思，"他分辩说，"我说的意思只是人的灵魂更容易、更愿意去想象美、舒适与和谐，而不是无序与罪恶，正是无序与罪恶把这个世界搞得乌烟瘴气、四分五裂，而我们的五官既帮助我们了解，同时又鼓动我们推波助澜。因而我更乐意追随维吉尔这句名言：'不知其恶，何等幸福'，而不是人们教我们的'自知其善，何等幸福'；人若不知道恶，有多么幸福啊！"

然后他跟我说起狄更斯的一则短篇小说，他相信直接受到劳拉·勃里奇曼事例的启发，他答应不久把那部书寄给我。四天后我果真收到了《炉边蟋蟀》，我饶有兴趣地读完。故事有点长，但是有些篇章凄恻动人，写一个生产玩具的穷父亲，有意制造假象，让他的盲女儿幻想生活在舒适、富裕、幸福的环境中；这是一场骗局，狄更斯借用艺术竭力把它渲染成一片虔诚，但是感谢上帝！我不会跟吉特吕德玩弄这一套把戏的。

马尔丁来看过我后的第二天，我开始一丝不苟地实践他的方法，我现在后悔，当初没有像他劝我的那样，记录下吉特吕德在这条走向黎明之路的最初几步，其实我也是一边摸索一边引着她走。开头几个星期所需的耐性超出大家的想象，这种启蒙教育不但需要时间，还要我忍受由此引起的谴责。叫我难于启齿的是这些谴责来自阿梅莉。此外我在这里提到这件事，不是我对这件事怀有任何不满和怨恨——我庄严作证，以防今后这些文字被她读到。（基督不是在“迷途羔羊”的比喻后立即教育我们要宽恕侮辱么？）我还要说明，就是受她谴责而最感难受的时候，我也没有怨恨她不同意在吉特吕德身上花费大量时间。我要责怪她的主要是她对我的努力多少会获得成功一事缺乏信心。是的，这种缺乏信心使我难过，然而没有使我灰心。多少次我不得不听她唠叨：“你要是有效果倒也罢了……”她就是死心眼儿地认为我都是在白操劳；于是在她看来我在这上面浪费时间，而不更好地花在其他地方很不妥当。每次我照顾吉特吕德，她总会向我提出有什么人或有什么事在我背后等着我，我把我该花在其他人身上的时间都花在她身上啦。最后，我相信一种母性的妒忌使她愤愤不平，因为我不止一次听到她对我说：“你对自己的孩子还从来没有那么关心过呢。”这是真的：因为我很爱自己的孩子，但是从来没有想过我必须很好关心他们。

我经常看到有许多人自称是虔诚的基督徒，“迷途羔羊”的比喻却是他们最难接受的。一头羊走失了，在牧羊人眼里会比羊群中其余羊的总数还要宝贵，这道理在他们看来太深奥，无法理解。这些话：“一个人若有一百只羊，一只走迷了路，你们的意思如何？他岂不撇下这九十九只，往山里去找那只迷路的羊呢？”这些话充满爱德，光芒照人，他们若敢坦陈心曲，就会宣称这些话体现的不公平最令人愤慨。

吉特吕德的最初几次微笑使我无比欣慰，百倍补偿了我付出的辛劳。因为“这只羊，牧羊人若是找着了，我实在告诉你们，他为这一只羊欢喜，比为那没有迷路的九十九只欢喜还大呢”。有一天早晨她好像突然心里开窍，对我多日来努力教导她的东西有了反应，我看到这张雕像般的面孔开绽一丝微笑，在我简直是看到了天使的笑容，是的，我实在要这么说，我的孩子中没有哪个的笑容会使我这样心花怒放。

那是三月五日。我记下这个日期仿佛这是个生日。这不止是微笑，而是脱胎换骨。她的五官一下子活跃了；这像是豁然开朗，类似阿尔卑斯山巅上的这道霞光，黎明前映着雪峰颤动，然后从黑暗中喷薄出来；简直是一项神秘的彩绘工作；我同样联想到毕士大池子[①]，天使纷纷下池子搅动死水，看到吉特吕德脸上突然出现天使般的表情，我有一种勾魂摄魄的感觉，因为我认为这个时刻占据她内心的不全是智慧，还有爱。于是我心潮澎湃，感恩的心情那么强烈，我在她的美丽的前额印上一吻，像是我奉献给上帝的。

这个初步的结果有多么艰难，自此以后的进步也有多么神速。今天我努力回忆我们经过了一些什么曲折；有时我觉得吉特吕德仿佛为了嘲弄我的方法简直是在跃进。我记得起初我把重点放在事物的表象而不是种类上；如：热、冷、温、甜、苦、硬、软、轻……然后是动作：隔离、靠近、举起、交叉、横放、打

① 据《圣经·约翰福音》记载，耶路撒冷有个毕士大池子，“天使按时下池子搅动那水，水动之后，谁先下去，无论害什么病，就会痊愈”。

结、分散、集合等等。不久我放弃了一切方法，改为直接跟她交谈，不管她的思想是不是跟得上；但是慢慢地诱导她，鼓励她向我随便提问题。在我由她进行自修时，她的思想肯定也在活动；因为我每次重新见她时，每次都有新的惊奇，我觉得我与她之间横隔的夜幕愈来愈薄。我自忖，春天的和风煦意不就是这样坚持不懈，逐渐战胜冬寒的么。我曾经多少次赞赏积雪融化的情景：表面依然浑圆，底层开始溶解。每年冬天阿梅莉都受迷惑，她对我说，雪总是不变的；大家以为雪还厚着呢，然而已开始塌了下来，处处有生命突然往外冒。

我怕吉特吕德像个老妇人，长年累月待在炉子旁边会虚弱苍白，开始让她走到户外。但是她只有我携着她才同意出去散步。她一走出屋子，先是感到惊奇和害怕，在她尚不会向我表白以前，使我明白她还从来没有贸然迈出过房门。在我发现她的茅屋里，没有人照管过她，除了给她吃和帮助她不死以外——我还不敢用“活下去”这个词儿。她的黑暗天地只限于她从没离开过的这个单间的四堵墙壁。到了夏天，当门户对着光明的大天地打开，她才大着胆子在门槛上待一会儿。她后来跟我说，她听到鸟的歌唱，以为纯然是光产生的一种作用，就像她在面颊和双手感到暖意的抚拂一样，她也没有深加追究，觉得这是非常自然的，热空气会唱就像水在炉子上会沸腾一样。这是真的，她从不操心，从不注意什么，在麻木不仁中生活，直至那天我开始照管她为止。当我跟她说这啾啾鸣声是有生命的生物发出来的，我至今还记得她表示出无限的喜悦，这些小生命的唯一功能就是感觉和表达大自然中到处遍布的欢乐。（从这天起她常说：她像鸟那么快乐。）可是想到群鸟歌唱的壮丽景象她无缘亲眼目睹，她又开始郁郁不乐了。

“真的吗?”她说，“大地真像鸟唱的那么美吗?大家为什么不对我多说说?您为什么不对我这样说?是不是想到我看不见怕说了叫我难受?你错了。鸟声我很会听。我相信它们要说什么我都懂。”

“我的吉特吕德，看得到的人并不像你那么会听。”我对她说，希望安慰她。

“为什么其他的动物不会唱?”她又说。有时她的问题叫我猝不及防，一时会感到狼狈，因为她逼迫我对那些我至今毫不奇怪接受的东西进行思考。这样我生平第一次想到，愈是依赖土地的动物愈是笨重，愈是苦。我努力要她明白这回事，我跟她谈起松鼠以及松鼠的游戏。

她这时问我是不是只有鸟才会飞。

“还有蝴蝶。”我对她说。

“蝴蝶会唱吗?”

“它们有另一种表达欢乐的方法，”我又说，“表现在它们的翅膀上有各种颜色……”我向她描述蝴蝶如何五彩缤纷。

二月二十八日

我要回顾一下；因为昨天我也身不由己了。

为了教吉特吕德识字，我自己也学起了盲文。但是过了不久阅读这样的文字她比我能干得多，我认起来很费力，尤其我更愿意用眼睛看，而不愿意用手摸。不过倒也不是唯有我一人在教她。首先我很高兴有人帮助我完成这项任务，因为我在乡里有许多事情要做，这一带的民居天各一方，四处分散，我去访贫问苦、探视病人有时必须走得很远。雅克来跟我们一起过圣诞节，溜冰时他居然摔坏了胳膊。在这以前他回过洛桑修完了普通神学科，并进入了神学院。他的伤势并不严重，我立刻把马尔丁请了来，不用外科医生的帮助，马尔丁轻易给他正骨复位了；但是雅克必须安心静养，不得不在家里待上一段日子。他突然开始对他从不正眼看的吉特吕德关心起来，积极帮助我教她读书。他养伤期间都在帮我，也就是大约三个星期，但是这时期吉特吕德进步显著。现在有一种特别的热情激励她。这个昨天还是智力愚钝的人，一跨出最初几步，几乎还在学习如何走路以前，好像已经要举步奔跑了。我欣赏她不费多大工夫就会组织自己的思想，当有人教她认识某些物件，或者我们跟她说起一件我们无法直接交到她手中的东西，她毫不幼稚，还很正确地把它们表达出来，非常迅速。她有自己的形象思维，使用的方法很出乎我们的意料，也很有趣，因为我们总是利用她能够触摸或感觉的东西，去解释她不能达到的东西，就像使用遥测器在测量距离。

但是我相信没有必要把最初的教育步骤在此一一列举，在盲人教育中无疑都是大同小异的。这样的话，我想对每名教师来说，碰到颜色问题，都会陷入同样的困境。（谈到这个问题，我要说的是在《福音书》中没有一处提到颜色。）我不知道其他人如何处理；就我而言，我首先向她提到彩虹中色彩的排列程序，呈现在三棱镜中的各种颜色名称，但是在她的头脑中颜色与光线马上混淆不清。我感到她无法想象色质与"色值"的区别——后者我想是画家的说法。她最费力气去理解的是每种颜色还有深浅之分，颜色与颜色还可以无限地调配。这比什么都引动她的好奇心，她不断地要回到这个问题上。

这时我恰巧有机会带她到纳沙特尔听一场音乐会。我可以借用交响乐中每件乐器的作用来谈论颜色问题。我要吉特吕德注意铜管乐器、弦乐器、木管乐器的不同音色，每件乐器都可以各自奏出高低不同的强度，组成声音的全部音域，从最低音到最高音。我要她想象大自然中存在的色彩，红与橙黄相当于圆号与长号的音色，黄与绿相当于小提琴、大提琴和低音提琴；玫瑰与蓝可以由长笛、单簧管和双簧管来比拟。这下子她心中的疑团全都消释，感到莫大的喜悦。

“这应该是很美的吧！”她反复说。

然后，又冷不防地说：

“可是白色是怎么样的呢？我不明白白色像什么……”

这一问立刻显出我的比喻是多么不堪一击。

“白色，”我还是要对她强辩，“是高音的极限，所有的音调都融合一起，就像黑色是低音的极限。”但是这种解释既没有使她也没有使我满意，她立刻要我注意，木管、铜管、弦乐即使奏到最高音和最低音时依然各不相同。有多少次就像那时，我不得不首先保持沉默，惶惑，找个什么比喻搪塞过去。

“有啦！”我终于对她说，“你把白色想象成纯之又纯的东西，没有任何色彩，只有光的东西；而黑色恰恰相反，就像堆满色彩，直至见不到一点光为止……”

我在这里提起这段对话，只是作为一个例子，说明我经常碰到这类难题。吉特吕德有这个长处，就是她绝不会不懂装懂，不像有些人，脑子装进一些不确切或错误的资料，据此做出的一切论据都会误人不浅。只要她没法对一个概念形成明确的想法，都会使她不安和苦恼。

关于我上面说的事，困难愈来愈大，还因为在她的思想中光线与热量的概念是紧密相连的，以致我后来又费了九牛二虎之力把它们区分开来。

这样，我不断地通过她进行试验，看出视觉世界跟听觉世界是多么不同，在这两个世界之间所作的一切比喻都不可能面面俱到。

二月二十九日

我只顾谈论我的那些比喻，却还不曾说起吉特吕德听了纳沙特尔这场音乐会欢欣雀跃的样子。那次演奏的恰好是《田园交响曲》。我说"恰好是"，因为没有哪部作品是我更希望让她听到的了。其原因不难理解。我们离开音乐厅以后很久，吉特吕德保持沉默不语，仿佛入了迷还没有回过神来。

"你们看到的东西真是跟这一样美吗？"她终于说。

"亲爱的，跟什么一样美？"

"跟这《溪边情境》[①]。"

我没有立刻回答她，因为我在思索，这些非语言所能表达的和声描述的不是真实的世界，而是理想的世界，一个没有痛苦、没有罪恶的世界。我至今还不敢向吉特吕德谈起痛苦、罪恶、死亡。

"那些有眼睛的人，"我最后说，"认识不到自己的幸福。"

"但是我没有眼睛，"她立刻喊了起来，"我认识到听的幸福。"

她一边走一边紧紧靠着我，像小孩似的压在我的胳膊上。

"牧师，您感觉到我是多么幸福吗？不，不，我说这话不是向您讨好。您看着我，当人家说的不是真话，在面孔上看不出来

---

① 此为乐曲名称。

吗？我从声音中就可以听出来。您记得吗？那天姑姑（她这样称呼我的妻子）责怪您什么事也不知道给她做以后，您回答我说您没有哭，我喊了起来：‘牧师，您撒谎！’哦！我从您的声音立刻感觉出来了，您没有对我说真话；我不需要碰您的腮帮子就知道您哭过了。”她高声重复说：“不，我不需要碰您的腮帮子。”——这叫我脸红了起来，因为我们还在城里走，路人都转过身来。她还是往下说：

“不要想骗我相信，看到么。首先因为想骗一个瞎子是很卑怯的行为……还有这也不会奏效，”她笑着补充说，“牧师，告诉我，您没有不幸福吧？”

我提起她的手放到嘴唇上，像是不用语言向她承认，而又要她感觉我的一部分幸福是来自她的，同时我又回答：

“不，吉特吕德，不，我没有不幸福。我怎么会不幸福呢？”

“那么您有时候哭吗？”

“我哭过几次。”

“不是我说的那次以后吧？”

“不，我后来没有哭过。”

“您是不想哭了吗？”

“不想，吉特吕德。”

“那么您说……那次以后，您有没有想过撒谎？”

“不，亲爱的孩子。”

“您能不能答应我再不想欺骗我啦？”

“我答应。”

“那么！马上跟我说，我长得漂不漂亮？”

这个突如其来的问题叫我愣住了，尤其在此以前我绝不愿意去注意吉特吕德不可否认的美，还有我认为让她知道自己长得美是毫无用处的。

“你知道这个又怎么样了呢？”

“这是我操心的事，”她又说，“我要知道我是不是……这话您是怎么说的……我是不是在交响乐中不太协调。牧师，我除了问您还能问谁吗？”

“牧师不用操心容貌的美。”我说，尽力回避。

“为什么？”

“因为他看重的是灵魂的美。”

“您宁可让我相信自己是丑女。”她说时妩媚地嘟了嘟嘴；听到这么一说我不再矜持了，高声说：

“吉特吕德，您要知道您长得很漂亮。”

她不说话了，面孔出现一种非常严肃的表情，到家以前一直没有改变。

我们一回到家，阿梅莉自有办法让我感觉到她不赞成我这一天的安排。她可以事前对我这样说；但是她让我们——吉特吕德和我——先走，一句话也不说，按照她的习惯做法，先让人家做，然后保留责骂的权利。此外她决不对我明确指责，然而她只字不提，这就包含了谴责，因为她知道我带吉特吕德去听音乐会了，问一声我们听到了什么这不是挺自然的吗？若让女孩感觉人家对她的高兴表示出一点点关心，不是使她更加欢乐吗？阿梅莉倒也不是一句话不说，但是她好像装腔作势地只谈一些最无意义的琐事。只是到了晚上孩子们都上床睡觉以后，我把她拉到一旁，严厉地问她：

“我带吉特吕德去音乐会你生气了？”我听到了这声回答：

“你给她做的事，给自己的孩子还从没做过呢。”

这依然是同样的怨恨，同样的拒绝理解，人要欢庆回来的孩子，却不是常和你一起的孩子，像《圣经》比喻中所说的。还叫我难过的是她根本没有想到吉特吕德的残疾，她除了这样的节庆日以外没有其他节庆日；要是叨天之幸哪一天我可以自由支配自己的时间——平时我总有事缠身——阿梅莉这样责备我也是有欠公正的，因为她明明知道我的每个孩子不是有工作要做，就是有了事跑不开，阿梅莉自己对音乐毫无兴趣，她就是整天闲着，绝不会想到去听音乐会，即使在我们家门口举行也不会去的。

阿梅莉居然敢在吉特吕德面前说这样的话，更使我感到难过。我虽然把妻子拉到了一边，她还是提高了嗓门喊得吉特吕德都听到。我感到愤怒多于悲哀，一会儿以后，阿梅莉撇下我们走了，我走近吉特吕德，拿起她的瘦弱的小手，放到我的脸上：

“你看！这次我没有哭。”

“不，这次，轮到我哭了。”她说，努力向我微笑；她向我抬起美丽的面孔，我蓦地看到上面泪水纵横。

三月八日

我唯一能叫阿梅莉高兴的，就是不去做她不高兴的事。她唯一允许我做的是完全消极的爱的表示。她把我的生活限制得多么狭隘，这点她是不能够体会到的。啊！她若要求我为她干一件艰难的事，那真是谢天谢地了！我会欢喜若狂，为她赴汤蹈火！但是一切不合惯例的事可以说都使她反感。因而生活的进展在她看来只是增加几个跟过去相似的日子而已。她不期望，甚至不接受我有什么新的美德，甚至在公认的美德上也不能有所增加。哪个人努力要在基督教义中看出除了本能的循规蹈矩之外还有其他，她看着不是不赞同，就是不安心。

阿梅莉托付过我，到了纳沙特尔跟我们的缝纫用品铺子结账，还给她带回一盒线团。我承认把这事忘得一干二净了。但是事后我怪自己比她怪我还厉害哩；尤其我郑重其事地说过决不会忘，也知道"小事踏实的人做大事也很牢靠"，还害怕她对我的遗忘得出什么结论。我真愿意她骂上我几句，因为在这件事上我确实应该挨骂。但是事情往往这样，臆测的怨恨比明确的责备更厉害：啊！人生会更美好，苦难会更容易忍受，如果我们只需应付真正的痛苦，对心灵的魔影和鬼怪不理不睬……我不由在这里记下了可以作为布道内容的这段话（《马太福音》第十二章第二十九节："不要挂心"）[1]。我在这里要记录的是吉特吕德的心智与道德的发展过程。我还是回到正题吧。

我希望能够在这里一步步追随这个发展过程，我已开始叙述细节。但是因为时间不够，无法对各个阶段详细记录，今天就很难把全过程正确无误地贯穿起来。我沿着故事的脉搏首先提到吉特吕德的思考，其次是跟她的谈话——这是近期的事。谁在无意中读到这些篇章，无疑会奇怪这么快就听到她表达那么准确，推理那么聪明。她的进步确实神速，令人目瞪口呆。她对我带给她的知识养料，凡是她的智力能够接受的东西，通过不断吸收和成熟的过程，转化成她自己固有的了。她叫我吃惊，不停地走在我的想法的前面，超越我的想法，经常前后两次谈话，我的学生也宛若两个人。

没几个月以后，她的智力一点也不显出曾经那么长时期处于蒙昧状态，甚至大多数少女还没有她那样的悟性，因为她们被外

---

① 原文误记为《马太福音》，其实应是《路加福音》，全句为"你们不要求吃什么，喝什么，也不要挂心"。

面世界扰得心猿意马，注意力都被无聊的琐事占据了。此外，我相信她的年龄要比我们最初看来明显要大。好像她还有意利用自己的失明，以致我怀疑到在好几方面这个残疾对她是不是个优点。我不由自主地把她与夏洛特比较，当我有几次给夏洛特复习功课时，看到她会为一只飞舞的苍蝇分心，我就想："就是这么回事，她若看不见，就会好好听我讲了！"

不用说吉特吕德非常渴望阅读；但是由于尽可能追随她的思想发展，我宁可她不要多阅读——至少不要在我面前多阅读——主要是指《圣经》，一名基督徒说这样的话显然很怪。我会在这件事上做解释的；但是在谈到这个十分重大的问题以前，我愿意谈一件有关音乐的小事，我记得是在纳沙特尔音乐会后不久发生的。

是的，这场音乐会我相信是在暑假前三星期开的，暑假又使雅克回到我们身边。在这期间，我不止一次让吉特吕德坐在我们乡村教堂的小风琴前，一般由德·拉·M小姐弹奏，吉特吕德目前就住在她家。路易丝·德·拉·M还没有开始给吉特吕德上音乐课。尽管我热爱音乐，但不很懂行，当我挨着她坐在键盘前，自知没有能力教她什么。

"不，让我自己来吧，"她经过最初摸索后就说，"我宁可一个人试试。"

我也很乐意离开她，尤其在教堂里与她单独相处在我看来不大得体，既出于尊重圣地，也害怕流言蜚语；虽然我对流言蜚语一般是不予以理会的，但是这里牵涉的不只是我，还有她。当什么地方需要我去走访，我就把她带到教堂，让她经常好几个小时留在那里，然后回来时再去接她。她就是这样耐心地寻找悦耳的和声，傍晚时我看到她听着某一个谐音十分专心，长时间出神。

八月初的一个日子，距今约有半年多以前，我去慰问一个穷寡妇，到了她家没有见到。事前我把吉特吕德留在了教堂，就再回那里去找她；她没有料到我那么早回去，而我看见雅克在她身边诧异之至。他们两人谁都没有听到我走进去，我轻轻的脚步声都被琴声盖住了。我这人天性不爱刺探，但是有关吉特吕德的一切都叫我操心，我蹑手蹑脚偷偷走上通往讲经坛的那几级阶梯；从这上面观察一目了然。我应该说的是我待在那里的时候，没有听到一句两个人不会在我面前坦然说的话。但是他挨着她，好几次我看到他拿起她的手引导她的手指如何放在琴键上。以前她跟我说她宁可不要别人观察和指导，却又欣然接受他的，这不是已经叫人奇怪了么？我惊讶和难受的程度就是对自己也不愿承认，我已经准备露面，这时我看到雅克突然掏出他的表来。

“现在我该离开你了，”他说，“父亲快要回来了。”

这时我看到她听任他把自己的手放在嘴前一吻，然后他走了。隔了一会，我又悄无声息地走下阶梯，打开教堂的门，有意让她听到，以为我只是刚走进来。

“嗨，吉特吕德！你准备回去了吗？琴弹得高兴吗？”

“是的，高兴极了，”她说话的声音自然极了，“今天我进步真的很大。”

我心中辛酸难言，但是她与我谁都不提起我刚才说的事。

我急于要跟雅克单独见面。妻子、吉特吕德和孩子平时晚餐后很早就回房里去了，让我们两人在晚间勤奋学习。我等待这个时刻，但是跟他说以前，我心慌意乱，我不会或者不敢提到这个折磨着我的问题。还是他突然打破沉默，向我宣布他决心在我们这里过完整个假期。可是就在几天以前，他向我们提到他要去上阿尔卑斯山的度假计划，妻子和我都曾大为赞成；我还知道他选择的旅伴、我的朋友T还等着他去；所以我很清楚这次突然改变计划不会不跟我闯见的那一幕有关，首先我怒上心头，但是害怕我若大动肝火，儿子从今以后不会对我说心里话，也害怕自己出言不逊会后悔，我努力压制自己，用平时的自然声调对他说：

“我还以为T等着你去呢。”

“哦！”他又说，“他不一定等着我，他不愁没有人代替我。我在这里可以像在奥伯兰一样好好休息，这样利用我的时间，我真的相信要比爬山好。”

“这样说来，”我说，“你在这里找到什么事情干啦？”

他瞧着我，感到我的音调中有点讽刺意味，但是，因为他还不明白其中用意，神色自若地说：

“您知道我一直爱书籍胜过爱登山杖。”

“是的，我的朋友，”这次轮到我瞧着他说，“但是你不认为风琴伴奏更吸引你吧？”

他无疑感到脸红了，因为他把手放到额前，仿佛要遮挡灯光。但是他差不多立即又恢复镇静，说话的语气我本来希望不要那么肯定：

“爸爸，不要过分责怪我。我没有意思要向您隐瞒什么，我正要对您承认时您抢先了一步而已。”

他说话从容不迫，像在念书，一句句说得那么平静，似乎这不是在说他自己的事。他表现出不同寻常的自持力实在把我气坏了。他觉得我要打断他的话，举起手像在对我说，不，您可以接着说，先让我把话说完；但是我抓住他的胳臂摇晃。

“我才不愿意看到吉特吕德的纯洁灵魂给你扰乱，”我冲着他喊，“啊！我宁可不再见到你。我不需要你的承认！欺侮人家有残疾，天真无邪，不懂世道，我决没想到你会干出这么卑鄙可恶的事！谈起来还这样若无其事！你听着我说：吉特吕德由我照管，我一天也不能忍受你跟她说话，你碰她，你看见她。”

“不过，爸爸，”他又说，语气依然那么平静，简直叫我怒不可遏，“请您相信我跟您一样尊重吉特吕德。您认为这里面有什么事见不得人，您是大错特错了，我不说我的行为，就是我的意图和我的内心深处也都没有。我爱吉特吕德，我尊重她不亚于我爱她，跟您实说了吧。扰乱她，欺侮她天真无邪和眼睛瞎，这种想法不单对您、对我也同样可恶。”然后他声称他要对她做的，是当一个扶持人，一个朋友，一个丈夫；在下决心娶她以前他不认为应该对我说；这个决心吉特吕德本人也还不知道，他首先要对我说起。“这就是我要向您承认的事，”他又加了一句，“我没有别的要向您坦白的了。请相信这点。”

他的话叫我听了发懵。我听着这些话时也听到自己的太阳穴在跳。我原来一心只想到责备他，随着他把我发怒的理由驳回，我的神志更加恍惚了，以致等他把话说完，我竟找不出什么话来对他说。

“我们该上床去了。”经过一阵子沉默后我最后说。我站起身，把手放在他肩上。“明天我对你说我对这事的想法。”

“至少跟我说您不再对我发火了。”

“我要在夜里想一想。”

当我第二天见到雅克时，真像是第一次才对他瞧个仔细。我一下子觉得我的儿子不再是个孩子，而是个青年了；我若老是把他看成孩子，我闯见的这幕爱情在我看来好像令人发指，我整个夜里都在劝说自己，这样的事情纯属自然正常。我的不满情绪却愈发强烈，又是怎么一回事呢？那是以后我才渐渐明白的。目前我必须对雅克说出我的决定。这时一种本能，也像良心一样确切无疑，警告我自己要不惜一切代价阻止这桩婚姻。

我把雅克拉至花园深处；到了那里我首先问他：

“你向吉特吕德表示过爱吗？”

“不，”他对我说，“可能她已经感到我的爱；但是我没有向她明说。”

“那好！你向我承诺今后不向她提这件事。”

“爸爸，我答应过听您的话；但是我可以了解您的理由吗？”

我犹豫要不要对他说，我也不太明白首先出现在我脑海中的理由是不是应该首先提出的理由。说实在的，在这里指导我行为的是良心而不是理智。

“吉特吕德太年轻了，”我终于说，“你想她还没有领过圣餐。你知道这不是一个普通的孩子，唉！她的发展已经耽误很久了。像她这样对人充满信任的人，第一次听到有人向她求爱，必然会过分激动。就是因为这样不要对她说。冒犯一个不能自我保护的人是一种怯懦行为；我知道你不是一个懦夫。你的感情，据你说的，也没有可以指责的地方；我说这有罪只是因为过早了一点。吉特吕德还不会做事谨慎，我们要替她谨慎。这是一个良心问题。”

雅克为人这点上很杰出，要制止他只须说这句简单的话：“我向你的良心要求”，在他的儿童时代我经常利用。可是我瞧着他，心里在想，要是吉特吕德能够看到，她也会情不自禁欣赏这个颀长柔软、既挺直又灵活的身材，这个没有皱纹的额头，这个光明磊落的目光，这个稚气未脱的面孔，但是这样的面孔突然笼罩上了一种庄重的神色。他没戴帽子，铅灰色头发留得很长，在太阳穴旁带点儿鬈曲，半掩着耳朵。

“还有这件事我要问你，”我从我们同坐的长椅上站起身时又说，“你以前说你想在后天动身，我请你不要推迟行期了。你应该在外面待上整整一个月；我请你不要把这次旅行缩短一天。这样说定了怎么样？”

“好吧，爸爸，我听您的。”

我觉得他变得苍白极了，就是嘴唇也没有了血色。但是我却自以为得计，他那么快屈服可见他的爱情并不很强烈；我感到一种难以形容的宽心。不过我对他的顺从也很有感触。

“我又见到了我一直爱的孩子。”我轻轻对他说，把他朝我身上拉，吻了吻他的前额。他略微往后退缩；但是我不愿意心存不快。

三月十日

我家的房屋很小，大家不得不挤在一起生活，有时使我工作起来不方便，虽然我在二楼辟出了一个小间，我可以在里面躲开别人或接待访客；逢上我要单独跟一个孩子谈话，而又不想使谈话显得过于严肃，那就更不方便了。在那间会客室里谈话就会这样，孩子们戏称那里是圣地，平时是不许他们进去的；但是今天早晨雅克动身去了纳沙特尔，要在城里买几双旅行鞋；又由于阳光十分灿烂，孩子们吃了早饭后就和吉特吕德一起出去了，大家领着她，同时又被她领着。（我在这里高兴地提到夏洛特对她关怀备至。）到了午茶时刻，自然只剩下阿梅莉和我两人，我们总是留在共用的客厅里喝茶。这正是我希望的，因为我急于要和她谈话。我和她面对面的机会真是少得可怜，我竟像是感到了胆怯，想到我的谈话的重要性心里发慌；仿佛要谈的不是雅克的心曲，而是我自己的心曲。在说话以前，我也感到共同生活、彼此相爱的两个人也会是（或变成）对方的一团谜，中间隔了一道墙；在这种情况下，不论我们向另一个人说的话。还是另一个人向我们说的话，听起来非常凄凉，像是探测锤在试敲几下，看看隔离墙的厚度，若不加小心，这道墙头还会增厚……

“昨天晚上，还有今天早晨，雅克对我说，”她沏茶时我开始说——昨天雅克的声音有多么坚定，我的声音也有多么颤抖，“他对我说起他爱吉特吕德。”

“他对你提起这件事做得很对。”她说，没有瞧我，也没有放下手头的家务活，仿佛我向她宣布一桩非常自然的事，或不如说仿佛我什么也没有告诉她。

“他对我说他想娶她；他决心……”

“这事早就可以预料到的。”她喃喃说，轻轻耸肩膀。

“那么你早有所怀疑了？”我说，带点儿神经质。

“这件事看在眼里已有很久了，只是男人不会注意罢了。”

因为反驳没有多大意思，再说她的抢白中可能也有对的地方，我只是表示一下异议：

“这样的话你早就可以提醒我啦。”

她嘴角一抿，露出一丝痉挛似的微笑，有时她就用这种微笑伴随和掩饰她的不情愿，她摆动侧着的脑袋：

“你不会注意的事都要由我来提醒么！”

这句含沙射影的话指什么呢？我不知道，也不想知道，我绕过这个话题：

“反正我是想听听你对这件事的看法。”

她叹口气，然后说：

“你知道，我的朋友，我一直不赞成这个女孩由我们收留下来。”

看到她又旧事重提，我好不容易才不发火。

“吉特吕德在这里的事不谈。”我说。但是阿梅莉已经往下说：

“我一直在想这不会带来什么好事。”

我渴望我们趋于一致，听了这句话很称心。

“那么你认为这么一桩婚事不是什么好事。那好。我要听你说的就是这句话；很高兴咱们想到一块儿去了。”我还说我向雅克提出我的理由时他倒也很听话，以致她也不用再为此担忧了，这都说定了，他明天去旅行，在外面过上整整一个月。

“我不见得比你更愿意他回来见到吉特吕德还在这里，”我最后说，“我想到最终还是把她托给德·拉·M小姐，在她家我可以继续去看她；因为我毫不隐瞒我对她是负有真正责任的。我不久前向新房东探过口风，她乐意为我们效劳。这样少了一个叫你烦的人，你也可以松口气。路易丝·德·拉·M照顾吉特吕德；她对这样的安排显得很高兴；她已经很高兴给她上起了音乐课。”

阿梅莉好像决心保持沉默，我又说：

“免得雅克瞒了我们到那里去找吉特吕德，我相信最好还是把情况告诉德·拉·M小姐，你认为怎么样？”

我提出这个问题试图引她说一句话，但是她抿紧嘴唇，好像发誓什么话也不说一句。我继续说，不是有什么话要补充，而是因为我忍受不了她的沉默。

“还有，雅克旅行回来也可能早已忘了爱情。在他那个年纪的人懂不懂得自己的欲望？”

“哦！即使年纪大的人也不见得懂自己的欲望吧。”最后她阴阳怪气说了一句。

她的谜语般、判决书式的声调叫我听了发恨，因为我这人生性直率，不习惯那些故弄玄虚的话。我朝她转过身，要求她给我解释一下她这里面含有的意思。

“没什么，我的朋友，”她悲哀地说，“我只是想起你一会儿以前，还希望人家把你没有注意到的事提醒你呢。”

“那又怎么啦?”

“怎么啦，我对自己说要提醒也不容易。”

我说过我讨厌故弄玄虚；原则上我从不去揣测什么弦外之音。

“你要是愿意我听懂你的话，你尽管说得明白一点。”我又说，可能说得有点粗暴，立刻又感到后悔，因为我看到她的嘴唇哆嗦了一下。她转过头去，然后站起身在房间犹犹豫豫，也像磕磕绊绊走了几步。

“你说呀，阿梅莉，”我大声说，“现在不都恢复原状了么，你还难过什么呢?”

我感觉我的目光使她难受。我对她说时，转过背，肘子靠在桌子上，手托着头：

“对不起，刚才我对你说话很生硬。”

这时我听到她向我走过来，然后我感觉她的手指轻轻放在我的额头上，她的声音温柔而又带着哭腔对我说：

“我亲爱的朋友!”

然后她立刻离开了房间。

阿梅莉的话，在我看来故弄玄虚，不久以后逐渐叫我明白过来了。这些话我原封不动地记了下来；那天我只是明白这是吉特吕德应该走的时候了。

三月十二日

我给自己确定一项义务，每天给吉特吕德留出一点时间；根据每天的工作安排留几小时或者几分钟。在我跟阿梅莉谈话后的第二天，我相当清闲，又加上天气晴朗，我带着吉特吕德穿过树林，直至汝拉山脉的豁口；在这里，风和气清时，目光通过交叉的树杈，越过一层淡雾，会在广袤田野的另一边发现阿尔卑斯山的雪顶美景。当我们抵达常坐的地方，太阳已经在左边斜落。脚下伸展着一片低矮浓密的草地，远处有几头奶牛在啃草；山区的牛群放牧时，每头牛脖子上都挂一个铃。

“铃声也在描绘风景。”吉特吕德听着铃声叮当说。

她像每次散步时一样；要求我向她描述我们待的地方的风景。

“但是，”我对她说，“这里你熟悉的，就是看得见阿尔卑斯山的那个森林边缘。”

“今天阿尔卑斯山看得清楚吗？”

“山里的壮丽景色一览无遗。”

“您跟我说过阿尔卑斯山每天都有点儿不同。”

“今天我把它比作什么呢？比作夏日的干渴。黄昏以前阿尔卑斯山就要溶解在空气中了。”

“我要您告诉我，我们面前的大草地上有没有百合花？”

“不，吉特吕德；这样的高山上不长百合花；或者只长些稀有植物。”

“人家不是说野地里的百合花吗？”

“野地里是不长百合花的。”

“就是纳沙特尔附近的野地里也不长吗？”

“野地里不长百合花。”

“那么主为什么对我们说：‘瞧野地里的百合花’？”

“既然是主说的，他那个时代就是有的了。但是人的庄稼使它们绝了种。”

“我记得您经常对我说，大地上最需要的是信任和爱，您不认为人抱着更多的信任又会看到野地里的百合花吗？当我听到这句话时，我向您保证，我是看到的。我来给您描述野地里的百合花，您要听吗？像是火红的小钟，蓝色的大钟，洋溢爱的芬芳，在黄昏的风中摇摆。您为什么要对我说我们面前没有呢？我感觉到的！我看到草地上都是！”

“我的吉特吕德，这些百合花不会比你看到的更美。”

“您要说也不会没我看到的那么美。”

“跟你看到的一样美。”

“‘我要告诉你们，就是所罗门极荣华的时候，他所穿戴的，还不如这花一朵呢！’”她引用基督的比喻，听她说得那么婉转动人，我觉得我还是第一次听到这句话。“极荣华的时候”，她若有所思地反复说，然后她有一会儿沉默不语。我又说：

“吉特吕德，我跟你说过这话：有眼睛的人是不知道看的人。”我从心底听到这声祈祷升起：“主啊，我感谢你，因为你将这些事，向聪明通达的人，就藏起来，向婴孩就显出来！”

“您要是知道，”她趁一时兴奋大叫了起来，“您要是能够知道，这一切在我多么容易想象那就好了！您要不要让我给您描述一下风景？在我们背后，左右上下，都是巨大的枞树，发出树脂的香味，枣红色树干上斜伸出长大的黑树枝，被风吹得弯下来时就吱吱嘎嘎响。在我们的脚下，色彩斑斓的大草地像一部打开的书，斜放在山坡书桌上，在黑影下它发蓝，在阳光下它放黄光，上面的花朵——龙胆花、银莲花、毛良花、美丽的所罗门百合花——像文字一样历历分明。母牛带着它们的项铃来认字，天使也过来阅读，因为您说人的眼睛是闭着的。在书的下方，我看到一条奶白色大河，烟雾腾腾，遮住山谷充满神秘，一条无边无际的大河，流到离我们前面极远的地方才看得见岸，那是天光闪闪的美丽的阿尔卑斯山……那里是雅克要去的地方。告诉我，他明天动身是真的吗？”

“他明天要走的。这是他告诉你的？”

“他没有告诉我。但是我明白，他要有很长时间不在这里吗？”

“一个月……吉特吕德，我要问你……你为什么不把他来教堂找你这件事告诉我？”

“他来找过我两次。哦！我不愿意向你隐瞒什么！但是我怕叫您不好受。”

“你不告诉我才叫我不好受哩。”

她的手搜索我的手。

“他要走很伤心。”

“吉特吕德，告诉我……他跟你说过他爱你吗？”

“他不曾跟我说过；但是我不用人家说就感觉得到的。他不像您那么爱我。”

“吉特吕德，你看到他走难受吗？”

“我想他还是走的好。我没法回报他。”

“但是你说，你看到他走难受吗？”

“牧师，您知道我爱的是您……哦！您为什么把手抽回去啦，您要是没有结婚我就不会跟您这样说了。但是谁也不会娶一个瞎眼的姑娘的。那么我们为什么就不能相爱呢？牧师，您说，您觉得这不好吗？”

“爱决不会是不好的。”

“我觉得自己心中只有一片好意。我不愿意叫雅克难受，我愿意谁都不要因为我难受……我愿意给人的是幸福。”

“雅克想过要向您求婚。”

“您让我在他走以前跟他谈一谈吗？我要他明白他应该放弃对我的爱情。牧师，您明白的，是不是，我是谁也不能嫁的？您让我跟他谈一谈，可以吗？”

“今晚谈吧。”

“不，明天，他动身的时候……”

太阳在绚丽彩霞中下山了。空气温和。我们站起来，一边说，一边沿着黄昏的小路回去。

第二册

四月二十五日

我不得已把这本册子放下一段日子。

雪最后终于溶化了，我们的村子与世隔绝的长时间内，我被迫把许多任务往后挪，道路一通，我必须把它们料理完毕。只是到了昨天，我才有了一些空闲。

昨夜我把写在这里的内容又全部看了一遍……

今天我才敢于直言我心中那么久未予以承认的感情，然而我也说不清楚我怎么会迷糊到现在；我转述阿梅莉的某些话在我看来怎么会是故弄玄虚呢；吉特吕德做出天真的表白后，我为什么还能够怀疑我是不是在爱她。我决不同意婚姻以外还有可以认可的爱情，同时我也不同意在我对吉特吕德的满腔热情中有什么违禁的邪念。

她的表白天真坦率使我安心。我心想：这是个孩子。真正的男女之爱不会不羞惭脸红的，而我深信不疑的是我爱她如同爱一个残疾的孩子。我照料她如同照料一名病人；我把命运的卷入当作一种道德责任，一种义务。是的，说真的，那天晚上她对我说了我记下来的那些话，我觉得心情轻松愉快，以致还在误解自己，在转述这些话时还是如此。因为我相信爱情是该受谴责的，我认为一切该受谴责的事使人心情沉重，我心情不感觉沉重，也就不相信这是爱情了。

我把这些对话不但转述得毫无差异，而且还把当时说话的心情记了下来。说实在的只是昨夜重读时我才明白。

雅克离开以后不久，我们的生活又恢复往常的平静。我让吉特吕德在走前跟雅克谈话，雅克只是到了假期的最后几天才又回来。他有意回避吉特吕德或者只在我的面前跟她说话。吉特吕德按照商定的办法，寄住在路易丝小姐家里，我每天到那里去看她。但是我害怕又提爱情，有意对她不再说到引起我们激动的事。我只是以牧师的身份对她说话，经常还当着路易丝的面，主要操心的是宗教教育；还为她在复活节领圣餐一事做准备。

复活节那天，我自己也领了圣餐。

那是两周前的事了。雅克回来度假，跟我们待上一周，令人诧异的是他没有陪我到圣坛旁边。我还要怀着最大的遗憾说阿梅莉也同样缺席，这还是我们结婚后第一次。好像他们事前通过气，存心不出席这次庄重的聚会，让我的喜悦蒙上一层阴影。此时，我还庆幸吉特吕德没有看到这一切，从而只是我一个人承受阴影的重量。我对阿梅莉太了解了，不会不明白她这样做实际上包含了对我的一种责备。她从不对我公开不满，然而她会抽身回避来对我表示她的反对。

这类怨恨——我要说的是我不屑一顾的怨恨——却会压抑阿梅莉的灵魂，使它背弃最高利益，这点使我深感不安。一回到家我诚心诚意为她祈祷。

至于雅克的缺席，那是完全另有原因，不久以后我跟他谈了一次话，事情就水落石出了。

五月三日

为了指导吉特吕德的宗教教育，我用一种新目光又读了一遍

《福音书》。我愈来愈看清，组成我们基督徒信仰的许多观念不是出自基督的原话，而是出自圣保罗的注解。

我不久跟雅克讨论的也就是这个主题。他天性有点呆板，心灵不能给思想提供足够的养料，他变得因循守旧，死抠教条。他责备我在基督学说中挑选"迎合我的内容"。但是我不选择基督的片言只语。只是在把基督与圣保罗作比较时，我选择了基督。他害怕把他们两人对立，拒绝把这两人分开，也不承认从他们两人得到不同的启示，如果我对他说我在圣保罗那里听到的是一个人的声音，而在基督那里听到的是上帝的声音，他大不以为然。他愈争辩，愈使我相信这件事；他感觉不出基督的一字一句都体现了独一无二的神意。

我读遍《福音书》，徒然寻找命令、威吓、禁戒……这一切都只是来自圣保罗。在基督的圣训中是找不到的，恰是这个使雅克感到为难。像他这一类人，一旦身边没有了监护人、依据、禁律，就找不到方向。此外他们放弃了自由，也不容许其他人有自由，希望用强制的手段去得到别人准备用爱来给他们的东西。

"不过，爸爸，"他对我说，"我也希望大家幸福。"

"不，我的朋友；你希望大家顺从。"

"顺从中存在幸福。"

我讨厌吹毛求疵，也就让他说完最后一句话不再接口；但是我知道，有的事只是幸福的结果，把幸福的结果作为幸福去追求，这会破坏幸福；如果真的认为充满爱的人在自愿的顺从中感到喜悦，这种没有爱的顺从比什么都使人远离幸福。

目前而言，雅克很会说理，这么年轻的人的思想中已经有那么多僵硬的教条，叫我见了痛心，否则，我必然会欣赏他的论证的高超和逻辑的一致。我经常觉得我比他还年轻，我今天也比我昨天年轻，我又对自己说起这句圣训：“你们若不变成小孩子的样式，断不得进天国”。

把这一条主要看成**达到幸福生活的一种方法**，是不是背叛基督，是不是贬低和亵渎《福音书》？对基督徒来说，快乐心境是一种义务，我们心生怀疑，心地冷酷，这影响了快乐心境。每个人多少都会快乐的。每个人都应该走向快乐。我从吉特吕德的笑容中得到的体会超过我给她说教得到的启发。

基督的这句圣训在我面前闪闪发光。“你们若瞎了眼，就没有罪了”。罪，是使灵魂黑暗的东西，是反对快乐的东西。吉特吕德全身洋溢的美满幸福，来自她不知道什么是罪。她心中只有光明，只有爱。

我把《四福音书》《诗篇》《启示录》和《约翰三书》，交到她警觉的双手里。在《约翰三书》中她可以读到“神就是光，有他毫无黑暗”，就像在她的《福音书》中她可以听到救世主说：“我是世界的光；跟从我的就不在黑暗里走。”我不把保罗书信给她，因为她若瞎了眼，就没有罪了；“叫罪因着诫命更显出是恶极了”（《罗马书》第七章第十三节），以及紧接后面的论证，不管写得多么美丽动人，又何必让她读到后产生不安呢？

五月八日

马尔丁医生昨天从拉绍德封过来。他用检眼镜仔细检查了吉特吕德的眼睛。他对我说他向洛桑的眼科专家鲁医生谈到古特吕德，他要把观察结果向他汇报。但是我们约定，一切还没有定论以前决不向她提起。马尔丁在诊断后会向我报告的。在吉特吕德心中燃起一个立刻又可能熄灭的希望，这有什么好呢？况且，她这样不幸福吗……

五月十日

在复活节，雅克和吉特吕德又见面了，在我面前——至少雅克又见到了吉特吕德，跟她说了话，但只是些无关紧要的话。他表现的情绪不及我担心的那么激动。我又一次深信，他的爱若真的炽烈，决不会那么轻易低落，虽然吉特吕德去年在他动身前对他说过，这样的爱永远是毫无希望的。我还听到他现在以“您”相称，这样自然更好。我可没有要求他这样做，因而我很高兴他是自己明白这个道理的。不可否认他的本质是很好的。

我还是在猜疑，雅克这么顺从不会没有争执和斗争。可虑的是他不得不强加于自己心灵的约束，在他看来本身就是对的；他也希望看到这种约束强加于大家身上。我在上面那次讨论时已经感觉到这点。拉罗什富科[①]不是说过精神经常受心灵的欺骗？不用说我不敢马上让雅克注意到这点，我熟悉他的脾气，把他看作是愈讨论愈固执己见的这类人。但是当天晚上，读到了——恰巧在圣保罗的著作中（我只能用他的武器来攻击他）——对他的答复，我有意在他的房间留下一张纸条，上面写着：“吃的人不可轻看不吃的人；不吃的人不可论断吃的人；因为神已经收纳他了。”(《罗马书》第十四章第二节[②])

我原本也可以把下面的话抄录下来：“我凭着主耶稣确知深信，凡物本来没有不洁净的；唯独人以为不洁净的，在他就不洁净了。”但是我不敢，深恐雅克以为我思想中对吉特吕德有什么

① 拉罗什富科（1613—1680），法国哲学家。
② 原文有误，应为第三节。

不恭敬的看法，在他的头脑里也不应该掠过这种念头。显然这里指的是食物；但是在《圣经》中有多少其他章节令人读了赋予二重和三重的意义？（“假如你一只眼……”[①]；增饼故事[②]；迦拿婚宴神迹[③]等）我不在这里吹毛求疵了；这个章节的意义博大精深；是爱德而不是法律才可以对其限制的，圣保罗在这以后立即喊叫起来：“你若因食物叫弟兄忧愁，就不是按着爱人的道理行。”这是少了爱，我们才受到魔鬼的攻击。主啊！把一切不是爱的东西从我心中除去吧……因为我不该向雅克挑衅。第二天我在我的桌面上，发现了我抄录引言的那张便条，在便条的背面雅克只是抄录了同一章的另一段话：“基督已经替他死，你不可因你的食物叫他败坏。”

我把那一章前前后后都念了一遍。这引起一场无休止的争论。我用这些不知所云的话去搅乱，用这些乌云去遮盖吉特吕德的明亮天空吗？当我教育她，使她相信唯一的罪是侵犯别人的幸福或者是损害我们自己的幸福时，我不是更接近基督，也让她去跟基督靠近吗？

唉！有的人对幸福就是冥顽不灵，生硬，笨拙……我想到我可怜的阿梅莉。我不断地邀请她、催促她、还逼迫她走近幸福。是的，我愿意把每个人送入天国。但是她不断地退避，不敞开胸怀，像阳光也无法使之盛放的花朵。她看到的一切使她不安，使她难受。

“我的朋友，那有什么办法呢，”那天她回答我说，“我又不是生来就瞎了眼。”

---

① 事见《马可福音》第九章第四十七节，说“倘使你一只眼叫你跌倒，就去掉它”。
② 事见《马太福音》第十五章，基督用七个饼和几条鱼让几千人都吃饱了。
③ 事见《约翰福音》第二章，耶稣在婚宴中变水为酒。

啊！她的嘲讽叫我听了痛苦之极，我尽量忍气吞声才不让自己感到心烦！我觉得她心里明白得很，含沙射影攻击吉特吕德的残疾最使我伤心。然而也却让我感觉到，我欣赏吉特吕德的最大优点是她的无限善良。我从没听到她对其他人有过任何怨言。我没有让她知道任何可能会伤她心的事情，这也是真的。

幸福的人借助爱的辐射，在身边扩散幸福，而阿梅莉周围一切黯淡阴郁。阿米埃尔[①]写到他的灵魂放出的是黑光。访贫问苦，探视病人，经过一天的奋斗，在日落后回到家，有时劳累不堪，一心渴望休息、体贴、温馨；经常在家里得到的只是操心、指责、互不相让，相比之下，怎么说也宁可忍受户外的冷风凄雨。我知道我们的老罗莎莉做事自以为是；当阿梅莉执意要她屈服时，罗莎莉并不总是错的；况且她自己也不总是对的。我也知道夏洛特和加斯帕尔闹得厉害；但是阿梅莉对着他们叫得轻些，少些，收到的效果不是更好吗？那么多的嘱咐、警告、斥责到头来失去了棱角，犹如海滩上的鹅卵石；不胜其烦的不是孩子，而是我。我知道小克洛德正在长牙（每次他开始哭叫时，至少他的母亲是这样说的），但是她和萨拉忙不迭地跑过去，不停地爱抚，岂不是鼓励他哭叫吗？我深信在我不在的时候让他哭叫个痛快，这样几次以后他会哭叫得少了。但是我知道那时候她们只会更加起劲去哄。

萨拉像她的母亲，因此我很乐意把她送到寄宿学校去。她要是像我们当年订婚时的母亲倒也罢了，而是像在物质生活中操劳后变成的母亲，我几乎要说生活操劳的产物（因为阿梅莉自己何尝不在劳心劳力）。说实在的，我今天在她身上很难认出从前的天使，从前她对我内心有什么高尚的冲动总是微笑相对，我梦

① 阿米埃尔（1821—1881），瑞士作家。

想跟她在生活中融为一体，她像是走在我前面，引导我走向光明……也许那时候是爱情在哄骗我吧？……因为我在萨拉身上看到的除了俗念以外没有其他想法；她也像母亲那样终日忙些琐碎小事；她脸上的五官也是呆板生硬，内心没有一点火焰使它灵动飞扬。对诗歌、对一般的阅读都毫无兴趣。当她与母亲在一起时，我从未听到过她们谈话中有什么内容是我乐意参与的；我在她们身边比我抽身回到书房后更加孤独，因而我也养成了频频进书房的习惯。

自从秋天以来，趁着夜色来得早，每次探访工作允许，也就是说我可以早些回来时，到德·拉·M小姐家里去喝杯茶。我还没有提到从上次十一月份以来，路易丝·德·拉·M小姐除了吉特吕德以外还收留了三个盲女孩，那是马尔丁给她介绍的。由吉特吕德教她们识字和做各种小手工活，这些小女孩这方面已经显得很灵巧。

每次当我走进屋名为“谷仓”的温暖氛围中，感到莫大的安宁和慰藉，有时两三天没有过去就像失去了什么似的。德·拉·M小姐完全有能力收留吉特吕德和那三名寄养的女孩，不用为她们的日常起居犯难发愁，有三名女仆忠心耿耿地帮助她操劳一切，但是可不可以说财富与时光都有了恰到好处的安排呢？路易丝·德·拉·M一生悉心照料穷人；她有极为虔诚的灵魂，仿佛生来为这个人世奉献自己，完全是为了爱而生活的，尽管她一头银发，戴一顶镂空花边软帽，她的微笑却无比天真，手势无比和谐，声音无比悦耳。吉特吕德沾染了她的动作姿势，她的说话方式，特有的一种语调，不光是声音，还有思想方法，她们全身心地相像，我还对此开过玩笑，但是她俩谁都不同意觉察到了这一点。当我有时间滞留在她们身边，看到她们两人挨着坐，吉特吕德把额头靠在她的朋友的肩膀上，或者一只手放在她的两手中，听着我朗读拉马丁或雨果的诗句，我真是感到甜蜜啊：凝望着诗情在这两颗清澈的心灵里的返照，我真是感到甜蜜啊！即使那些小女孩对此也不会无动于衷。这些孩子，在和平与爱的氛围中，智力发展神速，取得令人注目的进步。当路易丝小姐对我谈起要教她们跳舞，我起初只是微笑；但是今天看到她们动作婀娜多姿叫我赞叹不已，可是路易丝·德·拉·M要我相信，她们虽看不到动作，但是动作时会感到肢体协调和谐。吉特吕德跳起这些舞来优美雅致，陶醉其中。有时路易丝·德·拉·M参加小女孩的游戏，吉特吕德就坐在钢琴前。她弹琴进步令人吃惊；现在每个礼拜天她在教堂里弹起了风琴，在唱圣歌开始前即兴演奏几首小曲子。

每个礼拜天，她到我家吃中饭；我的孩子见到她很高兴，尽管他们各方面的情趣愈来愈不相同了。然后全家陪吉特吕德回去在“谷仓”吃点心。这对我的孩子是一个节目，路易丝对他们宠爱有加，在他们身上装满了糖果。阿梅莉本人对这番好意也怦然心动，最后也笑逐颜开，看上去年轻不少。我相信今后在她平淡无奇的人生列车中，少了这样的停车站，也会感到不自在的。

五月十八日

现在美好的日子又回来了，我又能够带了吉特吕德出门去了，我已有很久没有这样做（因为最近又飘了几场雪，道路在前几天还是令人望而生畏），我也有很久没有单独跟她一起了。

我们走得很快；寒风吹红了她的两腮，不断地把她的金发吹到面孔前。我们沿着一条泥灰沼地走，我采摘几朵开花的灯心草，插在她的贝雷帽上，然后我又把它跟她的头发编在一起防止吹落。

我们几乎还没有说过话，还正为我们单独相处感到惊奇，这时吉特吕德向我转过她没有目光的面孔，突然问：

“您相信雅克还爱着我吗？”

“他拿定主意放弃你了。”我立即回答。

“但是您相信他知道您爱我吗？”她又说。

自从我提到的去年夏季那次谈话，已过去十几个月了，关于“爱”这个字在我们中间从未说出口过（我也奇怪）。我们从未单独一起，我说过，还是这样的好……吉特吕德的问题使我心跳剧烈，我不得不要放慢我们的步子。

“但是，吉特吕德，每个人都知道我爱你。”我大声说。她没有给搪塞过去。

“不，不；您没有回答我的问题。”

沉默一阵后，她低着头又说：

“阿梅莉姑妈知道这件事吧；我不知道有没有使她不开心。”

“没这件事她也不开心，”我不同意，但是语气很虚，“她天性生来就不开心。”

“哦！您总是竭力要我安心，”她说时有点儿不耐烦，“但是我不要安心。有些事，我知道，您就是有意不让我知道，怕我不安或者怕我难过；有些事我不知道，因而有时候……”

她的声音愈来愈低；她停顿不说，仿佛接不上气来。我接了她的话头问：

“因而有时候？”

“因而有时候，”她悲切地又说，“我从您这里得到的幸福都像是由于无知而来的。”

“但是，吉特吕德……”

“不要打断我，让我跟您说：我不要这样一种幸福。您明白我的……我不在乎幸福。我宁可要知道。有许多事，当然是悲哀的事，我看不见，但是您没有权利让我蒙在鼓里。我在冬天那几个月里想得很多；我怕，您看到，整个世界不像您让我相信的那么美，牧师，甚至相差很大。”

“是的，人经常把世界弄丑了。”我战战兢兢据理力争，因为她的思想的冲势叫我害怕，我试图避开这个势头，同时对成功不抱希望。她好像就等待着这几句话，因为她把这话立即抢了过去，似乎有了这一环节，链条就能连接上了。

“正是这样，”她喊道，“我要肯定的是我没有增添罪恶。”

好一会儿，我们在沉默中继续快步走。能够对她说的话还未说出口，我就感觉跟她的想法是冲突的，我担心引出一句会决定我们两个命运的什么话。想到马尔丁对我说起，医生可能会让她重见光明，我就郁郁不乐。

“我要问您，”她终于又说，“但是我不知道怎么说……”

无疑她鼓起全部勇气来说，就像我鼓起全部勇气来听。但是我怎么会料到这个使她苦恼不已的问题：

“瞎子生的孩子是不是一定是瞎子？”

我不知道我们两人中谁被这场会话压得更喘不过气来；但是现在我们必须把话说下去。

“不，吉特吕德，”我对她说，“除非非常特殊的病例。说他们一定是瞎子是没有一点理由的。”

她听了如释重负。我真愿意轮到我来问她为什么提这样的问题。我没有勇气，继续笨拙地说：

“但是，吉特吕德，要有孩子必须先结婚。”

“牧师，别跟我这么说。我知道事实不是这样。”

“我对你说的都是正派人的话，”我反驳说，“但是人和上帝的律法禁止的事，从自然规律上来说确实也是可以办到的。”

“您经常对我说上帝的律法也就是爱的律法。”

“那里说的爱不是大家所说的爱德的爱。”

“你是以爱德来爱我的吗？”

“我的吉特吕德，你知道不是的。”

“那么您承认我们的爱是越出上帝的律法的爱了？”

“你说的是什么意思？”

“哦！您知道得很清楚，这不应该由我来说。”

我徒然努力回避：我的论据一败涂地，我的心也步步后撤。我气急败坏地喊：

“吉特吕德……你认为你的爱是有罪的吗？”

她纠正说：

“是我们的爱……我想我应该这样认为。”

“那又怎么样呢？”

我听到我的声音里像有一种恳求，而她接着一口气说完：

“但是我已不能够停止爱您了。”

这一切都是昨天发生的。我起初写下来犹豫不决……我不记得散步是怎样结束的。我们步子匆匆，像是在逃跑，我把她的手臂紧紧挟住。我的灵魂早已离开了躯体——我觉得路上的小石子也会把我们两人绊倒。

五月十九日

今天早晨马尔丁回来了。吉特吕德可以做手术。鲁医生也加以证实，要求把她交给他一段时期。这事我不能反对，可是我怯懦地要求考虑。我要求让我使她慢慢适应……我的心应该欢乐跳动，但是我却感到它压在胸内沉甸甸的，有一种难以言表的不安。想到要向吉特吕德宣布她可能重见光明，惘然若失。

五月十九日夜

我又见到吉特吕德，我没有向她透露一点口风。今晚在“谷仓”，客厅里没有人，我径自上楼走进了她的房间。只有我们两人。

我长时间把她搂在怀里。她没有做一个动作表示反抗，她向我抬起头，我们的嘴唇合在一起了……

五月二十一日

主啊，您使黑夜那么深沉，那么美，是为了我们吗？是为了我吗？空气温煦，月光从打开的窗户洒进来，我倾听苍穹中无边的沉默。我无言地对着天地万物出神；心已融化其间，感到说不清的崇敬。我只能语无伦次地祈祷。爱若有一种限制，不是由您——我的上帝——定的，而是人定的，哦！不论我的爱在人的眼里显得多么有罪，哦！您跟我说在您的眼里是神圣的。

我竭力使自己超越罪的概念；但是罪好像是不可容忍的，我决不愿意抛弃基督。不，爱吉特吕德是一种罪我不接受。我只有把自己的心消除才能消除心中对她的这份爱，这是为什么？我就是已经不爱她，我也会出于怜悯而爱她；不再爱她，这也是背叛她：因为她需要我的爱……

主啊，我再也不明白……我明白的只有您了。指引我吧。有时我觉得我在黑暗中愈走愈深，她会重见光明的，而使我眼里一片漆黑。

吉特吕德昨天住进了洛桑医院，二十天后才会出院。我等待她回来，惶惶不可终日。马尔丁会去把她接回来的。她要我答应出院前别去看她。

五月二十二日

马尔丁来信：手术圆满成功。感谢上帝！

五月二十四日

直到那时为止，她爱我，然而她没有看见过我；想到我要被她看见，使我忐忑不安。她会认出我吗？生平第一次我焦虑地对着镜子端详。要是我感觉她的目光不像她的心那么宽容、那么多情，我该怎么办？主啊，有时我好像觉得需要她的爱来爱您。

五月二十七日

工作繁忙，这几天过得不至于过分性急难熬。每件事使我无暇他顾，都是值得赞美的；可是她的形象从早到晚萦绕脑际。

明天她要回来了。阿梅莉整个星期在我面前显出性格中的诚朴厚道，似乎拿定主意要我忘记那个不在的少女，跟孩子们一起准备迎接她的归来。

五月二十八日

加斯帕尔和夏洛特到林子里和草地上采花，他们把能够采到的都采来了。老罗萨莉做了一个大蛋糕，萨拉用金纸在蛋糕上裱花，什么图案我也说不出来。我们都等待她中午过来。

为了熬过这段等待的时刻，我在这上面写。现在是十一点钟。我时时刻刻抬起头，朝着马尔丁的车子会走近的那条路看。我强制自己不走去迎接他们：顾念到阿梅莉，最好还是不要突出我个人的迎候。我的心要往外蹿了……啊！他们来了！

二十八日晚上

我陷入了多么可怕的黑夜！怜悯我吧，主啊，怜悯我吧！我放弃爱她，但是您，不要让她死去！

我怕得多么有道理啊！她做了什么？她要做什么？阿梅莉和萨拉对我说，陪她走到了“谷仓”的门前，德·拉·M小姐在里面等她。她就是要往外走……发生什么啦？

我努力理清我的思绪。他们跟我说的事无法理解，或者相互矛盾，在我心里形成一团乱麻……德·拉·M小姐的园丁刚才把她送回“谷仓”，她已不省人事；他说他之前看到她沿着河走，然后跨过花园的桥，然后弯下身，然后人影不见了；但是他起先不明白她会掉下去，没有按照常理急于奔过去；他在小水闸附近找到她的，流水把她冲到了那里。当我稍后见到她时，她还是没有苏醒过来；或者至少又陷入了昏迷，因为用药以后她醒来过一阵子。上帝保佑，幸好马尔丁还没有离开，他也难以解释她怎么会陷入这类木僵和无痛苦的状态；他问了她也没用；可以认为她什么也没听见或者她铁了心不开口。她的呼吸一直很急促，马尔丁害怕肺充血；他使用了芥子泥和吸杯，答应明天再来。错误的是大家忙于抢救，没顾到把她裹在身上的湿衣服脱下；河水冰冷刺骨，德·拉·M小姐一个人曾从她嘴里听到几句话，说她要采几朵在河岸一边盛开的勿忘我，她还不善于计算距离，或者把浮动的花毯当作了实土，她突然一脚踩空……这话我能相信吗？我若使自己相信这只不过是一件意外事故，我的灵魂可以卸下多么可怕的重担！那顿饭吃时还是快快活活，但是她的面孔自始至终保持那种奇异的笑容，叫我不安；这是一种勉强的笑容，我从未见她有过，但是我竭力去相信这是她目光新了，笑容也变了。这种笑容仿佛从她的眼睛里流淌出来，像泪水似的落在我的脸上，相比之下其他人鄙俗的欢乐叫我气恼。她没有加入大家的嬉笑！可以说她发现了一个秘密，要是我单独跟她一起无疑会告诉我的。她几乎不说一句话；但是这并不奇怪，因为跟其他人一起时，别人闹得愈凶的时候，她经常是不出一声的。

主啊，我求您，允许我对她说话。我需要知道，不然我怎么度过余生呢？可是如果她坚持不愿意活下去，是不是正好说明已经**知道**了呢？知道什么？我的朋友，到底什么可怕的事让您知道了？我对您隐瞒了什么事叫您突然看到后会自寻短见呢？

我在她床头度过两个多小时，眼睛一刻不离开她的额头，她的苍白的面颊，她的清秀的眼皮，带着一种说不出的忧伤紧闭着，她的湿漉漉的头发像海带似的散披在枕头上——我还听着她的不均匀和不顺畅的呼吸音。

五月二十九日

我正要去“谷仓”的时候，路易丝小姐差人来叫我。经过一个较为平静的夜晚，吉特吕德终于脱离麻木状态。当我走进她的房间，她对我微笑，向我示意走到她的床头。我不敢问她，毫无疑义她也害怕我的问题，因为她立即对我说话，好像为了防止一切感情冲动：

“我在河面上要采的这些蓝色小花，你们是怎么叫的？蓝得像天空的颜色。你手脚比我利落，愿意给我去采一束来吗？我要放在床边……”

她的声音有意装得高高兴兴，叫我听了难受，她肯定也看在眼里，因为她又较为认真地接着说：

“今天早晨我不能对您说：我太累了。您去给我采花吧，好吗？您过会儿回来。”

当我一小时后给她带回一束勿忘我，路易丝小姐对我说吉特吕德又休息了，在晚上以前不能见我。

今天晚上我又见到她了。她的床上堆了几只靠垫，撑着她几乎坐了起来。她的头发现在编成辫子盘在头上，还插了我给她带回来的勿忘我。

她肯定在发烧，显得气喘吁吁。我向她伸出手，她揣在发烫的手中不放；我在她旁边站着。

“牧师，我应该向您承认一件事，因为我怕我今晚会死去。”她说，“今天早晨我向您撒了谎……这不是为了去采花……我要是跟您说我要自尽您原谅我吗？”

我跪倒在她的床边，把她的虚弱的手握着不放；但是她拉出手开始抚摩我的额头，而我把面孔埋在被子里不让她看见我的眼泪，听到我的呜咽。

“您认为这样做很不对吗？”她又温柔地说；因为我一句也没有回答。

“我的朋友，我的朋友，您很明白，我在您的心中、您的生活中占据了太多的位子。当我回到您的身边，我立刻就看了出来；或者至少我占的那个位子是另一个人的位子，那个人为此很伤心。我的罪孽是没有更早地感觉到这一点，或者至少——因为我早就知道了——是一直让您还是这样爱着我。但是当她的面孔一下子在我面前出现，当我看到她的愁脸上那么深刻的悲伤，我想到这份悲伤都是由我造成的，我就忍受不了了……不，不，您不要责备自己；但是让我离开吧，让她重新快乐吧。”

她的手停止抚摩我的额头；我抓住她的手，在上面吻个不停，盖满泪水。但是她不耐烦地抽回手，一种新的焦虑开始使她激动。

“这还不是我原来要说的话，不，我要说的不是这个。”她反复说；我看到她的额头上冒汗。然后她低下眼皮，闭了一会儿眼睛，好像要集中思想，或者恢复原先的失明状态；她的声音开始拖沓颓丧，但是当她张开眼睛时立刻又升高，然后激动到了刺耳的程度：

“当你们给我光明时，我张开眼睛看到的是一个我从未梦想有那么美的世界；是的，真是这样，我没有想到白天那么亮，空气那么晶莹，天空那么辽阔。不过我也没有想到人的额骨那么突出；当我走进你们的家，您知道吗，首先让我看到的……啊！我还是应该跟您说的：我首先看到的是我们的错，我们的罪。不，请不要争辩。您记得基督那句话：‘你们若瞎了眼，就没有罪了。’但是现在我看见了……牧师，您站起来。坐到我身边来。

听着我，别打断我。在我住院的那段时间，我读了，或者不如说，我让人家给我读了《圣经》中我还不知道，您也从不向我念的几个章节。我记得圣保罗的一段话，我整天反复念：‘我以前没有律法是活着的，但是诫命来到，罪又活了，我就死了。’”

她说的时候，情绪激动万分，声音高昂，最后几句话几乎叫了起来，因而我想到外面可能会听到而觉得难堪；然后她又闭上眼睛，把最后几句话又重复一遍，嗫嗫嚅嚅像在说给自己听似的：

“罪又活了——我就死了。”

我全身战栗，心冰凉，充满恐惧。我愿意引开她的思路。

“谁给您念这几段话的？”我问。

“是雅克，”她说时张开眼睛，盯着我看，“他当了修士，您知道吧？”

这太过分了；我正要恳求她别提啦，但是她已经继续往下说：

“我的朋友，我要给您带来很多痛苦；但是我们之间不应该有任何谎言。当我看到雅克，我顿时明白我爱的不是您，而是他。他确确实实有您的这张面孔；我要说的是我想象中您有的那张面孔……啊！您为什么要让我回绝他呢？我是会嫁给他的……”

“但是，吉特吕德，你现在还可以嫁给他。”我绝望地大喊。

“他已经进了隐修院。”她愤愤地说。然后她哽咽得全身战栗：“啊！我愿意向他忏悔……”她在神思恍惚中呻吟：“您看得很清楚我只有死的分了。我口渴。请您去找个人来。我透不过气来了。让我一个人待着吧。啊！我原来希望跟您这样说了以后会心里轻快些。请离开我吧。我们相互离开。我看到您会受不了……”

我离开她。我把德·拉·M小姐叫来……代我守在她身边；她激动过度，使我担心一切都会发生的，但是我也必须相信我待在那里只会加重她的病情。我请求他们有什么三长两短务必通知我。

五月三十日

唉！我再见她的时候她又是在睡觉。今天早晨日出时，她经过一阵谵妄和沮丧后去世了。德·拉·M小姐按照吉特吕德的最后遗愿打电报通知了雅克，他在她去世后几小时赶到。他狠狠地责备我没有趁早给她请来一名神父。但是她在洛桑住院时，我根本不知道她无疑在他的怂恿下已经发誓弃绝，我怎么能这么办呢。他同时向我宣布他自己和吉特吕德改了宗。这样两个人同时离开了我；这就像是他们两人在人间受到我的阻难，计划远远避开我，然后在天主身上会合。但是我深信不疑的是雅克改宗理智更多于爱情。

"我的父亲，"他对我说，"由我来责怪您是不恰当的；但是您的错误榜样指引我走上这条路。"

雅克回去后，我跪在阿梅莉身边，要求她为我祈祷，因为我需要帮助。她只是念诵"主祷文"，但是在每段之间长时间沉默，让我们默祷。

我真愿意哭，但是我觉得我的心比沙漠还要荒芜。

安德烈·纪德年表

·1869 年 11 月 22 日　生于巴黎。父亲保尔·纪德（1832—1880），出身南方于才斯一个新教家庭，法学院教授；母亲朱丽叶·龙杜（1839—1895），出身北方鲁昂一个天主教家庭。

·1877 年　进入阿尔萨斯学校，不到三个月因“有不良习惯”而被送回家。

·1879 年　进入阿尔萨斯学校教师弗坦尔的私塾读书。

·1880 年 10 月 28 日　保尔·纪德逝世。

·1881 年　进入蒙彼利埃中学。

·1882 年 5 月　住入温泉疗养院治疗“神经质症”。

·12 月底　在鲁昂偶然发现舅妈玛蒂尔德的婚外情和他爱慕的表姐玛德莱纳（生于 1867 年）的痛苦。

·1883 年 5 月　进入鲍埃的私塾。

·1886 年 1 月　常去凯勒的私塾。

·1887 年 10 月　进入阿尔萨斯学校修辞班，认识皮埃尔·路依斯。

·1888 年 10 月　进入亨利四世中学哲学班，与莱恩·勃鲁姆结交。

·1889 年　中学会考失败。去布列塔尼旅行。

·1890 年　表姐玛德莱纳的父亲埃米尔·龙杜逝世。夏天在昂西过了一段日子，开始写《安德烈·瓦尔德手册》。

·12 月　在蒙彼利埃遇见保尔·瓦莱里，结下终身友谊。

·1891 年　自费出版处女作《安德烈·瓦尔德手册》(1909

年《窄门》发表以前，纪德都是自费出版自己的作品），并佯称作者的一部遗作。玛德莱纳·龙杜拒绝他的求婚。

·2月2日　由巴雷斯介绍认识了唯美派诗人马拉美。

·11月　在巴黎遇见英国作家王尔德。

·1892年春天　在慕尼黑小住。

·4月　出版《安德烈·瓦尔德的诗歌》，也佯称遗作。

·8月　与亨利·德·雷尼埃同游布列塔尼。

·11月　在昂西服兵役，后因“肺结核病”永久退伍。

·1893年5月　出版《于利安游记》。认识弗朗西斯·雅姆。

·10月18日　与保尔—阿尔贝·洛朗在马赛上船，前往突尼斯和阿尔及利亚。

·11月　在比斯克拉住到第二年二月底。在突尼斯苏塞第一次搞同性恋，与洛朗同恋一名非洲女子。

·1894年　绕道意大利回到法国。

·6月　到日内瓦治病。

·1895年1月　又去阿尔及利亚。在卜利达遇见王尔德和阿尔弗莱德·道格拉斯爵士。

·春天　居住在比斯克拉，写《人间粮食》(一译《地粮》)。

·5月　发表《沼泽地》。

·5月31日　母亲病故。医生对他说他的同性恋倾向在婚后可以得到纠正。

·6月17日　跟玛德莱纳·龙杜订婚。

·10月7—8日　跟玛德莱纳·龙杜结婚，去意大利、瑞士、突尼斯和阿尔及利亚蜜月旅行。遇见保尔·克洛岱尔。

·1896年　出版《梅那尔克》。

·5月　被选为拉洛克-贝尼亚镇镇长。

·1897年3月　开始跟《隐居地》杂志合作，直至1906年杂志停刊。出版《人间粮食》。

·1898年1—5月　跟玛德莱纳居住在意大利、奥地利。

·9月9日　马拉美逝世。

·1899年春天　同玛德莱纳游历阿尔及利亚。

·6月　发表《菲罗克忒忒斯》、《埃尔·哈吉》和《松了绑的普罗米修斯》。

·跟保尔·克洛岱尔开始真正的交往。

·1900年1月1日　开始给《白杂志》撰稿。

·3月29日　在布鲁塞尔做讲座《文学的影响》。发表《给安吉尔的信》。

·1900年12月　卖去在拉洛克-贝尼亚的城堡，迁往埃特勒塔附近居威维尔的玛德莱纳老家产业。

·1901年5月9日　剧本《冈杜尔国王》搬上舞台。

·1902年　出版《违背道德的人》。

·1903年4月　开始与雅克·科波交往。

·6月　发表《扫罗》。

·1904年3月25日　进入《隐居地》编辑委员会，开始跟让·施伦贝格长期交往。在布鲁塞尔做讲座《自由美学》。

·1905年6月　克洛岱尔试图说服他改信天主教。

·1906年2月17日　迁往在奥特伊尔自建的蒙莫朗西别墅。发表《阿曼塔》。

·1907年5月　发表《浪子回头》。

·1908年5月　发表《从他的书信看陀思妥耶夫斯基》。

·11月15日　与友人合办的《新法兰西杂志》零期问世。遇见雷内·玛丽亚·里尔克。

·1909年2月1日 《新法兰西杂志》创刊号问世。在创刊号以及以后的两期中发表了《窄门》。5月,《窄门》由法国水星出版社出单行本。

·1910年 发表《奥斯卡·王尔德》。

·1911年1—3月 发表《伊莎贝尔》。

·7月 在伦敦结识约瑟夫·康拉德。

·1912年4月 居住佛罗伦萨写《梵蒂冈地窖》。

·12月 拒绝在《新法兰西评论》上刊载普鲁斯特《在斯万家那边》。

·1913年4—5月 游历意大利。

·10月 让·科波遵照《新法兰西杂志》倡导的宗旨,创立了老鸽笼剧院。

·11月 跟罗杰·马丁·杜加结交。发表译作泰戈尔《吉檀迦利》。

·1914年1月 发表《刑事法庭往事录》。

·3月 保尔·克洛岱尔在《新法兰西杂志》读到《梵蒂冈地窖》,责怪他在书中大谈同性恋,后来两人绝交。

·4月 和亨利·盖翁与梅里奇夫人游历意大利、希腊和土耳其。

·10月—1915年9月 全心全意扑在“法国比利时之家”工作,这是一个救济机构,帮助受德国入侵土地上的难民。一起工作的有夏尔·杜·博斯、玛丽亚·冯·里塞尔贝格(在纪德日记中也称“小夫人”)。

·1915年 多次演奏阿尔贝尼兹、肖邦的钢琴曲。

·1916年 开始产生酝酿已久的宗教与伦理的精神危机。

·6月 玛德莱纳误拆亨利·盖翁寄给纪德的信,才得知丈夫的秘密生活。

·1917 年 2 月　译完康拉德《飓风》。

·8 月　跟马克·阿莱格雷一起在瑞士居住。

·1918 年 6 月 18 日　与马克·阿莱格雷去伦敦。遇见西蒙·波西和陶乐珊·斯特拉切，后者疯狂地爱上了他。出版译作康拉德《飓风》和惠特曼《作品选》。

·11 月 11 日　玛丽亚·冯·里塞尔贝格开始编写《安德烈·纪德的真实生活录》，后在 1973—1977 年发表，书名为《小夫人手册》。他听说玛德莱纳在他跟马克·阿莱格雷去了伦敦以后，把他们的书信全部烧掉，非常痛心，在日记中写道："我最好的一面消失了……"

·1919 年 12 月　发表《田园交响曲》。

·1920 年 6 月　巴黎歌剧院演出他的译作莎士比亚《安东尼和克娄巴特拉》。出版《高里东》和《如果种子不死》(印数 21 册)。

·1921 年　出版《如果种子不死》第二集（印数 13 册）和《选集》两集，其中一集"供少年阅读"。

·1922 年 2—3 月　在老鸽笼剧院做讲座《陀思妥耶夫斯基》。

·3 月　发表译作泰戈尔《阿玛尔和国王的信》。

·6 月 16 日 《扫罗》一剧在老鸽笼剧院首次上演。

·1923 年 1—2 月　与玛丽亚·冯·里塞尔贝格游历意大利。

·3—4 日　与保尔·台夏尔丹游历摩洛哥。

·4 月 18 日　与玛丽亚·冯·里塞尔贝格所生的女儿卡特琳在昂西出世。只是在母亲 1938 年故世后，纪德才接受抚养。

·9—10 月　发表《陀思妥耶夫斯基》和译作威廉·勃拉克《天堂与地狱的婚礼》、普希金《黑桃皇后》(与雅克·施弗林合作)。

·1924年10—11月　安德烈·鲁维尔在《文学新闻》发表三篇文章，标题为《安德烈·纪德——大写的当代人》。

·1925年6月8日　陆续发表《伪币制造者》。继法朗士后成为伦敦皇家文学社会员，在他提出亲共产主义立场后又被逐出。

·7月14日　与马克·阿莱格雷游历刚果和乍得。

·1926年2月　出版《伪币制造者》。

·6月　回到巴黎。展开运动反对殖民国特许公司的欺诈勒索和殖民制度的不公正，引起当局调查、议会辩论和新闻界激烈论战。

·10月　发表《伪币制造者日记》。

·1927年6月　发表《刚果游记》。

·1928年1月　《神殿》杂志出专刊，向纪德致敬。

·8月　迁入巴黎瓦诺路，住到1951年逝世。发表《从乍得归来》。

·1929年1月　到阿尔及尔旅行。

·5月　出版《女人学校》。

·6月　发表《论蒙田》(载于马尔罗主编的《法国文学史》)和《没有主见的人》。

·1930年1月　发表《女人学校》的续篇《罗贝尔》。在加里玛出版社主编《不要评判》丛书，最早的两部书是《关在普瓦蒂埃的女人》和《雷杜洛一案》。

·10月　发表《俄狄浦斯》。

·11—12月　发表《书信集》。

·1931年　开始陆续发表《日记》。出《俄狄浦斯》单行本。

·12月　发表关于肖邦的音乐评论。

·1932 年 2 月 18 日 《俄狄浦斯》改编成舞台剧上演。开始出版全集，直到 1939 年 5 月因爆发战争而中止，共出 15 卷。

·1933 年 6—7 月 在《人道报》上长篇连载《梵蒂冈地窖》。

·1934 年 1 月 4 日 与马尔罗等人赴柏林，向第三帝国当局呼吁释放帝国大厦失火后被捕的事米特洛夫和其他共产党人。

·2 月 在锡拉库萨小住。

·6 月 出版《日记（1929—1932）》。

·7—8 月 游历中欧国家。参加反法西斯作家警惕委员会。

·1935 年 1 月 23 日 “为了真理联盟”组织公开讨论《纪德和我们的时代》。

·3—4 月 与杰夫·拉斯特游历西班牙和摩洛哥。

·6 月 21—25 日 在第一届国际保卫文化大会上致开幕词，并主持会议。

·10 月 发表《新人间粮食》。

·1936 年 2—4 月 游历塞内加尔和西非洲。

·6 月 17 日—8 月 21 日 受苏联政府邀请访问苏联，同行者有欧仁·达比、皮埃尔·埃尔巴尔、杰夫·拉斯特、路易·吉尤、雅克·施弗林等。

·6 月 20 日 在莫斯科红场高尔基葬礼上发言。

·8 月 21 日 同行者欧仁·达比在塞瓦斯托波尔神秘猝死后，仓促返回法国。

·12 月 西班牙人民阵线政府遭到法西斯扶助下的佛朗哥武装攻击，法国知识分子反对勃鲁姆政府的不干预政策。纪德在抗议书上签名。

·发表《吉纳维也芙》(它与《女人学校》、《罗贝尔》组成三部曲),《日记新页（1932—1935）》和《苏联归来》。

·1937 年 8 月　发表《苏联归来修正稿》(原标题为《果子里的毛虫》)。

·1938 年 1—3 月　游历西非洲。

·4 月 17 日　妻子玛德莱纳逝世。

·1939 年 2—3 月　与罗贝尔·莱维斯克游历希腊和埃及。写《埃及手册》，后归入《日记（1939—1949）》。

·1940 年　居住南方卡布里、尼斯、旺斯。

·6 月 14 日　支持贝当元帅。

·6 月 24 日　听了贝当的广播演说，对他的投降主义观点感到震惊。转而支持戴高乐将军。

·1941 年 3 月　《新法兰西评论》由投降派文人皮埃尔·德里厄·拉·罗歇尔接管后，与杂志编辑委员会断绝关系。

·5 月 21 日　在尼斯，抗战者联盟把他看成是追求享乐的信徒，禁止他做关于亨利·米肖的讲座。

·7 月　发表《让我们发现亨利·米肖》。

·11 月　在《费加罗文学报》上陆续发表《假想的采访》（直至 1942 年 8 月）。

·1942 年 8 月 31 日　译完莎士比亚《哈姆雷特》。

·1943 年 6 月 25 日　跟戴高乐将军共餐，对他说："我的将军，您什么时候学会不服从的？"

·1944 年 2 月　支持让·阿鲁奇和雅克·拉萨尼创办《桥拱》杂志。

·6 月　在纽约出版《日记（1939—1942）》和译作《哈姆雷特》。

·1945 年 5 月 5 日　接到一项任务回到法国。

·5 月 6 日　到达巴黎。

· 7 月 20 日　保尔 · 瓦莱里逝世。

· 10 月　支持皮埃尔 · 埃尔巴尔创办《人的大地》周刊。

· 11 月　出版《青年时代》。

· 12 月　在罗贝尔 · 莱维斯克陪同下前往意大利、黎巴嫩、埃及（直至 1946 年 4 月）。

· 1946 年 4 月 1 日和 12 日　在贝鲁特做讲座《文学回忆和现实问题》(后收入《秋叶集》)。

· 6 月　发表《忒修斯》(先在纽约出版)。

· 10 月 17 日　译作《哈姆雷特》搬上巴黎舞台。出版 1901 年未完成稿歌剧《归来》，原该由雷蒙 · 鲍纳谱曲。

· 1947 年 6 月 5 日　获牛津大学荣誉博士称号。

· 7 月　开始出版《纪德戏剧全集》，共 8 册。

· 9 月　为《法国诗歌集》作序。把卡夫卡的《审讯》改编成剧本，在巴黎上演。

· 11 月 13 日　获诺贝尔文学奖。

· 1948 年 1 月　出版《与弗朗西斯 · 雅姆通讯集》。

· 4 月　出版《序》和《相见》。

· 7 月　出版《赞词》和《梵蒂冈地窖》剧本。

· 10 月　出版《肖邦札记》。

· 1949 年 6 月 12 日　停止写日记。出版《秋叶集》《罗贝尔或大众利益》《法国诗歌集》。

· 11 月　出版《与保尔 · 克洛岱尔通讯集》。

· 1950 年　出版《日记（1942—1949）》。

· 4 月　发表《介入文学》。

· 6 月　出版《与夏尔 · 杜 · 波斯通讯集》。

· 1951 年 1 月　在伊丽莎白 · 埃尔巴尔陪同下游历摩洛哥。

·2 月 13 日　写下《但愿如此或大局已定》的最后几行（该书在 1952 年出版）。

·2 月 19 日　在巴黎瓦诺路寓所逝世。

·2 月 22 日　应妻子玛德莱纳·纪德家属要求举行了宗教葬礼。

·9 月　纪德的全部作品被梵蒂冈列为禁书。